Im Schatten der Diva

Birk Meinhardt

IM SCHATTEN DER DIVA

Roman

Eichborn

1 2 3 4 08 07

Umschlaggestaltung: Christina Hucke
Foto: George Marks © Hulton Archive /getty Images
Lektorat: Matthias Bischoff
Satz: Fuldaer Verlagsanstalt, Fulda
Druck und Bindung: Clausen & Bosse, Leck
ISBN 978-3-8218-5802-9

Verlagsverzeichnis schickt gern:
Eichborn Verlag, Kaiserstraße 66, D-60329 Frankfurt am Main
www.eichborn.de

Wohl euch! Ihr werdet viel geliebt, und es wird euch viel verziehen. Doch vergeßt nicht, daß ihr mich gerufen habt in die Welt, daß euch geträumt hat von mir, der anderen, dem anderen, von eurem Geist und nicht von eurer Gestalt, der Unbekannten, die auf euren Hochzeiten den Klageruf anstimmt, auf nassen Füßen kommt und vor deren Kuß ihr zu sterben fürchtet …

Ingeborg Bachmann

Ich bin der Meinung, Sie sollten einmal richtig rennen lernen, richtig schreien, den Mund aufreißen. Ich habe beobachtet, daß Sie nicht einmal, wenn Sie gähnen, wagen, den Mund ganz aufzumachen.

Peter Handke

29. März 1965

Aus Ian McMullans Werkstatt drang ein schnelles, helles Hämmern. Rudi trat ein, und die Schläge wurden so laut, daß sie wie Pfeile in seine Gehörgänge schossen. Er registrierte die verschiedenfarbigen Steinplatten, die auf dem Boden lagen und an den Wänden lehnten, doch weil sie allesamt von einer feinen, mehlartigen Schicht überzogen waren, meinte er, in einer matten weißen Landschaft gelandet zu sein, in einem verhaltenen Blenden.

McMullan legte seinen Meißel beiseite. Rudi lief auf ihn zu und sah, daß auch sein volles rotes Haar wie gebleicht war.

Der Steinmetz fing seinen Blick auf und sagte mit einem sorglosen Lachen, man muß sie jedesmal nach Feierabend waschen, jedenfalls, wenn man abends noch was vorhat.

Rudi ging nicht darauf ein. Er sagte, ich möchte eine Grabplatte in Auftrag geben.

Dann sehn Sie sich mal um, welches Material und welche Farbe Sie wollen, Sir.

Nach einem kurzen Rundgang entschied sich Rudi für rosa Granit. McMullan streckte ihm Zettel und Federhalter hin und bat ihn, in Druckbuchstaben aufzuschreiben, welche Inschrift er graviert haben wolle. Rudi kritzelte:

MY BELOVED
TAMARA NIKOLAEVNA
1930–1965

McMullan murmelte, mehr zu sich als zu Rudi, das ist auch kein Alter.

Wieso nicht? fragte Rudi.

Fünfunddreißig Jahre, sagte McMullan gedehnt.

60, sagte Rudi.

McMullan blickte ihn erstaunt an. Er sah noch einmal auf den Zettel und murmelte, ich komm nur auf 35.

60, wiederholte Rudi.

Ich versteh nicht, Sir.

Das müssen Sie auch nicht, sagte Rudi.

Ab 1927

1

Der Himmel ist milchig, nicht dunkel. Und doch prasselt plötzlich ein dichter warmer Sommerregen auf die Opel und Hanomags, die sich vor ihr am Potsdamer Platz stauen. Sogleich beginnen die Kühlerhauben zu dampfen. Sie beschließt, ins Café Josty zu flüchten, und rennt los. Nachdem sie vielleicht 50 Meter weit gekommen ist, meint sie, aus den Augenwinkeln etwas Seltsames zu sehen, eine Art Wasserfall an der Fensterscheibe des Blumenladens, an dem sie bisher immer vorübergelaufen war. Sie bleibt stehen, und tatsächlich, auf der gesamten Höhe und Breite der Scheibe fließt vollkommen gleichmäßig das Wasser hinab. Als ob diese Scheibe hier den Regen auf eine geheimnisvolle Weise anzöge. Tami streckt ihre Arme zu dem Glas hin aus und berührt es mit den Fingerspitzen. Doch es ist trocken! Sie schaut irritiert auf die unverändert herabstürzende Kaskade, wendet ihren Blick nach oben und entdeckt den Mauervorsprung, der hier alle Tropfen aufhält. Und begreift nun endlich: Das Wasser muß, von einem unsichtbaren Mechanismus gesteuert, auf der anderen Seite des Glases, im Laden rinnen. Sie genießt das stille Glück einer neuen Entdeckung, sie hört nicht auf, da hineinzustarren, bis drinnen eine Verkäuferin heranläuft und sie lauthals anlacht oder auslacht, genau sehen kann sie es nicht, denn die Gestalt vor ihr wiegt, wölbt und wellt sich hinter der flachen Wasserdecke wie ein Geist –

In der Nacht ähnlich verschwommene Körper, von dichtem blauem Rauch umhüllt. Immer ist schon der ganze Saal verqualmt, wenn die Revue beginnt, in der sie tanzt, neben einem Dutzend anderer Mädchen, die wie sie ihre makellosen Beine hochreißen, ihre schlanken Hüften drehen, ihre nackten Arme strecken. Man muß entweder ausgebufft sein oder naiv, um für solche Auftritte engagiert zu werden; und was ist sie? Bei ihrem ersten Vorstellungsgespräch hat sie den Mantel ausgezogen und sich gesetzt, nachdem sie vom Direktor gebeten worden war, sich zu entkleiden. Er hat sie verblüfft angesehen, hat einen Moment nicht gewußt, woran er war bei ihr, und dann, nach dem Erkennen, hat er, als sei es ihm peinlich vor einem solchen Geschöpf, kurz den Kopf gesenkt und geflüstert, bitte alles, bis auf die Höschen. Und als sie endlich so bloß war, wie er es gewünscht hatte, und er ihre hervorstehenden Beckenknochen sah, ist er langsam aufgestanden und hat weitergeflüstert, Sie sind ja ein Rehlein, Tamara. Wäre sie jetzt zurückgewichen, wäre er ihr ohne Zweifel gefolgt. Sie aber hat plötzlich hell zu lachen begonnen, ohne Berechnung, oder mit einer Berechnung, von der sie nichts gewußt hat, und damit hat sie ihn abgewehrt –

Sie könnte auch laufen. Sie fährt immer nur mit der U-Bahn zur Probe, um an der über Tage liegenden Station Schöneberg vorbeizukommen. Um dort diese grandiose Aussicht zu haben. Sie steigt am Nollendorfplatz ein, läßt sich mit den anderen Passagieren ins Dunkel ziehen und betrachtet ihr bleiches, mundloses, wackelndes Gesicht in der vom Fahrtwind leicht und lautlos zitternden Scheibe. Plötzlich schießt Helligkeit in den Waggon und blitzt das Gesicht weg, und schon liegt vor ihr hinter dem Bahnhofsglas wie ein Gemälde der dunkelgrüne Teich, in den ein paar Weiden ihre Zweige gehängt haben. Sie weiß, wenn sie sich jetzt umdrehen würde, hätte sie freie Sicht auf das perfekte Halbrund des Parks, das in der Mitte von einer Treppe durchbrochen ist, eine erhabene, fast antike Anordnung, von der sie sich immer wieder überraschen läßt; sie verfügt über die Gabe, etwas schon genau zu wissen und trotzdem neu darüber staunen zu können, sie fährt jedesmal in diese helle Schöneberger Landschaft hinein, als wäre es das erste Mal –

Aber Rudi weicht nicht zurück vor ihrem plötzlichen Lachen. Er will es hören, so wie er ihren weichen, gurrenden russischen Akzent hören will und ihre putzigen Wortbeugungen. Erzähl mir was, bittet er sie. Ja was denn? fragt sie. Er zuckt mit den Schultern. Was denn nur? wiederholt sie stöhnend, mit gespielter Ratlosigkeit, und jetzt sagt Rudi, meinetwegen was aus deiner Kindheit. Da erzählt sie ihm die Geschichte, die sie gleich im Kopf gehabt hatte: Ruditsch, du weißt, daß in meiner Kindheit viele Birken herumgestanden haben. Und ich war schon immer sehr gelenkhaft. Ich bin gern die Birken heraufgeklettert. Von Mal zu Mal eine höhere herauf. Das Schwerste ist auch bei diesen Bäumen immer der Anfang, weil die ersten Äste hängen meistens so weit oben. Ich bin also manchmal wie ein … wie ein Obesjana … ja, richtig, Affe heißt das, Ruditsch, so bin ich mit Füßen und Händen den Stamm herauf bis zum ersten Ast. Von dem an ging alles ganz leicht. Man klettert einfach immer weiter, und schon ist man an der Spitze. Aber einmal, Ruditsch, denk nur, ist ein schöner Sturm herangeflogen, und die Spitze, auf der ich befestigt war, schwingte? schwang hin und her, daß mir ganz bange wurde. Ich traute mich keine Bewegung mehr. Und der Sturm wollte und wollte sich nicht beenden … Und so erzählt sie weiter und weiter, von ihrer Rettung durch Männer mit langen Leitern und von der schrecklichen Angst, die sie heute überkomme, wenn sie ans Bäumeklettern auch nur denke; sie spricht aus dem untrüglichen, wenngleich von ihr nicht benennbaren Gefühl heraus, mit dem Vorzeigen ihrer kleinen anmutigen Schwäche Rudi nur noch verliebter zu machen, so versessen nach ihr, wie sie nach ihm ist –

Vom Nollendorfplatz, wohin die U-Bahn sie zurückgebracht hat, muß sie zur Zietenstraße laufen, dann links, und schon ist sie in der Schwerinstraße. Das Pflaster ist nur spärlich beleuchtet. Sie blickt konzentriert nach unten, und doch knickt sie mit ihren Pfennigabsätzen dauernd auf den Katzenkopfsteinen um. Und noch dunkler ist es auf dem schmalen Gang, der zum Toppkeller führt, in dem sie verabredet ist. Sie stöckelt ein paar Treppen hinab und erschrickt über die Häßlichkeit, die sich vor ihr auftut: zerrissene Papiergirlanden an den verblichenen Wänden, dreckige Decken auf den ramponierten Tischen. Hier, in dieser Kaschemme, will sich heute nacht Marlene amüsieren? Aber ja. Man darf nicht auf die verwahrloste Einrichtung schauen, man muß nur die Frauen sehen, die schon eingetroffen sind, junge, schöne Frauen, die Freizügigkeit und das Begehren im Blick. Sie ist noch dabei, die Szenerie zu erfassen, da wird sie von einer Frau an die Hand genommen und in eine Ecke gezogen. Die Unbekannte entblößt ihren Bauchnabel, von dem eine kunstvoll gemalte bordeauxrote Flamme nach oben züngelt, und führt Tamis Hand auf der Flamme entlang bis an ihre Brust. Tami spürt, wie sich die Brustwarze der Frau aufrichtet. Sie wundert sich, was ihre Hand vermag. Sie wird auf einen Stuhl gedrückt, aber sie schaut an der Frau, die vor ihr in die Hocke gegangen ist, vorbei in den schäbigen Saal. Dort hinten lehnt Margo Lion, mit der Marlene zusammen singt, dieses frivole Duett, das gerade die Stadt erhitzt. Und Marlene? Wo bist du denn bloß? Sie ist noch nicht da. Sie wird mit Rudi woanders sein, sie wird noch kommen, mit oder ohne ihn, es ist ja erst kurz nach Mitternacht. Die Fremde spürt Tamis Verlegenheit, erkennt die typische Nervosität einer Ungeübten. Und dennoch wagt sie es, sich auf sie zu setzen. Sie hat nichts zu verlieren; wenn sie abgewiesen wird, geht sie eben zur nächsten. Abermals greift sie nach Tamis Hand. Sanft zieht sie den Zeigefinger hervor, vorsichtig leckt ihre warme Zunge die Kuppe, und nun beugt sie sich nach vorn und berührt mit ihren Lippen Tamis Salznäpfchen. Tami zieht die feuchten Schultern hoch wie ein frierendes Mädchen. Da erscheint am anderen Saalende das herausfordernde, leicht pausbäckige Gesicht mit den schweren Lidern, auf das sie gewartet hatte. Sie erhebt sich ruckartig und stößt hart an das fremde Kinn, so daß der halb geöffnete Kiefer der Frau hörbar zuklappt. Entschuldigung, murmelt sie, aber da kommt –

Ein andermal ist es umgedreht, und Marlene wartet auf sie. Gleich muß Tami auf der Bühne erscheinen, in diesem karnevalesken Wettbewerb der Biegsamkeiten und Phantasien, in dem zwei Tänzerinnen das Publikum schon zu Begeisterungsstürmen hingerissen haben. Eine hat eine ratternde Schreibmaschine dargestellt, die andere eine rumpelnde Rohrpostbüchse. Und da ist Tami. Ein Rätsel in Schwarz. Sie streckt sich seitlich auf einen leeren Tisch, schließt ihre Augen und bewegt sich für zwei, drei Minuten nicht. Bei jedem verhaltenen Atemzug spürt sie das Kitzeln ihrer Haare im Gesicht. Und je länger sie so bleibt, um so ruhiger und andächtiger werden die Leute. Sie fühlen sich fast wie in der Kirche: Dieser leicht bebende Körper, er könnte noch ewig da liegenbleiben, auf diesem Altar. Plötzlich richtet sie sich auf und springt herunter. Aber es wirkt nicht so, als folge sie dabei ihrem Willen, es scheint, als habe jemand sie hastig und gefühllos am Schlafittchen gepackt. Sie stellt ihren Oberkörper starr. Läßt ihn nach einer Weile zurückschwingen, und vor, und wieder zurück, als ströme etwas durch ihn, auf das sie keinen Einfluß hat; was könnte das denn sein? Tami tanzt nun, als würde sie an einer kurzen Leine gehalten. Sie schlingt sich um den Tisch, stößt sich wieder ab, biegt sich vor ihm zurecht, die zusammengeführten Gliedmaßen ein großer Kreis und der geöffnete Mund ein kleiner, und so beläßt sie sich, als Trichter, und jetzt ahnen die ersten, welches Gerät das ist, das von ihr zur Schau gestellt werden soll, jetzt muß sie nur noch auf den Tisch springen, in die Ausgangslage zurückkehren und verharren, und verharren, und verharren, nochmal eine Minute vielleicht, der Hörer, der wieder auf der Gabel liegt, die anmutigste Telephonanlage der Welt –

Dem Kind singt sie zum Einschlafen russische Lieder. Sie muß sich nicht anstrengen dabei, nichts ist leichter als dieses Singen, für dieses Kind –

Gut, außer vielleicht die Zubereitung eines Bœuf Stroganoff: Man schneide Zwiebeln in sehr feine Würfel, dünste sie in Öl und überstäube sie mit Mehl. Bratensaft aufgießen. 15 Minuten bei schwacher Hitze kochen. Saure Sahne unterrühren, Soße mit Salz, Pfeffer und Zitronensaft würzen. Gurken in feine Streifen und Pilze in Scheiben schneiden. Nun die Hauptsache: das Rinderfilet zerkleinern und im restlichen Öl fünf Minuten rundherum braten. Zusammen mit dem Fleischsaft in die Sahnesoße geben. Servieren. Schürze abbinden. Sich am großen Tisch fragen lassen, Tami, Liebste, das Fleisch ist so zart, ist es wieder von deinem Russen aus der Nürnberger Straße? Nicken, Strahlen –

Rudi, der Spaziergänger, macht halt vor einem breiten Schaufenster, hinter dem zwei Frauen hantieren, und sie stellt sich neben ihn. In ihrem Rücken flammen die Laternenlichter des Kurfürstendamms auf, sie bemerkt es an ihren nun aufgehellten Schultern und an Rudis weißer Wange, die eben noch schattig gewesen ist, eine unbestimmte Verlängerung seines hochgeschlagenen schwarzen Mantelkragens. Jetzt betrachtet sie die Frauen hinter der Scheibe genauer. Die eine, jene, die geradewegs vor ihr arbeitet, ist alt, und sie ist gebeugt, auch dann, wenn sie sich aufrichtet. Sie steht hinter einem morschen hölzernen Bottich und wäscht mit mechanischen Bewegungen drei zerschlissene

Hemden in grauem, seifigem Wasser, immer wieder dieselben Hemden in der gleichen, bestimmt längst kalten Lauge. Beim Auswringen wird offenbar, daß ihre Hände das fleischige Rot eines Tieres angenommen haben, dem vom Metzger die Haut abgezogen worden ist. Mit einemmal fällt ihr ein seilartig verdrehtes Hemd ins Wasser. Tropfen spritzen an die Scheibe und rinnen daran herunter, und sie schaut flehend dahin, als könnte sie sie mit ihren Blicken aufhalten, und wühlt hektisch mit ihren Armen im Bottich, um das Hemd wieder herauszufischen. Da tritt die andere vor. Sie ist jung. Ihre Hände sind manikürt. Sie trägt ein Kostüm, und auf ihrem Kopf hat sie ein weißes Häubchen befestigt. Sie würdigt die Alte keines Blickes. Sie wickelt im Gehen einen kunstseidenen Strumpf um ihren Zeigefinger, tritt an die Scheibe und wischt mit dem Finger jeden einzelnen Tropfen auf, jeweils unglaublich langsam von unten nach oben fahrend, durch ihren Finger und den Tropfen hindurchsehend, die hinter dem Glas versammelten Menschen verführerisch anlächelnd. Und leckt sie, direkt vor Rudi, nicht unverschämt langsam mit der Zunge ihre Lippen? Endlich schwebt sie zurück hinter den neuartigen Apparat aus rostfreiem Stahl, hinter die Waschmaschine, auf der sie, mit ihren Beinen baumelnd, gesessen hatte, hinter das wundervolle Produkt, das von ihr beworben wird und natürlich auch von der bedauernswerten Alten –

Fünf Minuten vergehen. Soviel Zeit ist nötig, damit sie beide das Mütterchen und die Dirne vergessen. Schließlich sagt Tami, so ein Waschapparat wäre nicht schlecht ... Sie hört auf zu sprechen, ohne einen Punkt zu setzen, und daran merkt Rudi, daß sie denkt, ein Apparat für uns beide. Er bleibt unvermittelt stehen, reißt sie, die im Weitergehen ist, am Arm wie ein Sechs-Tage-Fahrer im Sportpalast beim Wechsel seinen Partner und küßt sie, kaum, daß sie mit ihrem Oberkörper an den seinen geprallt ist –

Singt sie dem Kind vor, schließt sie manchmal wie dieses die Augen. Unter ihren Lidern wird es hellgrün. Sie sieht sich mit Sergej einen von blühenden Birken gesäumten, in der Mitte mit hohem Gras bewachsenen Weg entlangrennen, der doppelt gewölbt ist: nach oben durch die ineinandergreifenden Kronen der Bäume und nach unten durch das Gewicht der Fuhrwerke und Spaziergänger. Ihr ist, als liefen sie in einer samtenen, sonnigen Röhre. Andere Erinnerungen an diesen Weg – Staub, Regen, Wind, Schlamm – hat sie nicht, und so fragt sie sich während des Singens, ob sie, die Kinder, wohl immer nur an schönen Frühlingstagen dort draußen in diesem Wald vor Moskau gewesen sind –

Marlene hat schlaffe Brüste; Tami hat es schon in der Garderobe gesehen, an den Abenden, an denen sie gemeinsam in der billigen Revue getanzt haben. Aber damals war ihr Blick nur flüchtig gewesen, denn da saßen, reckten, bogen und beugten sich so viele kaum verhüllte Tänzerinnen, und jede, und so auch sie, war ständig beschäftigt mit einer Vorbereitung oder einer Entspannung. Hier aber, in der vornehmen Runde vor den Palmen im Adlon, wo die Männer Smoking tragen und die Frauen lange und, zugegeben, ausgefallene Kleider, zeigt nur Marlene ihre Brüste, hier sind sie wirklich nicht mehr zu übersehen. Für einen Moment wundert sich Tami, daß sie sie so zur Schau stellt. Daß sie auf einen Büstenhalter unter ihrem tief ausgeschnittenen Kleid verzichtet. Aber wie es heißt, verzichtet sie in Nächten wie diesen auch auf einen Schlüpfer. Sie ist so mutig, denkt Tami, sie richtet sich nach niemandem, auch nicht nach ihrem eleganten Rudi mit seinem glatten, nach hinten gekämmten Haar, mit seiner tadellos sitzenden Fliege und mit seiner Fähigkeit, die ganze Runde zu unterhalten. Kinder, ruft er, habt ihr schon von Isadora Duncan gehört? Ihr kennt doch ihren langen roten Schal, den Schal, mit dem sie die ganze Kaiser-Wilhelm-Kirche umwickeln könnte. Stellt ihn euch gut vor. Sie hatte ihn locker um ihren Hals geschlungen. Stellt euch auch ihren Hals vor. Die Duncan war im Cabrio bei Nizza unterwegs, ihr wißt schon, irgendwo auf der Küstenstraße, wo immer der Wind weht. Ihr Schal flattert bis hinter den Kofferraum. Und auf einmal in einer Kurve bläst der Wind ihn in die Felgen des Hinterrades, und im Nu zieht er sich um ihren schönen schmalen Schwanenhals zusammen. Sie ist von ihrem eigenen Schal erwürgt worden, die Duncan, sagt Rudi. Auf einmal herrscht eine glasklare Stille in der Bar. In die Marlene den Rauch ihrer Zigarette bläst. Dem sie hinterherschickt: Hat doch Rückwärtsgang, so'n Auto, wußte sie nicht, oder –

Marlene, anderntags: Mach noch einmal dein Bœuf Stroganoff, bevor ich losmuß nach Wien, Tamilein, glaub mir, ich könnte sterben dafür.

2

Sie waren nun für mehrere Wochen allein. Tami tanzte nicht in dieser Zeit, sie war kein Engagement eingegangen, um abends bei Rudi sein zu können. Meist kam sie schon am Nachmittag, wenn er noch arbeitete, in seine und Marlenes Wohnung in der Kaiserallee. Sie löste Clara, das Hausmädchen, ab, spielte mit Maria und kochte. Dann aßen sie zu dritt. Und wenn das Kind schlief, wenn es tatsächlich schlief, zog Rudi sie in sein Arbeitszimmer, wo nicht nur sein Schreibtisch, sondern auch sein Bett stand.

Unser Kloster, sagte Tami lachend.

Schränke, Tisch und Bett waren klobig und dunkel wie die Möbel in einem Stift. Dazu schmiedeeiserne Leuchter und silberne Schalen mit Weihrauch. Dunkelrote Wände. Über seinem Bett aber hatte Rudi ein helleres, leichteres Regal angebracht, und auf dem Regal standen große Apothekengläser, in denen jeweils ein menschliches Organ schwamm, Leber, Niere, Herz und sogar ein Hirn.

Die schaudernde Tami: deine Praxis.

Sie hatte nur einen ungefähren Überblick, wofür er sich, neben seiner Arbeit als Regieassistent beim Film, noch alles interessierte. Er konnte ihr die Funktionsweise eines Automotors erklären, er wußte immer die günstigste Versicherung, er kannte das Modell des Schlägers, mit dem der junge Cramm gerade Spiel auf Spiel gewann, und offensichtlich war also auch ein Mediziner, ein Spezialist für Inneres, an ihm verlorengegangen.

Es war kein schreckliches Schaudern, dem sie erlag, wenn sie in jenes schwere, nur von Kerzen erhellte Zimmer trat. Sie spürte, daß etwas hier sie an ihre Urgründe führte, die sie nicht kannte und von denen sie nichts wußte. Du bist so klein hier, staunte sie. Aber auch so sicher. So absolut ruhig, wie du es noch nie gewesen bist. Etwas rieselt dir die Kehle hinab, nichts Flüssiges, ist das Asche? es kitzelt so angenehm.

Rudi entkleidete sie. Oder er schaute zu, wie sie sich, hinter den Kerzen stehend, die bis in Höhe ihres Halses reichten und ihren Körper erhitzten, selbst entkleidete. Tami hatte keine Scheu, dies vor ihm zu tun. Sie legte sich bäuchlings aufs Bett und wartete. Er griff ihr unter die Beckenknochen und hob ihren Hintern, sich entgegen, er schob sich nicht nach vorn, sondern zog sie zurück, präzise, so daß sie sofort sein steifes Glied umschloß, und so blieb er, während sie begann, sich vor und zurück zu bewegen, langsam erst, langsam, langsam, aber nur für kurze Zeit, sie konnte nicht langsam bleiben, da sie Rudi in sich hatte, Rudi, der verharrte, der größer wurde, immer noch größer, in ihrer kaum noch gebremsten Begierde, lieber Gott im Himmel, das gibt's doch nicht, der auch vom Lieben alles zu wissen schien, sich jetzt ein wenig zurückbeugte, genau so viel, daß er sie nicht verlor, und sie folgte ihm, rasend nun, verrückt nach dem harten, pulsenden, sich entziehenden, bleibenden, glücksbringenden Ding, das Rudi war.

Was hast du geschrien eben, du hast doch etwas auf Russisch geschrien?

Sie kicherte. Das sag ich nicht, selbst wenn ich mich erinnerte.

Er packte mit einer Hand eine ihrer Pobacken, die genau in diese Hand paßte.

Das sag ich trotzdem nicht.

Sie übernachtete oft bei Rudi, aber immer verließ sie ihn in aller Herrgottsfrühe, sie mußte weggehen, damit das Kind nicht sah, daß sie dageblieben war. Sie lief vielleicht zehn Minuten in Richtung Zentrum zur Nachodstraße, wo sie zur Untermiete wohnte. Auf dem Weg legte sie für gewöhnlich eine Pause in einem Tabakladen ein. Sie kaufte Zigaretten, immer Chesterfield, und plauderte mit dem Inhaber, einem alten Mann mit gekerbtem Gesicht und Schiebermütze, der zu dieser unchristlichen Stunde schon Pfeife rauchte. Die Falten auf seiner Stirne verliefen alle in leichter Wellenform, da war keine Kerbe, die als Strich daherkam, weswegen Tami ihn eines Tages im stillen den Wellenreiter zu nennen begann. Sie genoß die kurzen Gespräche mit ihm in dem erleuchteten, qualmigen Kabuff vor der noch dunklen Kulisse Berlins. Meist begann er zu erzählen, nicht sie, vielleicht, weil er sich in Schwung bringen wollte. Er nahm ihr damit das Gefühl leichter Verlegenheit, das sie gehabt hatte, seit sie leise – leise, leise, Tami! – die schwere Eichentür zur Wohnung der Siebers geschlossen und sich wie eine Einbrecherin nach der Tat durch den marmornen Treppenflur geschlichen hatte, wo jeder feste Schritt hallte wie ein Gewehrschuß.

Das Milchauto kommt immer um fünf. Immer. Auf nichts im Leben ist so Verlaß wie auf dieses Auto. Aber heute ist es noch nicht dagewesen. Ist Ihnen das auch aufgefallen? Daß heute nebenan auf dem Fensterbrett die drei leeren Milchflaschen nicht durch volle ersetzt worden sind?

In der Prager Straße soll gestern abend ein junger Mann mit einer Fahrradkette erwürgt worden sein. Sein Hals war ganz ölverschmiert, ein schwarzer Ring, ein Todeskranz. Ich frage mich, wem dieser Mann wohl im Weg gewesen ist.

Kaum scheint einmal einen Tag die Sonne, was sag ich, einen halben Tag, schon sind Sie braun wie eine Sizilianerin. Wie machen Sie das nur?

Er hatte das Rad geklaut. Und das soll auch schon der Grund gewesen sein. Er mußte sterben, nur, weil er das Rad geklaut hatte.

Eines Morgens erzählte er ihr, jemand pinsele seit einer Woche im Norden und im Nordosten der Stadt an alle möglichen und unmöglichen Stellen das Wort *HINGABE*, an Hauswände, Bauzäune, Laternenpfähle, auf Bürgersteige, Obstkisten, Laubendächer. Dies geschehe immer in der Nacht, heimlich, alle 24 Stunden vervielfältige sich das Wort auf wundersame Weise; er habe das von einem Freund erfahren, der dort oben wohne.

Tami überlegte einen Moment, ob es vielleicht eine neue verrückte Werbeidee einer Firma war, folgte dann aber ihrem Wunsch, den Vorgang unbedingt auf sich zu beziehen, auf ihre derzeitige Hingabe. Sie dachte, jemand schreibt es gerade jetzt in diesen Tagen für dich hin, das ist unerklärlich, aber durchaus folgerichtig.

Das gefällt mir, sagte sie.

Hab ich mir gedacht, sagte der Mann. Er sog an seiner Pfeife.

Warum?

Er hob den Kopf, blies Rauch aus. Weil jeder Verliebte jeden Unfug als großes, gutes, wahres Zeichen nimmt. Und Sie sind bis über beide Ohren verliebt, das ist nicht schwer zu erkennen.

Tami lächelte. Aber bitte, es muß doch kein Unfug sein.

Stimmt. Es ist mehr als das. Ich vermute, diese Malerei, nein, diese Attacke entspringt einem kranken Hirn. Sicher, es ist eine Attacke. Jemand muß krank sein, sich die Nächte um die Ohren zu schlagen, bloß um überall so ein Wort hinzupinseln. Jemand hat sie einfach nicht mehr alle. Er sagte es bestimmt, doch nicht aggressiv, eher mit einer Spur Mitleid.

Ich glaube das nicht, erwiderte sie, und dann lief sie, wie schon so oft in den letzten Wochen, die paar Meter zu ihrem Haus. Dabei stellte sie sich das erregende Wort auf allen möglichen Gegenständen vor: auf einer Milchkanne der Firma Bolle; auf einem mit Pappe vernagelten Kellerfenster; auf dem Stamm eines Kastanienbaumes; auf der Sitzfläche eines zerbrochenen Stuhls; auf einem hochkant gestellten Bäckerblech; auf der Seitenwand eines Bücherwagens; auf der Schiefertafel an der Tür eines Bierlokals; auf einem Kirchdach. Besonders das Bild vom beschrifteten Bäckerblech gefiel ihr. Sie malte sich aus, wie der Bäcker, stutzend, seine frischen Brötchen daraufreihte. Wie er, verstohlen sich umblickend, überlegte, was dieser Streich wohl bedeuten sollte und wer ihn ihm gespielt haben mochte. Sie murmelte, stimmt, ist in Ordnung, das ist deine Hingabe, Bäcker, du bist ein Hingeber, sie lachte leise, Hinbäcker, Brötchenhergeber, sie bog die Worte mit der russischen Logik, die ihr eingebrannt war, und Rudi wäre niedergekniet, wenn er sie so gesehen hätte, in dieser Minute, in ihrer unglaublichen Unbefangenheit.

Manchmal aber stoppte sie auf ihrem morgendlichen Weg nicht bei dem Alten, sondern verschwand ein paar Häuser weiter in einem Torbogen. Sie wußte, daß sie das nicht tun sollte. Und doch mußte sie, im plötzlich aufsteigenden Drang, jetzt noch etwas zu erleben, dort abbiegen. Tami rechtfertigte das vor sich selber, indem sie sich sagte, ich kann es mir ruhig gönnen. Ich gönn mir ja sonst nichts. Oder gönn ich mir vielleicht was? Na also. Und außerdem ist auch Rudi nicht unschuldig. Wirklich, das ist er nicht. Wenn ich die ganze Nacht bei ihm bleiben dürfte, würde ich hier gar nicht erst eintreten, ich könnte ja gar nicht, denn ich käme immer erst hier vorbei, wenn schon geschlossen wäre.

Sie klingelte im ersten Stock, bei Degrieux. Der Raum, in den sie nun trat, war ebenso verqualmt wie jener ihres Wellenreiters, nur war er weitaus größer und nobler. Die Wände waren mit dunkelblauem Damast bespannt, auf dem goldene Sterne prangten. Auch die Teppiche waren aus dunkelblauen und goldfarbenen Fäden gewoben. Der Clou aber war Degrieux' goldene Fliege. Sie begann zu blenden, sobald der Schein einer Lampe in einem bestimmten Winkel auf sie fiel, und diejenigen Anwesenden, die in solchen Momenten gerade auf Degrieux schauten, mußten kurz ihre Augen schließen.

Der Ablauf war immer der gleiche: Degrieux begrüßte sie mit einer angedeuteten Verbeugung und den Worten, ah, Mademoiselle Tamara. Dann wechselte er schweigend Geld gegen Jetons und schob ihr schweigend einen Stuhl an den Tisch. Und schweigend schaute sie einigen Spielen zu. Wenn die Kugel dann drei- oder viermal auf Rot gefallen war, stieg sie ein und setzte auf Schwarz, und umgedreht; nicht selten fand sie sich, zunächst, im Glück, aber da sie jedesmal den Moment des Aussteigens verpaßte, verlor sie doch immer alles, was sie bei sich hatte, und das waren nicht nur Geldscheine, das war einmal auch eine Uhr mit silbernem Deckel und ein andermal ein Paar Ohrringe mit ägyptischen Hieroglyphen und noch ein andermal ein schmaler Armreif, alles Dinge, die Rudi ihr geschenkt hatte.

Er wußte nichts von Tamis fataler Vergnügung. Aber natürlich bemerkte er bald, daß sie seinen Schmuck nicht mehr trug. Er fragte sie danach. Da fiel sie ihm um den Hals und gestand ihm, was geschehen war. Tami ließ ihn nicht los, während sie sprach, obwohl er sich losmachen wollte; und mit jedem Wort, das er hörte, wurde sein Widerstand geringer, und als sie schließlich hauchte, Ruditsch, das wäre alles bestimmt nicht vorgefallen, wenn ich nicht müßte so allein nach meiner Wohnung gehen, das ist nicht gut für mich, hörst du, denn sonst überrumpelt es mich ja nie, war er es, der sie fester umschlang. Er bot ihr an, sie die nächsten Male nach Hause zu begleiten. Tami jedoch lehnte ab. Sie sagte, es wäre ihr eine Lehre, daß es soweit gekommen sei, und es würde ihr nicht wieder passieren.

Marlene blieb noch ein wenig in Wien. Ihr Partner vor der Kamera, und nicht nur da, war Willi Forst. In den Telephonaten mit Rudi ließ sie keinen Zweifel daran, wie sehr sie sich mit ihm vergnügte, so wie auch Rudi keine Scheu hatte, ihr von seinem Leben mit Tami zu berichten. Im Grunde erzählten sie sich jede Kleinigkeit.

Stell dir vor, rief Marlene einmal an einem späten Nachmittag in den Hörer, der Graf will mich sehen.

Kolowrat? Ich denke, der liegt noch in Karlsbad?

Nicht mehr, Papi, nicht mehr. Die Operation dort hat nichts gebracht, na, man soll sich eben niemals von Ärzten aufschneiden lassen, die man nicht kennt. Jetzt liegt er hier in Wien, und Forst sagt, er sei nur noch ein Gerippe, eine fürchterliche Vogelscheuche. Ich weiß nicht, Papilein, soll ich hingehen?

Warum denn nicht? fragte Rudi zurück. Immerhin ist er dein Produzent.

Er hat gesagt, er will nur noch einmal meine Beine anschauen. Und dann sterben.

Rudi lachte. Ironie hat er nach wie vor, das muß man ihm lassen. Was soll schlimm daran sein, Mutti?

Ein paar Augenblicke war es still in der Leitung. Dann sagte Marlene: Forst ist dagegen. Er sagt, der alte Sack soll wenigstens am Ende seiner Tage die Ruhe bewahren.

Rudi lachte abermals. Meinst du nicht, daß das etwas kleinlich ist? Ich höre immer, er ist so göttlich, dein Forst!

Er ist göttlich, Rudi!

Wenn er das ist, so wird er dich erst recht verstehn. Du bist es Kolowrat schuldig, denke ich.

Vielleicht. Du magst recht haben. Entschuldige, ich muß jetzt los, in die Kammerspiele. Er ist göttlich, und ich liebe dich, vergiß das nicht.

Ich liebe dich unendlich, vergiß du das auch nicht.

Während Rudi mit Marlene telephonierte, war Tami in die Wohnung getreten. Sie war schnell den Flur entlanggegangen, weg von Rudis Arbeitszimmer und hin zu dem Kind, das ihr entgegengelaufen kam. Sie rief Maria, Mariachen und warf es in die Luft, so daß sich der Rock des Kindes hob und wieder senkte. Dann stellte sie es auf den Boden, aber nur, um es an der Hüfte zu fassen und noch einmal nach oben zu heben, diesmal waagerecht, sich um die eigene Achse drehend. Das Kind war jetzt ihr jauchzender Planet, ein fröhlich strampelnder Körper auf einer flattrigen Umlaufbahn. Zu Weihnachten würde es einen Krämerladen bekommen, Tami wußte es schon, denn sie war dabeigewesen, als Rudi ihn vor ein paar Tagen gekauft hatte, und ebenso wußte sie, daß sie ausgiebig mitspielen würde, weil das Kind es so wollte und sie selber auch.

Clara brachte Maria zu Bett, und Rudi und Tami gingen in den Gloria-Palast am Kurfürstendamm. Es war ein Gebäude voller Schnörkel, eine geballte Ladung Stuck. Auf halber Etage stand ein pompöser Marmorbrunnen. Daneben befand sich ein Damensalon, keine Toilette, sondern ein intimer Raum mit seidebeschlagenen Wänden, in dem sich die Frauen vor der Aufführung noch einmal zurechtmachen konnten. Tami huschte hinein, und Rudi wartete am Brunnen. Er erinnerte sich ihres letzten Kinobesuchs. Damals waren sie im Ufa-Palast am Zoo gewesen, und plötzlich, während eines Spulenwechsels, war wie von Geisterhand dirigiert ein elektrischer Zeppelin unter der Decke des riesigen, mit 2000 Zuschauern gefüllten Saals entlanggeschwebt und hatte begonnen, Eau de Cologne zu versprühen; seht nur, hatte man im Publikum gerufen, eine fliegende

Kosmetikbrause. Aber einzig Tami war aufgesprungen. Sie streckte ihre Arme wie zu einer Gottheit empor, so daß Rudi die halbnassen Haare ihrer Achseln sehen konnte, und schloß ihre Augen. Rudi mußte sich zwingen, nicht lüstern mit der Hand nach ihr zu greifen, nach diesem Mädchen, das ihn und alles sonst vergessen zu haben schien und mit seinem ganzen Körper nur an den Duft dachte, der gerade herunterregnete.

Rudi betrachtete jetzt den barocken Prunk um sich herum und fand ihn unangemessen. Er hatte nicht grundsätzlich etwas gegen das Ausstellen von Reichtum, im Gegenteil, er selber trug heute seine goldenen Manschettenknöpfe, und sein Automobil, ein Buick, rief unter anderem deshalb bei jedem Mitfahrer Bewunderung hervor, weil im edelholzbeschlagenen Armaturenbrett ein Zigarettenanzünder eingearbeitet war, den man mit einem Hebel sekundenschnell in Gang setzen konnte. Die schönen Dinge mußten eine Funktion haben, wenigstens eine nebensächliche, darauf kam es an. In diesem Lichtspielpalast aber war alles nur höfischer Plüsch, ein Stil, der nichts mit der aufregenden Gegenwart voller Zeppeline zu tun hatte und erst recht nichts mit den modernen Filmen, die hier gezeigt wurden. Rudis Laune verschlechterte sich zusehends.

Im Vorprogramm trat der Kabarettist Willy Rosen auf, ein kleiner, schmaler Mann mit etwas dünner Stimme und mit betont ausholenden Gesten. Vor jedem Lied, das er spielte, streckte er seine schmale Brust heraus und rief mit einer Mischung aus Stolz und Selbstironie: Text und Musik sind von mir.

Was für eine blecherne Stimme er hat, raunte Rudi.

Aber lustig ist er, flüsterte Tami.

Ich finde ihn überhaupt nicht lustig.

Was ist auf einmal mit dir?

Nichts.

Tami beugte sich zu ihm. Sie wollte ihn mit etwas erfreuen und erzählte ihm die Geschichte von dem Wort Hingabe, die sie am Morgen erfahren hatte. Er hörte ihr zu, ohne sie zu unterbrechen, und als sie fertig war, nahm er wortlos ihre Hand, zog Tami hoch und führte sie aus dem Saal, wobei sie über einen Zuschauer stolperte, der sich geweigert hatte, seine Beine auch nur ein wenig anzuziehen, und ihr ein Murren hinterherschickte. Rudi durchquerte mit ihr das Foyer, ohne sie anzusehen.

Wußte sie, was er vorhatte?

Ja. Es war ein abwegiger Gedanke, doch Rudi übertrug ihn ihr durch einen bestimmten Druck seiner Hand.

Er klinkte die gepolsterte Tür zum Damensalon auf und ging hinein, sich mit einem kurzen Blick vergewissernd, daß er leer war. Es roch nach Parfüm. Auf dem Boden lag ein Seidentaschentuch. Auf einem runden Marmortisch standen mehrere Champagnerflaschen. Rudi stupste Tami mit zwei Fingern auf eine rote Couch, über der ein in Gold gefaßter Spiegel angebracht war, und sagte, jetzt werden wir den Laden hier entweihen. Dann drückte er ihre Schultern an die Lehne und ihren Hinterkopf an das Glas, das kurz knisterte, als müsse es sich entladen. Und sie? Empfing ihn, als habe er schon lange mit ihr gespielt.

Sie gingen nicht mehr in den Film, sondern liefen zurück in die Kaiserallee, in dem Kokon, den sie während ihres schnellen Aktes oder vorher schon um sich gesponnen hatten. Sie wußten, er würde so lange halten, wie sie nicht redeten. Auf den Fahrbahnen stauten sich die Taxen. Wie aus weiter Ferne hörten sie sie hupen. Tami fiel jetzt ein, daß Sergej Taxi fuhr, aber auch er schien weit weg, schien in Moskau zu chauffieren oder gleich in Sibirien und nicht hier in Berlin. Der arme Sergej. Hält sich da in der Watte, aus der die Stadt bestand, gerade so am Leben. Was sollte er auch machen. Wer fragt schon nach einem Russen. Es gibt hier so viele von uns. Sergej kennt einen Mathematikprofessor aus Petersburg, der auch Taxi fährt. Der Professor ist ein Genie. Er bietet seinen Kunden an, ihm eine beliebige dreistellige Zahl zu nennen, er werde dann in 30 Sekunden im Kopf die Wurzel ziehen. Manche seiner Fahrgäste wollen keine Wurzel gezogen haben. Andere wollen, aber wenn er dann gerechnet hat, glauben sie ihm nicht. Und wieder andere, die ihm glauben, fragen nicht, wieso er dazu imstande ist. Nach mir fragt Rudi. Ich habe doppeltes Glück. Ich kann tanzen, und ich habe Rudi, dessen Schenkel im Gehen gerade in meinem ist, so wie meiner in seinem, Rudi fragt auch nach mir, wenn ich nicht tanze, wir laufen verschmilzt – heißt es verschmilzt? – egal, zusammen laufen wir in die Kaiserallee, wo er zu Hause ist und ich ebenso.

Nein: ich nur fast.

Sie hörte sich fragen: Rudi? Was wird eigentlich, wenn Marlene wieder da ist?

Ein Auto hupte so schrill, daß Rudis Antwort nicht zu verstehen war. Er wiederholte: Ich liebe dich, Tamarotschka.

Das sagst du Marlene auch. Ich liebe dich unendlich, hast du ihr vorhin am Telephon gesagt.

Rudi blieb stehen. Ach, Tamilein, du weißt doch genau, daß das etwas anderes ist.

Ich weiß es gar nicht genau.

Marlene und ich schlafen schon seit Jahren nicht mehr miteinander, das weißt du.

Ja.

Und wir reden uns mit Mutti und Papi an.

Ja.

Und dich begehre ich jeden Tag. Rudi stutzte, schüttelte den Kopf, verwundert darüber, daß es stimmte, was er da so floskelhaft gesagt hatte. Er wiederholte auch das: wirklich jeden Tag.

Ja, Rudilein, aber es ist doch folgendermaßen: Sie kommt jetzt zurück, und dann lebt ihr wieder zusammen, geheiratet, wie ihr seid, auch wenn ihr in bestimmter Beziehung nichts mehr miteinander zu schaffen habt. Wird es nicht so werden?

Daran müssen wir doch jetzt nicht denken, rief Rudi, es ist Unfug, es zerstört uns nur alles. Und er setzte sich wieder in Bewegung.

3

Sie standen wieder einmal auf dem gescheuerten und nach Bohnerwachs riechenden Flur des Polizeipräsidiums, um sich ihre bläßlichen grünen Nansenpässe verlängern zu lassen, jedesmal wurde ihnen, den Staatenlosen, eine neue Bescheinigung für das Recht zum Bleiben aufgeklebt, so daß sie jetzt schon einen richtigen Schwanz aus dem Paß ziehen konnten, der sogleich aussah wie ein kleiner Basteldrachen, schon auf der Treppe zum Eingang hatten sie jenen süßlich-modrigen Geruch in der Nase gehabt, nicht, weil er in der Luft gehangen hätte, die an diesem Tage rein und klar und von Sonne erhellt war, sondern, weil sie sich während des Hinaufsteigens an ihn erinnert hatten, Matul Nikolai, sagte er bei der Registrierung, Matul Eudoxie, sagte sie und dachte, also noch ein Jahr, und dann noch ein Jahr und noch eines, sie sprachen schon nicht mehr von Rückkehr, wie sie es am Anfang aus Überzeugung und später aus Gewohnheit getan hatten, sie waren mit dem großen Strom der Flüchtlinge gekommen, der sich nach der Niederlage von Wrangels Weißer Armee gegen die Roten über Berlin ergossen hatte, über Deutschland, weil der Devisenkurs der Mark so günstig für die Emigranten gewesen war, Nikolai erinnerte sich an die Nullen, es waren neun, für 25 Rubel und ein paar Kopeken hatte er am Tag ihrer Ankunft 9 000 000 000 Mark bekommen, später veränderte sich die gesamte Finanzlage, und Eudoxie mußte ihre Pelze versetzen und alle Broschen und Ringe, die Nikolai ihr je geschenkt hatte, sogar das goldene Armband, das er in dem Teig versteckt hatte, den er, nur zum Spaß, nur aus Begeisterung über seine Idee, gekauft, dilettantisch zu einem Laib geformt und gebacken hatte, Vorsicht, rief er, als seine junge Frau in das noch warme Brot biß, da könnte was drin sein, was härter ist als Kümmel, nein, niemals hatte sie dieses Armband weggeben wollen, doch wer sagt: *unter keinen Umständen*, der hat keine Vorstellung von den verschiedenen Umständen, in die einer geraten kann, sie fertigte jetzt Kunststickereien mit russischen Motiven – Steppenreiter, Zwiebeltürme, bauchige Puppen –, und Nikolai arbeitete gelegentlich als Übersetzer, nachdem er gekellnert hatte, gemeinsam mit einem Kiewer Grafen und einem früheren Gardeoffizier der Weißen, das war im Café Tauentzien, wo Billetts für die Schiffspassage nach Leningrad vertrieben wurden, viele Gäste kauften welche, viele hielten es nach einigen Jahren nicht mehr aus in der Fremde, und zu einem bestimmten Zeitpunkt hätte er, Nikolai Matul, das auch gekonnt, aber er tat es nicht, schon der Name, sagte er zu Eudoxie, ich kaufe keine Billetts nach *Lenin*grad, ich reise nicht in eine Stadt, die so heißt, da bleibe ich lieber in Berlin, nicht zuletzt wegen der Kinder, die wissen Gott sei Dank nicht, was das bedeutet, Bolschewismus, und hier in Berlin war man nicht allein, im Gegenteil, sie waren so viele, daß der deutsche Busfahrer der Zwölferlinie *Rußland* rief oder auch *Charlottengrad*, wenn er auf den Kurfürstendamm bog und entsprechender Laune war, sie hatten diese Gegend von der Kaiser-Wilhelm-Kirche bis hinunter zum Prager Platz okkupiert, die Nabelschnur aus der Heimat führte bis genau hierher, und sie hüteten sich, sie zu durchtrennen, ja, in gewisser Weise wurden sie an diesem Ort russischer, als sie es je gewesen waren, die Matuls gingen in einer Regelmäßigkeit in das kleine orthodoxe Kirchlein in der russisch-deutschen Schule, über die sie in Moskau gelacht hätten, und Eudoxie kaufte Tee natürlich nur im Russkaja Tschainaja Torgowlja in der Wexstraße, und Nikolai besorgte sich seine Bücher nirgendwo anders als bei Olga Djakowa in der Bayreuther, und manchmal schnüffelte er auch im Antiquariat Rossica in der Rankestraße herum, wo der Besitzer, Juri Weizman, mit mancher Kostbarkeit aus Moskauer Privatbibliotheken aufzuwarten wußte, die leider zu teuer war für ihn, der mit Eudoxie nicht anders als nach ihrer Ankunft zur Untermiete wohnte, sie hatten sich an das ewige Haushalten gewöhnt, an das tägliche Verharren, an dieses Dasein im Zwischenreich, sie würden nicht den Kopf verlieren wie jene bedauernswerte junge Frau, wie hieß sie gleich, versuchte Nikolai, noch immer wartend in der stickigen Wolke aus Bohnerwachs, sich zu erinnern, richtig, Irwinskaja, was für ein ätherisches Geschöpf, in der Silvesternacht hatte sie in einem russischen Restaurant Zigeunertänze aufgeführt, und wenige Stunden später hatte sie sich in ihrer Wohnung erhängt, sie war Tänzerin gewesen wie Tami, aber Tami, sagte sich Nikolai, hatte es besser gemacht, ohne es je darauf anzulegen, ohne es bis heute zu begreifen, hatte sie die Nabelschnur gekappt, sie war bei den zwei Deutschen gelandet, die beim Film waren, seltsame Leute, so durcheinander, wie sie lebten, doch für seine Tochter ein Glücksfall, sie hatte leise gelacht, als er ihr von der Formel erzählt hatte, mit der sich die Russen in den von ihnen belagerten Cafés neuerdings begrüßten, Priwjet, welches Jahrtausend ist denn gerade da draußen? fröhlich hatte sie hinweggeschmunzelt über diese clownesken, melancholischen Landsleute, deren Konturen in ihren Augen an Schärfe verloren, und jetzt waren sie, Nikolai und Eudoxie, an der Reihe und durften hinein in den Raum, in dem ein gleichmütig arbeitender Beamter ihren papiernen Drachenschwänzen abermals ein Stück hinzufügte.

Tami erledigte ein paar Einkäufe am Potsdamer Platz. Zwischendurch machte sie halt an dem Blumenladen und verfolgte, wie das Wasser an der Innenseite der Scheibe hinabfloß, dieses ihr bekannte Schauspiel. Es war ein sonniger, windstiller, noch fast laubloser Frühherbsttag. Einige der Autos hinter ihr fuhren mit heruntergeklapptem Verdeck. Die Scheibe funkelte an den unterschiedlichsten Stellen. Sie schien zu platzen, erst hier, dann da, dann dort. Und plötzlich pochte es wieder genußvoll in Tamis Hals, in ihren Schenkeln, unterhalb ihrer Handgelenke, ein Schlagen, das sie überall ereilen konnte, in der U-Bahn, im Restaurant, zu Hause vor dem Spiegel. Es war nicht so, daß sie währenddessen an Rudi dachte; jedenfalls war es nicht immer so. Und doch, das wußte sie, hing es nur mit Rudi zusammen.

Sie staunte darüber, daß jene Erregung noch Mal für Mal wie am Anfang unvermittelt ausbrach. Nach drei Jahren könnte sie sich doch legen. Aber das tut sie nicht. Sie ebbt immer nur ab. Und dann schwillt sie immer wieder plötzlich an. Tami vermutete, dies werde so bleiben, bis alle Dinge geklärt sein würden und sie voll und ganz mit Rudi lebte, das würde geschehen, weil auch er es so wünschte. Bloß jetzt war es noch nicht möglich. Das Kind war zu klein, um eine Trennung seiner Eltern zu verstehen. Ihr kam in den Sinn, daß das vielleicht sein Gutes hatte. Nur die halb erfüllten Wünsche erregen einen weiter. Ja, alles soll so bleiben, dachte sie in dieser Minute vor diesem lautlos fließenden, blitzenden Wasser, es ist einfach wundervoll, in sich diese Erregung aufsteigen zu spüren.

Sie hatte lange vor dem Blumenladen gestanden, und so kam sie zu spät in die Kaiserallee. Wo bleibst du denn bloß? fragte Marlene. Sie hielt die Hand auf, nicht, damit Tami etwas hineinlege, sondern, um ihr zu verdeutlichen, wie die Zeit drängte. Tami eilte in die Küche und packte die Zitronen, die Nüsse und die Bitterschokolade auf den Tisch, die sie bei Tietz in der Lebensmittelabteilung gekauft hatte und die Marlene für ihren Guglhupf brauchte, der Sternberg so schmeckte. Marlene stürmte ihr nach, doch einen Moment später war sie schon wieder auf dem Flur und lief schnurstracks in ihr Schlafzimmer, von wo sie mit einem schwarzen Kleid herauskam, jenem, das sie am Tag zuvor getragen hatte. Da, sagte sie zu Tami, nimm, ich brauch es nicht mehr. Zieh es am besten gleich an. Tami stieß einen Freudenschrei aus und tat, wie ihr geheißen, und Marlene widmete sich, mit den geübtesten Handgriffen der Welt, ihrem Kuchen.

Dann erschien Sternberg. Er war ein verblüffend kleiner Mann. Jedenfalls staunte Tami über seinen Wuchs, vielleicht, weil sie Sternberg nur aus den Erzählungen Marlenes kannte, die nun schon seit Wochen mit ihm drehte, und jenen Erzählungen zufolge war er ein Gigant.

Wie er diesen Beleuchter dirigiert hat: Es ging um vielleicht 20 Zentimeter, und es dauerte zehn Minuten. Zehn Minuten für 20 Zentimeter! Aber die Wirkung war umwerfend. Es war ein *ganz* anderes Licht!

Heute hat er mir gezeigt, wie man Filme schneidet und zusammenklebt. Er sagte, eine Schere sei für einen Film so wichtig wie drei Kameras. Und wißt ihr, was das Verrückteste ist? Ich sehe eine Schere jetzt mit anderen Augen!

Wenn ich durchblicken lasse, daß mir der ganze Film ein bißchen zu ordinär ist, also wenn er merkt, etwas in mir sträubt sich, dann baut er sich vor mir auf und sagt leise, so daß es für die anderen nicht zu hören ist: Was hast du denn, Marlenchen? Ich werde dein Schöpfer sein, das weißt du doch. Ich werde dich erschaffen, du mußt einfach nur tun, was ich dir sage.

Stellt euch das vor: Er ist mit den Weinfässern nicht zufrieden, auf denen ich sitzen soll. Die Metallbänder drumherum sind ihm zu breit. Er hat neue Fässer bestellt. Ich sehe keinen Sinn darin. Aber *er* wird sich schon was dabei denken.

Seine Beurlaubung von der Paramount ist seit zwei Tagen vorbei. Er hätte am 14. Januar aus Berlin abreisen müssen. Aber es scheint ihn überhaupt nicht zu stören. Es setzt eine saftige Geldstrafe, und er, er läßt mich trotzdem sechs oder sieben Mal diese Nummer singen, und schon wieder ist ein Tag um!

Während des Essens wirkte Sternberg höflich und zurückhaltend. Seine Extravaganz schien auf das Studio begrenzt zu sein. Und womöglich war es gerade diese leichte Reserviertheit, die Marlene antrieb, jetzt mit dem Spielen fortzufahren. Es schien Tami, als müsse Marlene in ihrer Wohnung, in der sie sich sonst vollkommen natürlich bewegte, an diesem Abend zwanghaft weiterdrehen, als könne sie einfach nicht aufhören, hier das zu tun, was Sternberg tagsüber in den Tempelhofer Kulissen von ihr verlangt hatte. Sie blieb im Türrahmen, mit der Salatschüssel in ihren Händen, den Bruchteil einer Sekunde länger als nötig stehen, die Anwesenden fixierend und zugleich übersehend, eine lebende Pause, in die niemand mehr hineinzureden wagte, bis sie selber sie beendete, indem sie fragte, na, is irgendwas? Und nach dem Kalbsbraten, während die anderen sich satt und zufrieden zurücklehnten, beugte sie sich für ein paar Sekunden nach vorn, so daß ihr Pfannkuchengesicht direkt unter der großen Lampe war. So verharrte sie. Das Licht hob nun viel deutlicher ihre Wangenknochen hervor und verlängerte und begradigte die Linie ihrer Stupsnase. Und sie ahnte das. Sie spürte, daß sie auf eine neue, kühle, dramatische Art verführerisch war. Sie probierte es schon aus, und zwar ausgerechnet an Sternberg: Je bereitwilliger Marlene zu der Person wurde, die er erfunden hatte, um so gebannter verfolgte er sie, um so abrupter wurden seine Bewegungen, wenn es galt, ihr einen Gefallen zu tun, und mit um so leiserer Stimme redete er mit ihr.

Sternberg sprach bei Tisch fast nur noch mit Marlene.

Sie aber, die genau wußte, was es bedeutete, wenn ihr jemand mit so einer Stimme kam, scheute sich nicht, sich zurückzulehnen, immer weiter, damit die Stimme ihr folgen mußte.

Marlene ging jetzt in die Küche, um den Guglhupf zu holen. Sternberg erhob sich und machte Anstalten, ihr zu folgen, blieb dann jedoch stehen, schüttelte seinen Kopf und stapfte zum Balkon.

Als er draußen war, drückte Tami ihren Ellbogen an Rudis Unterarm. Rudi, ist alles in Ordnung?

Er erwiderte ihren Druck. Natürlich, Tamilein.

Und schon waren Marlene und Sternberg, erst sie, dann er, wieder zurück.

Sternberg lobte den Kuchen, und Rudi pflichtete ihm bei. Solch einen Guglhupf, sagte Rudi, kriegen Sie nicht einmal in Wien oder Salzburg. Er wirkte ruhig und heiter, den ganzen Abend schon. Weder platzte er dazwischen, wenn Marlene mit Sternberg redete, noch zog er, der an den Rand Gedrängte, sich schmollend zurück. Vielmehr warf er, in denkbar unaufgeregter Art, dann und wann etwas in die Unterhaltung ein und trieb sie auf seine Weise voran. Fast schien es Tami so, als wolle er mit Sternberg Freundschaft schließen.

Über jene maßvolle Zugänglichkeit, jene perfekte Aufgeschlossenheit wunderte sie sich. Zwar war ihr klar, daß Rudi in diesen Stunden nichts unternehmen würde, womit er Marlene Schaden zufügen könnte, aber irgendeine Reaktion, mit der er unterschwellige Abwehr ausdrücken würde, hatte sie schon erwartet, ein kurzes pikiertes Schweigen, ein genervtes Hochziehen der Augenbrauen, eine ironische Nebenbemerkung, was auch immer. Sternberg war ja nicht irgendein einflußloser Liebhaber wie Forst, sondern eine Berühmtheit aus Hollywood, und wenn Tami sich nicht täuschte, so war er gerade dabei, Rudi seine wichtigste Rolle zu rauben, die Rolle desjenigen, der, mit prinzipiellen Ratschlägen und mit kleinen, auf den ersten Blick nebensächlich wirkenden Hinweisen, Marlenes Karriere steuerte.

Sie erinnerte sich jetzt, wie Rudi einmal mit einer Engelsgeduld auf Marlene eingeredet hatte. Mutti, hatte er gerufen, so glaub mir doch, du hast schöne Finger. Und wenn du denkst, sie seien zu kurz – ja, Papi, das sind sie, sieh sie dir an, na, das kriegt doch ein Blinder mit, und übrigens, falls du es vergessen hast, auch meine Zehen sind so, schrecklich –, gut, wenn das wirklich ein Problem für dich ist, dann löst du es nicht, indem du krampfhaft vermeidest, deine Hände in die Kamera zu halten. Halt sie ruhig hinein. Nur laß dir die Nägel ein wenig länger wachsen als bisher, und gewöhn dir an, deine Finger zu strecken. Und vor allem, benutz bei den Aufnahmen Handschuhe. Du benötigst alle möglichen Schnitte und Materialien für die verschiedensten Einstellungen. Diese Handschuhe müssen überhaupt nicht größer sein als jene, die du gewöhnlich trägst, denn sie allein werden schon bewirken, daß deine Finger länger erscheinen. Und wenn du niemandem was sagst, wenn du dich nicht erklärst, wird auch niemand erfahren, warum du dich so oft in Handschuhen zeigst. Mutti, mit ein bißchen Glück wird es sogar eine Mode werden. Dann kannst du der Presse alles erzählen, sogar die Wahrheit, und keiner wird auf die Idee kommen, sich über dich lustig zu machen. Hör mal, sie werden alle verrückt nach deinen Fingern sein, sie werden deine Handschuhe küssen wollen, weil sie etwas Göttliches darunter vermuten, ich sag dir, eines Tages wirst du Lebertran aufs Leder deiner Handschuhe schmieren können, oder Schuhcreme, sicher, nimm Schuhcreme, und sie werden sie dir ablecken, und danach werden sie noch behaglich grunzen, als wär es Gänseleberpastete, das garantier ich dir.

Während die anderen drei sich weiter unterhielten, räumte Tami das Geschirr ab. Marlene hatte sie nicht dazu auffordern müssen, nicht einmal mit einer für die anderen unmerklichen Bewegung ihrer Augen. So war es immer, an Abenden wie diesen stand Tami geräuschlos auf und verschwand mit Tellern und Töpfen in der

Küche. Manchmal hörte man sie dort ein russisches Lied summen. Es war, als danke sie Marlene mit Aufopferung und Frohsinn dafür, daß sie die Liebhaberin ihres Mannes sein durfte, aber wenn es so war, dann dachte sie nicht darüber nach. Manchmal fiel ihr in ihrem Übermut auch etwas zu Boden und zersprang, und Marlene runzelte die Stirn, und Rudi rief, sieh dich doch vor, Tamara, wenn du dich nur einmal vorsehen könntest. Sie schaute dann betrübt ins Eßzimmer. Doch jedem hier wurde deutlich, daß sie nicht imstande war, jetzt mehr als nur ein flüchtiges Schuldgefühl zu empfinden. Und das mußte sie auch nicht. Die kleine Runde hatte sich schon von ihr abgewandt, hatte den Zwischenfall vergessen und das unterbrochene Gespräch wieder aufgenommen.

Kurz vor Mitternacht fiel Marlene ein, ins Schwannecke zu wollen. Sternberg erklärte, mit ihr zu gehen, und schaute fragend Rudi an. Der sagte, er sei müde: Ich werde ins Bett fallen wie ein Stein.

Als aber Tami Minuten später ins Kloster trat, fand sie ihn aufrecht auf seinem Bett sitzend. Kein Zweifel, er hatte sich nicht gerührt, seit er sich an dieser Stelle niedergelassen hatte. Und er rührte sich auch jetzt nicht, nach ihrem Eintritt in den dunklen Schrein, in den nur ein wenig Straßenlaternenlicht fiel, ein matter Film, der den blonden, schlanken Rudi schwarz und massig erscheinen ließ.

Ruditschka?

Er atmete durch die Nase, ein leises Pfeifen.

Ich zünde die Kerzen an, ja?

Wieder dieses Pfeifen.

Nun, da es heller war, sah sie, daß er noch vollends

bekleidet war, mit Anzug, Krawatte und Lederschuhen, mit den Insignien seines Selbstvertrauens. Sie kannte ihn nur als nicht zu erschütternden Mann, als einen, der nie ihrem Blick auswich. Aber nun schaute er an ihr vorbei in die Kerzen. Sie spürte eine verhaltene Freude. War das Mitleid? Und wenn es das war, wie konnte es ihr Freude bereiten? Sie betrachtete Rudi, der noch immer woandershin starrte, und wußte, daß sie darauf gewartet hatte: auf seine Schwäche, auf das Zerbrechen seiner phantastischen, grauenhaften Souveränität. Nun kommt es endlich auf mich an, sagte sie sich. Und schon war jener Gedanke ersetzt von einem ungeteilten Begehren. Tami empfand in dieser Minute mehr Verlangen nach Rudi als je zuvor.

Sie flüsterte ihm etwas zu.

Das Pfeifen verstummte.

Sie zog ihn aus, das ging ganz leicht, Rudis Arme und Beine ließen sich bewegen wie die Glieder einer Marionette. Sie legte ihn sich zurecht und begann, ihn an seinem Kehlkopf zu streicheln, sie drückte dort in der ungeheuren Sicherheit, eine Reaktion hervorzurufen. Vielleicht, so dachte sie, beginnt Rudi zu schlucken, vielleicht nach meinem Finger zu schnappen. Aber als sein Glied an ihrem Schoß entlangstreifte und schließlich gegen ihren Leib schlug, wußte sie, daß genau dieses Aufrichten ihr Wunsch gewesen war, sie hatte es an Rudis Kehlkopf gefordert wie jemand, der an einer Tür Einlaß begehrt, indem er den Klingelknopf drückt. Sie umschloß sein Glied mit den Händen und preßte es, wie sie als Kind in Moskau immer Schnee gepreßt hatte, den sie formen wollte. Führte Rudis Begierde in ihre und ließ sie wieder hinausgleiten, direkt in ihre Hände, sie bestand aus Zweierlei, das Rudi nicht unterscheiden konnte, nicht mehr, er drang von einer Vollkommenheit in die andere, immer wieder, bis er sich aufbäumte wie ein starkes Tier im Todeskrampf und sie in die Höhe stemmte. Sie hatte nun die Apothekengläser vor Augen, in denen die Flüssigkeit hin- und herschwappte und die konservierten Innereien leicht schaukelten. Einen Moment war sie verwirrt, ja entsetzt über das Bild, das sich ihr bot, aber dann verleibte sie es sich gierig ein. Sie beugte sich nach vorn, griff nach einem Glas und klammerte sich daran fest und floß in es hinein, in ihren eigenen vibrierenden, sich spiegelnden Körper, in Rudi, der aus dem Gefäß wimmerte und schrie, in die schwimmenden Organe, die sie jetzt waren.

Rudi, was war das? Tami lag ausgestreckt neben ihm, nur ihre Oberarme berührten einander. Rudi hatte sich eine Zigarette angezündet. Der Rauch zog als dichter Schleier auf die Kerzen zu und zerriß zwischen ihnen, wurde geschlitzt wie hauchdünne Seide von den Spitzen eines Zaunes.

Rudi antwortete nicht, obwohl er die Antwort wußte. Das waren wir, dachte er, wie wir vielleicht nie wieder sein werden. Oder wie wir immer sein werden. Aber wer weiß, ob wir uns getrauen werden, es noch einmal so bloßzulegen.

Tami hatte sich, mit geschlossenen Augen und schweren Gliedern, schon zu Rudi gerollt; erstmals hatte sie, nachdem sie sich geliebt hatten, nicht mehr daran gedacht, daß sie aufstehen und die Wohnung verlassen mußte. Da wurde sie von Rudi sanft, doch bestimmt zurückgedrängt. Sie erinnerte sich, und der jähe Gedanke, jetzt in die Nachodstraße laufen zu müssen, hin zu ihrem kalten Zimmer, erschien ihr unwirklich.

Laß uns noch zu Schwannecke gehen, sagte Rudi. Schon schlüpfte er in seine Kleider. Wollte er sie jetzt vor der Einsamkeit bewahren, oder wollte er dorthin, weil alle da versammelt waren und er seine Selbstsicherheit wiedergefunden hatte und nun bereit war, sich mit ihnen zu vergnügen? Tami wußte es nicht. Sie lächelte Rudi an. Er lächelte zurück, befeuchtete mit der Zunge Daumen und Zeigefinger und erstickte die neben ihnen flackernden Kerzenflammen. Rudis Hand mußte jeweils nur einmal zuschnappen. Dann öffnete er sie und umfaßte mit den noch heißen, zur Zange geformten zwei Fingern Tamis Gesicht, gerade so, daß es ihr nicht weh tat.

Sie stießen die Schwingtür auf. Im Vorraum stand, als habe er schon auf sie gewartet, Viktor Schwannecke. Er war ein ehemaliger Schauspieler, in dessen Weinrestaurant jeden Abend seine alten Theaterkollegen und seine Bekannten vom Film, Tänzerinnen und Literaten, Kabarettisten und Kritiker verkehrten. Mit dem Lokal erntete er jenen Ruhm, der ihm auf der Bühne versagt geblieben war. Und Viktor genoß ihn. Einmal eines Nachts wollte er testen, wie weit sein Renommee nun reichte. Er stieg in das erstbeste Taxi und bat den Chauffeur, er möge ihn zu einem Etablissement bringen, in dem man vorzüglich speisen und dazu prominente Künstler treffen könne. Und siehe, prompt wurde er bei sich selbst abgeliefert. (Jener Chauffeur war Sergej Matul, nur dadurch kam die Sache heraus. Er erzählte Tami von der überschäumenden Freude seines

Gastes beim Anblick des Lokals, welche ihm, Sergej, rätselhaft gewesen sei. Ahnte ich's doch, habe der Gast ausgerufen, und ein unglaublich hohes Trinkgeld gezahlt. – Wie sah der Mann aus, Sergej? – Folgendermaßen. – Na dann. Na dann kann das nur der Schwannecke persönlich gewesen sein.)

Alle 15 Nischen waren besetzt. Alle frei stehenden Tische waren zu einer langen Tafel zusammengeschoben, an der Klabund, Polgar, Kuh, Fritzi Massary mit ihrem Pallenberg, Hollaender, Rudolf Nelson, Willy Rosen, Marlene, Sternberg und Leni Riefenstahl saßen. Das jedenfalls waren jene, die Rudi mit dem ersten Blick erfaßte. Und zugleich wußte er, daß es sich um eine Premierenfeier handeln mußte, denn nur in Premierennächten räumte Schwannecke sein Lokal so um.

Wer feiert, Viktor?

Hollaender, seine neue Revue im Tingel-Tangel.

Rudi nickte.

Wenn es stimmt, was alle flüstern, ist er in ein paar Wochen berühmt, sagte Schwannecke.

Rudi schaute ihn an, als verstünde er nicht. Das ist er doch bereits, Viktor.

Aber nicht richtig. Deine Marlene ist auch nicht berühmt. Aber sie wird es werden, und mit ihr Hollaender und seine Musik. Alle in diesem Sternberg-Film werden es werden, außer Jannings natürlich, der ist es ja wirklich schon. Nur wird er an Berühmtheit verlieren. Das muß so sein, Rudi, ich sage immer, mit der Berühmtheit ist es wie mit dem Sand in einer Sanduhr. Erreicht sie den einen, verläßt sie den anderen. Viktor lachte schadenfroh. Jannings wird an Berühmtheit verlieren, meinst du nicht auch?

Warten wir's ab, Viktor.

Sie fanden Platz zwischen Willy Rosen und dem Bankier Hans Goldamer, der Rudi seit Jahren half, Geld für seine Projekte zu besorgen. Ihnen schräg gegenüber erzählte Kuh gerade irgendeine Schnurre über den Maler Liebermann.

Als er fertig war, lachten fast alle. Tami lachte nicht, weil sie nicht Kuh zugehört hatte, sondern Rosen, von dem sie, kaum, daß sie sich gesetzt hatte, in Beschlag genommen worden war, und Marlene hatte, stumm, nur gewartet, bis alles Lachen verebbt war. Zielsicher, in genau der Sekunde, in der das geschah, rief sie, mit noch rauchigerer Stimme als gewohnt, na, diese Maler sind alle mit Vorsicht zu genießen. Ich hab mich ja schon daran gewöhnt, daß mir beim Drehen jede Menge Leute, die da gar nichts zu suchen haben, zwischen die Beine sehen. Sind immer mehr geworden in den letzten Tagen, weiß beim besten Willen nicht, warum. Bitte, wenn sie Spaß dran haben. Aber am schlimmsten war dieser Grosz. Der sah aus wie eine der abscheulichen Gestalten, die er immer malt, stimmt doch, nicht? Sie schaute zu Sternberg. Er nickte andeutungsweise, mit geschlossenen Lidern. Also der hat sich vielleicht verrenkt. Und seine Augen sind ihm fast herausgefallen. Hätte mich gefreut, wenn's passiert wäre. Ich hätte sie aufgehoben und ihm in die Hosentasche gesteckt, das heißt, wenn da noch Platz gewesen wäre.

In ihrer Derbheit, die sie aufblitzen und sofort wieder erlöschen lassen konnte, verhielt sich Marlene nicht anders als an einigen früheren Abenden, und doch waren die Reaktionen in der Runde jetzt andere, als sie es je gewesen waren. Kein anzügliches Lachen mehr.

Erst recht keine mißbilligenden Gesten. Allenfalls ein stilles Grinsen, oder gar völlige Unbeweglichkeit von Gesichtern, von Körpern. War das schon Ehrfurcht? Noch nicht. Aber eine feine Ahnung, daß einmal Ehrfurcht heraufziehen könnte, die wird es wohl gewesen sein.

Tami hatte, als Marlene zu reden anhob, ihr Gespräch mit Willy Rosen unterbrochen, und während sie ihr lauschte, fiel ihr wieder einmal auf, wie unkompliziert Marlene mit den Dingen und den Menschen umging. Sicher, sie, Tami, tat das auch, aber auf eine weniger fordernde Art. Sie staunte immer, wenn etwas oder jemand wie durch Zauberei zu ihr gekommen war. Sie dachte jetzt daran, daß Marlene jedes Kleid aus jeder Requisite, in das sie sich verliebte, einfach mitnahm und es mit der größten Selbstverständlichkeit als ihr Eigentum deklarierte. Tami ging in Gedanken all jene Kleider durch. Dann zählte sie, wie viele davon mittlerweile in ihrem Schrank hingen. Bestimmt ein Drittel. Sie wußte nicht, was die anderen an der Tafel gerade von Marlene hielten, sie wußte nur, daß *sie* ihr gegenüber eine tiefe Zuneigung empfand: Diese Frau beschenkt mich mit lauter schönen Kleidern, nicht zu reden vom Essen, das sie ständig bezahlt; und Rudi, hat sie mir nicht auch Rudi überlassen?

Sie drehte sich zu ihm, doch er fragte gerade Goldamer in einer Steuerangelegenheit aus. Also drehte sie sich zurück und stützte sich auf den Tisch.

Sind Sie wieder da? fragte Willy Rosen, ihr Nachbar auf der anderen Seite.

Sie wollte sagen, ich war doch nicht weg, aber bevor sie das tun konnte, begriff sie, was er gemeint hatte.

Wo waren Sie? Oder sollte ich das nicht fragen?

Doch. Tami war verwundert darüber, daß ihm ihr Wegschweben aufgefallen war. Sie kannte ihn nur von der Bühne, wo er ohne Unterlaß Witze riß. Er erweckte dort den Eindruck, als käme neben ihm nie jemand zu Wort, als nähme er die Menschen bloß als kreisförmige oder rechteckige oder quadratische Masse wahr, als sein vielköpfiges, in die Maße des jeweiligen Spielortes gegossenes Publikum.

Bei Marlene war ich … bei Marlene. Und Sie? Waren Sie vielleicht auch irgendwo?

Ja, aber ich glaube, das gehört nicht hierher.

Warum nicht?

Weil es etwas Trauriges ist.

Dann gerade, sagte Tami, ohne daß sie es so gemeint hätte. Aber hören wollte sie schon, was Rosen zu erzählen hatte.

Er schaute sie überrascht an und fragte dann: Kennen Sie diesen Jungen, der Werbung für diese Babycreme macht, kennen Sie die Bilder von ihm? Sie sind überall in der Stadt. Wahrscheinlich ist er der am meisten reproduzierte Junge Berlins. Gestern ist er bei einem Unfall gestorben. Es stand in der Zeitung. Ich habe es vorhin gelesen. Er ist vor eine Straßenbahn gelaufen. Seine Mutter, eine russische Emigrantin übrigens, hatte einen Augenblick nicht aufgepaßt. Und jetzt sieht sie ihn überall. Jetzt muß sie ihn überall sehen. Verstehen Sie? Er lacht sie von jeder Ecke aus an, dabei ist er tot, und das ist es, was mir gerade durch den Kopf ging.

Es muß schrecklich sein für die Frau, sagte Tami. Sie begann auf einmal, lautlos zu weinen.

Hinter ihrem Rücken tippte Rosen Rudi an, der noch immer mit Goldamer redete. Rudi entschuldigte sich bei Goldamer und legte seinen Arm um sie. Tami wischte sich mit dem Unterarm über ihre Augenhöhlen. Dann erzählte sie Rudi die soeben gehörte Geschichte.

Das ist ihre russische Seele, sagte er später, über sie hinweg zu Rosen gewandt, voller Milde (und, wie es schien, mit ein wenig Stolz), sie verstärkt alles, das Schöne und das Schreckliche, da kann man nichts machen, diese Seele kennt eindeutig mehr Gefühl und vor allem mehr Dramatik als die unsrige. Aber Tami dachte etwas anderes: Das ist die Erregung, in der ich bin, sie schält meine Schutzschichten ab wie ein Spachtel irgendeine Baumrinde, bloß von innen, nein, sie hat nicht nur ihr Gutes, ich kann doch nicht einfach anfangen zu heulen, nur wegen einer fremden Frau, ob sie nun Russin ist oder nicht, man müßte einen Hebel haben, oder laß es einen Knopf sein, mit dem man die Erregung stoppen oder zulassen kann, je nachdem, wie man es gerade braucht.

4

An Dr. Kahmer, Schillerstraße 8: Ich bin unangenehm berührt von dem Umstand, daß Sie für eine einfache Untersuchung 75,– Mark von mir fordern, und dies um so mehr, da Sie leider nicht in der Lage waren, eine richtige Diagnose (Nierenentzündung) zu stellen. Dazu mußte ich, wie Ihnen bereits bekannt sein dürfte, Ihren geschätzten Kollegen Dr. Knipphals konsultieren. Ich darf Sie daran erinnern, daß ich Ihnen alle Ihre bisherigen Leistungen unmittelbar nach Rechnungsstellung in vollem Umfang vergolten habe. Ich bin jedoch nicht bereit, die Art und Weise, wie Sie jetzt zu kassieren beabsichtigen, zu akzeptieren, und fordere Sie hiermit auf, mir eine angemessene Summe, die etwa bei der Hälfte der von Ihnen verlangten 75,– Mark liegen könnte, zu nennen. Diese werde ich Ihnen dann, wie gewohnt, umgehend überweisen.

An die Filmfabrik Agfa, Wolfen: Wie ich aus zuverlässiger Quelle erfuhr, beabsichtigt die Firma Horch in Zwickau, mit Photos meiner Frau Marlene Dietrich den Verkauf ihres neuen Automobilmodells anzukurbeln. Ich darf Ihnen mitteilen, daß ich von meiner Frau, die sich bekanntlich seit April 1930 in Hollywood aufhält, als Generalbevollmächtigter eingesetzt worden bin und in dieser Eigenschaft Einspruch gegen dieses Vorgehen erhebe. Ich hatte bei der Direktion der Autowerke in Zwickau angefragt, von wem die Bewilligung zur Nutzung der Bilder erteilt wurde. Man antwortete mir, dies sei durch Ihre Firma geschehen. Das befremdet mich außerordentlich. Ich darf Sie daran erinnern, daß meine Frau Ihnen zwar gestattete, eine Bilderserie von ihr zu machen, jedoch unter der ausdrücklichen Bedingung, diese nur für Propaganda- und Reklamezwecke Ihres Betriebes zu verwenden. Wollen Sie also bitte die Genehmigung, die Sie unzulässigerweise an die Firma Horch weitergegeben haben, sofort zurückziehen, anderenfalls ich gezwungen bin, rechtliche Schritte gegen Sie einzuleiten.

Gespräch mit dem Besitzer des Geschäfts Goldpfeil, Leipziger Straße/Ecke Wilhelmstraße: Ich sah im Schaufenster einen Koffer, für den Sie Reklame mit Filmbildern von Marlene Dietrich machen. – Ja, es ist ein Prachtstück, wollen Sie ihn kaufen? – Ich will ihn nicht kaufen. Ich will, daß Sie die Reklame entfernen. – Ein ungewöhnlicher Wunsch. Gestatten Sie mir die Frage, worauf er beruht? – Sparen Sie sich die Ironie. Ich heiße Rudolf Sieber und vertrete Frau Dietrich, bei der es sich um meine Gattin handelt, in allen geschäftlichen Dingen. Ich habe Ihnen keine Genehmigung für diese Reklame erteilt und muß Sie auffordern, sie sofort aus dem Fenster zu entfernen. – Nun, das ist jetzt leider nicht möglich, Herr Dietrich, denn wie Sie sehen, habe ich Kundschaft. Nach Ladenschluß werde ich mich vielleicht darum kümmern können.

Tami, so Rudi anderntags, fahr doch bitte in die Leipziger Straße zu diesem Geschäft, von dem ich dir erzählte, und sieh nach, ob die Photos herausgenommen wurden. Wenn nicht, kommst du sofort wieder her und sagst mir Bescheid. Dann muß ich wohl andere Saiten aufziehen bei diesem Schmarotzer dort.

Clara hantierte in der Küche, und Tami saß mit dem Kind auf dem Boden und spielte Kaufmannsladen, seit einer Stunde schon, es war Nachmittag, und es war für sie nichts weiter zu tun. Auch am Abend würde sie freihaben. Seit Marlene in Amerika war, hatte sie nur noch einmal getanzt: weil sie es langsam satt hatte, halbnackt auf einer Bühne herumzuhüpfen, weil sie bei Rudi sein wollte und weil es jetzt ohnehin nicht mehr so viele Aufträge wie Ende oder gar Mitte der zwanziger Jahre gab. Im Grunde verdiente sie kein Geld. Rudi, dem es nicht viel besser ging, erhielt regelmäßig Schecks aus Hollywood, von denen er Tami ein Taschengeld zahlte.

Das Telephon läutete. Sie hörte es kaum, so war sie ins Spiel vertieft; wie auch Maria, die gerade aus einem kleinen Päckchen mit der Aufschrift »Waschpulver« weiße Körner in ein Eimerchen schüttete.

Mutti!

Tami horchte auf, als Rudi in den Hörer rief, nicht aber das Kind. Mit einer Versunkenheit, an der jeder Ton abprallte, schichtete es alle in seinem Besitz befindlichen Papp-Pfennige zu einer Säule.

In den drei, vier Minuten, in denen Rudi mit Marlene sprach, erzählte vor allem sie, und er machte nur ein paar Einwürfe. Dann rief er zweimal laut das Kind. Es sprang auf und streifte, ohne es freilich zu bemerken, den Pfennigstapel, der erst wankte und dann umfiel.

Ja, Mutti, sagte es.

Ja.

Aber Mutti!

Ich spiele mit Tami Kaufmannsladen. Ich habe schon ganz viele Pfennige von ihr.

Ja, das tue ich, Mutti.

Tami trat hin zu Rudi und flüsterte, Ruditsch, ich wußte gar nicht, daß es jetzt möglich ist, von Amerika aus ein Gespräch hierher zu führen.

Es funktioniert erst seit kurzem. Gerade wurde das Atlantikkabel verlegt.

Das Kind verabschiedete sich von seiner Mutter und ließ sich erneut auf dem Boden nieder. Es entdeckte die verstreut liegenden Pfennige, verzog kurz sein Gesicht, wobei ihm ein leises Seufzen entfuhr, und schob die Pfennige mit seiner aufgestellten Hand zu einem losen Haufen zusammen.

Einige Wochen später brachte die Illustrierte, die Tami morgens bei ihrem Wellenreiter im Tabakladen durchblätterte, Bilderserien: Marlene, bäuchlings quer in ihrem Bett liegend, vor der Brust einen Telephonapparat, in der rechten Hand die Muschel zum Sprechen, in der linken den Trichter zum Hören. Auf dem Nachttisch ein Photo des Kindes, ein Wecker, auf dem es kurz nach vier ist, sowie eine kleine Lampe, in deren Schein ihre langen lackierten Fingernägel glänzen. Marlenes Gesicht schmaler als vor ihrer Abreise. Auf dem letzten Bild der Serie hat sie es, die Lider selig geschlossen, neben das Kissen gebettet. Ihren Arm hat sie um das Telephon geschlungen, eng und verträumt, als wäre es eine Stoffpuppe.

Es ist bei ihr mitten in der Nacht gewesen, dachte Tami. Wie müde sie am Ende gewesen sein muß! Sie hat nicht einmal mehr genug Wachheit besessen, um den Apparat auf den Nachttisch zu stellen. Dann fiel ihr ein, daß Marlene sich hatte photographieren lassen. Daß, natürlich, der Photograph mit seinem Blitzlicht noch im Raum gewesen sein mußte und sie nie und nimmer geschlafen haben konnte. Tami fühlte abermals Bewunderung aufsteigen: Ein paar Bilder genügen, und sofort ist *gültig*, was sie dir vorspielt. Sie benötigt nur ein paar Bilder dafür. Zugleich aber spürte Tami jetzt ein leichtes Unbehagen. Marlene mußte ja auch dem Kind etwas vorgespielt haben. Zumindest kann sie nicht ganz bei ihm gewesen sein. Hat sie es, genaugenommen, nicht sogar benutzt für jene Photos? Tami schoß das Wort Verrat durch den Kopf, und sie erschrak. Sie fand es sofort unangemessen, ja völlig übertrieben, und bedauerte, es zugelassen zu haben, und schämte sich ihres Undanks, denn war es nicht Undank, der sich soeben, wenn auch nur für einen kurzen dunklen Moment, gezeigt hatte?

Der Alte hatte so getan, als interessiere ihn nicht im geringsten, worauf Tami da starrte. Er hatte Zigarettenpäckchen aus einem großen Karton gepackt und sie ins Regal gelegt, das sich neben dem Tresen befand, immer nur ein Päckchen mit jeder Hand, so konnte er in Bewegung bleiben. Plötzlich hielt er inne. Er stützte sich mit seinen Handballen auf den Tresen, mit abgespreizten Fingern, deren Kuppen auf den beiden Päckchen ruhten, die er gerade dem Karton entnommen hatte, und brummte, ziemlich viele Bilder für eine einzige Frau.

Tami sah auf. Finden Sie?

Vor allem für diese.

Tami spürte, wie sie rot wurde. Was haben Sie denn gegen sie?

Daß sie mich für dumm verkaufen will. Haben Sie diese Geschichte mit dem Zahn und den amerikanischen Reportern gehört?

Sie meinen den Zahn des Kindes?

Natürlich. Sie behauptet allen Ernstes, sie könne jetzt keine Rundfunkinterviews geben, weil sie diesen Zahn im Mund behalten müsse. Einen solchen Kokolores habe ich noch nie gehört.

Tami schwieg.

Der Alte griff sich die beiden Päckchen und sagte, man sollte sich mit so etwas erst gar nicht beschäftigen.

Abermals schwieg sie.

Da ging er um den Tresen herum zu ihr und brummte, ich erzähle Ihnen mal etwas wirklich Interessantes, das werden Sie – er wischte mit dem Handrücken über die Illustrierte, in der Tami geblättert hatte, als wolle er den Inhalt wegkehren und die Papierbögen zurück ins Stadium ihrer Jungfräulichkeit führen – nie in solchen Blättern finden. Ich habe es gestern in einem Expeditionsbericht gelesen. Der Autor hat die Lebensweise des Dobu-Stammes an der Ostspitze Neuguineas untersucht, und dabei hat er unter anderem herausgefunden, daß diese Insulaner sich nach einem Todesfall sofort einen Sündenbock suchen, auch, wenn es sich um einen völlig natürlichen Tod gehandelt hat. Und, hören Sie, jetzt kommt's: Zu diesem Sündenbock wird fast immer der Mensch gemacht, der dem Verstorbenen am nächsten stand. Stellen Sie sich also vor, es ist eine Frau, die stirbt, und es gibt einen Witwer. Dann wird ein Loch in den Fußboden seines Hauses gegraben, und er wird mit Holzkohle geschwärzt und muß da hinein, und zwar für mindestens einen Monat. Später muß er für seine Schwiegereltern auf dem Feld arbeiten, genau so, wie er es in der Zeit getan hatte, da er ein Bräutigam war. Seine eigene Pflanzung hingegen muß von seinen Geschwistern versorgt werden. Durch Zahlungen an den Clan der Toten kann er sich freikaufen. Hat er das getan, durchschneiden ihre Verwandten ihm die Seilschlinge, die sie ihm unmittelbar nach ihrem Tod zum Zeichen der Trauer um den Hals gehängt hatten, und waschen ihm den Ruß ab. Die Buße ist nun vorbei. Und trotzdem wird er nie wieder so leben können wie zuvor, denn er muß seine Kinder im Dorf seiner Frau zurücklassen und darf es nicht wieder betreten. Er wird mit seinen Kindern nie mehr ein Wort wechseln können.

Der Alte zündete sich seine Pfeife an, ein wenig zitternd, wie nach einem langen, anstrengenden Arbeitstag, und blickte währenddessen zu Tami.

Sie stöhnte leicht und flüsterte dann: Aber weshalb muß er so büßen, wenn er doch gar nichts getan hat? Sie ist doch einfach nur gestorben.

Er lächelte. Mir ging es, nachdem ich den Bericht gelesen hatte, zunächst wie Ihnen. Aber bedenken Sie: Für den Clan seiner Frau war er schuldig, so wie sie im Falle seines Todes für seinen Clan schuldig gewesen wäre, und ich meine, dahinter steckt nicht bloß ein bestimmtes unauslöschliches Rachegefühl, sondern die vollkommen richtige Erkenntnis, daß, wer nur lange genug nah beieinander ist, zwangsläufig Schuld auf sich lädt. Man tut einander Schreckliches an, wenn man unter einem Dach lebt, das wissen diese Insulaner, und sie ahnden es, auf ihre zugegeben grausame Art und Weise. Zumindest ist das meine Erklärung.

Tami schüttelte den Kopf. Es gibt diese Zwangsläufigkeit nicht, dachte sie. Doch wie immer, wenn jemand etwas, das ihrer Meinung nach falsch war, mit einiger Bestimmtheit behauptete, fiel es ihr schwer, sich dagegen zu wenden, und so nahm sie, ohne ein Wort des Widerspruchs, ihr Päckchen Chesterfield, das der Alte schon vor Minuten bereitgelegt hatte, hielt es wie zum Dank in die Höhe und verabschiedete sich mit ein paar aufmerksamen Worten, mit der Freundlichkeit, die er so an ihr schätzte.

Tamis Fluchten in der Früh: Im Sommer erste, schon kräftige Lichtstrahlen, die durch die Glasscheibe der hölzernen Eingangstür ins Haus in der Kaiserallee fielen, in breiten Streifen, auf denen sie manchmal, ein Bein vors andere gestellt, wie hypnotisiert verharrte. Im Herbst trockenes, vielfältig gewölbtes Laub, das am Tag zuvor in genau den Momenten in den Flur geweht war, in denen jemand die Tür geöffnet hatte (einmal spiekte sie, unabsichtlich, ein Blatt mit ihrem degenspitzen Schuhabsatz auf und schleifte es mit sich bis zur ersten Kreuzung, wo sie es, im Warten, mit der Innenseite des anderen Schuhs abstreifte). Im Winter eine unwirtliche, ernüchternde Dunkelheit und das mechanische Suchen des Lichtschalters (als sich eines Morgens herausstellte, daß die Leitung kaputt war, stützte sie sich während des Treppabsteigens mit der flachen Hand an der Wand ab wie eine Betrunkene, war jedoch so geistesgegenwärtig, zugleich die Stufen zu zählen, für den Fall, die Leitung würde am nächsten Morgen noch nicht repariert sein und sie, die Besucher-Bewohnerin, müßte ein zweites Mal im Finstern hier herunterfinden). Im Frühling das saftige, von Tag zu Tag ein Stück weiter emporschießende Grün auf dem Mittelstreifen der Straße, das sie im Hause weder sehen noch riechen konnte; und dennoch lief sie ein bißchen schneller als sonst in Richtung der Tür und somit weniger vorsichtig.

Tami gehorchte, wenn sie Rudis Wohnung verließ, einer Notwendigkeit, die sie – aus Klugheit? aus Instinkt? – nicht anzweifeln mochte. Ebenso hatte sie sich daran gewöhnt, Rudi ihre Liebe nicht zu zeigen, sobald das Kind sich in ihrer beider Sichtweite aufhielt. Sie beließ es in diesen Stunden bei gewöhnlichen, belanglosen Worten und Gesten der Sympathie. Letztlich war ihr das alles in Fleisch und Blut übergegangen. Aber dann kam der Tag, an dem Rudi von ihr verlangte, sie möge sich vor der Presse verstecken.

Er verlangte es am Nachmittag, gerade als Tami beginnen wollte, sich ihre Kleidung für den Abend zurechtzulegen, und er tat es nicht direkt. Er saß am Schreibtisch und erledigte seine Korrespondenz, sie hantierte hinter ihm im Flur. Tamilein, rief er, ohne sich zu ihr zu wenden, mit nur leicht zur Seite gedrehtem Gesicht, es ist übrigens besser, wenn ich mich allein da hinbegebe, das heißt, mit Hans Goldamer.

In den Gloria-Filmpalast, vor dem der Gehweg schon zwei Tage abgesperrt gewesen war, weil man feinsten hellgelben Sand hinschüttete, den man von der Insel Usedom herangefahren hatte. Im Sand stakten lebensgroße Pappkamele mit der Aufschrift »Morocco«, Tami hatte gesehen, wie sie zusammengebastelt und aufgerichtet wurden, sie war hier entlangspaziert, aus Vorfreude auf die deutsche Premiere, auf Marlene in ihrem ersten Hollywoodfilm, sie hatte schon genossen, sich alles vorzustellen, das prunkvolle Haus, den ergreifenden Film und die strahlende Frau, die ihr ihre Freundschaft geschenkt hatte.

Wenn sie aber tief in sich hineinhorchte, wenn sie ganz ehrlich war, dann hatte sie gewußt, daß sie nicht zur Premiere würde gehen können. Vielleicht war sie deshalb am Tag zuvor zu dem Palast hingelaufen, einfach, um doch dagewesen zu sein.

Rudi, warum willst du nicht mit mir in den Film? Sie kannte, wenigstens ungefähr, die Antwort. Dennoch mußte sie es fragen. Sie stand wie in Marmor gegossen hinter ihm, auf der Türschwelle, sie drückte ihre Füße so in das Holz, daß sie die Unregelmäßigkeiten der Maserung durch die weiche Sohle ihrer Hausschuhe hindurch zu spüren meinte.

Rudi drehte nun seinen Oberkörper zu ihr und stützte sich mit seinem Ellbogen auf die Sessellehne. Tami, ich will ja. Doch es werden jede Menge Photographen da herumschwirren, und wir dürfen uns nicht erlauben, von denen zusammen gesehen zu werden. Ich kann mir schon die Bildunterschriften vorstellen: »Marlene Dietrichs Mann Rudi Sieber bei der Premiere des Meisterwerks Morocco. Während Marlene fern von der Heimat und ihrem kleinen Kind schon an ihrem nächsten Film arbeitet, vergnügt Sieber sich ungeniert mit einer Liebhaberin.« Das geht nicht, Tami, nicht wegen mir, und nicht wegen dir, sondern wegen Marlene. Wie stünde sie denn da?

Tami wischte mehrmals mit einer Fußspitze an der Schwellenkante entlang und trat dann zögernd auf ihn zu. Aber es geht sonst immer. Wir sind überall zusammen, im Adlon, im Schall und Rauch, im Deutschen Theater, bei Dressel, bei Hiller, bei Schwannecke, ach, was weiß ich, wo noch.

Da sind keine Photographen, Tamara!

Sie horchte dem harten Klang ihres unverkürzten Namens nach, dem Ton dieser Zurechtweisung, und wußte nun, daß jede weitere Diskussion sinnlos war. Sie begann zu weinen. Sie hoffte, Rudi würde aufstehen und sie in den Arm nehmen, aber das tat er nicht. Tami fing ihm in letzter Zeit zu schnell zu weinen an, und so rollte er, von ihr unbemerkt, nur mit den Augen. Dann fiel ihr das Ende ihres schnellen Liebesaktes im Damensalon des Gloria-Palastes ein. Rudi hatte ein paar sämige Tropfen auf das hübsche gebürstete Sofa fallen lassen und hatte dazu gegrinst, das war sein siegessicheres, konsequentes Finale gewesen. So unvermittelt, wie ihr die Tränen gekommen waren, stürzte sie nun zu ihm hin und bedeckte ihn mit Küssen und sagte, ist gut, Ruditschka, ist wieder gut, ja?

Ein paar Stunden später streifte sich Rudi den großen Siegelring mit dem rechteckig geschliffenen Smaragd über, den Marlene ihm geschenkt hatte, schlüpfte in seine Abendgarderobe und schickte sich an, die Wohnung zu verlassen. Tami wünschte ihm, lächelnd, viel Spaß. Dabei reckte sie ihr Kinn nach oben. Ihre Arme streckte sie nach unten, ihre Daumen und Zeigefinger rieben aneinander. Als Rudi weg war, wälzte sie sogleich die Frage, ob er selber sich heute das Zusammensein mit ihr verboten oder ob Marlene darauf gedrungen hatte. Was wäre denn besser? fragte sie sich. Wenn Rudi es allein entschieden hatte, war es die Kühle seines Verstandes, wenn es jedoch von Marlene gekommen war, wenn sie ihm eine Art Befehl erteilt hatte, war es nur seine Folgsamkeit. Diesen Gedanken fand sie schrecklicher als jenen. Sie wollte nicht, daß er unterwürfig wurde. Sie hatte keine Erfahrungen, aber etwas in ihr sagte Tami, daß Rudi ihr gegenüber um so schneidender werden würde, je weicher Marlene ihn sich formte.

Sie lief in die Nachodstraße. Es regnete in Böen aus einem blauschwarzen Himmel, ein kalter Oktoberabend, der sie frösteln ließ. Immer dann, wenn ein

Windstoß neue Tropfen herantrieb, mußte sie ihre Augen zusammenkneifen; und ebenso, wenn sie von den Lichtern eines vorüberfahrenden Autos geblitzt wurde. Als sie an ihrem Haus anlangte, sah sie auf einmal in Gedanken ihr leeres Zimmer, und das war eine Vorstellung, die sie deprimierte. Unschlüssig, was sie tun sollte, blickte sie an der Häuserflucht entlang. Nach einigen Sekunden setzte sie sich wieder in Bewegung. Sie bog in die Bamberger Straße und von dort in die Regensburger, drehte eine Runde um den Viktoria-Luise-Platz und entschied sich, von den sechs abgehenden Straßen die Münchner zu nehmen, die wiederum zur Hohenstaufenstraße führt. Dort ging sie, den Kopf gesenkt haltend, um ihr Gesicht nicht dem von vorn peitschenden Regen auszusetzen, bis zur Hausnummer 8. Sie stieg die abgetretenen, knarrenden Holztreppen hinauf in den zweiten Stock und klopfte, sie hörte die Schritte, die ihr wohlvertraut waren, und dann rief Sergej, Tami, großer Gott, du bist ja ganz naß, und zog sie in seine Bude.

Du warst eine Weile nicht hier, sagte er drinnen.

Tami verstand, daß das eigentlich eine Frage war: Was ist denn mit dir?

Sie hatte aber kein Bedürfnis, sich zu erklären, nicht jetzt, nicht so schnell. Vielleicht später. Gehen wir irgendwohin, sagte sie. Ich möchte mich heute so gern vergnügen.

Er überlegte. In den Blauen Vogel vielleicht, sie spielen da seit zwei Wochen ein neues Programm.

Tami hatte überhaupt nur ein Programm im Blauen Vogel gesehen, und das war Jahre her, es war wundervoll gewesen, märchenhaftes russisches Kabarett, sie hatte sich leicht gefühlt beim Zusehen, schwerelos, aber dann hatte es ihr nicht gefehlt, und sie hatte es fast vergessen. Sie klatschte in die Hände. Sinaja Ptiza, ja Serjoscha, gehen wir, wann fängt es an?

Gleich. Um halb elf.

Sie kriegten die letzten freien Plätze. Am Nachbartisch sagte strahlend eine Frau zu ihrem Begleiter: Freuen Sie sich auf gnädiges Kabarett! Der Mann, ein Deutscher offensichtlich, schaute sie verständnislos an, und Sergej, der wie Tami wußte, daß sich das russische Wort gnädig auch mit vornehm, integer und frei übersetzen ließ, beugte sich zu ihm und machte ihm, mit ihrer Zustimmung, deutlich, was sie gemeint hatte. Dann erschien der Conferencier. Statt einer Begrüßung sagte er mit Leichenbittermiene, er sei 1920 in Moskau gestorben. Pause. Und 1921 bin ich in Berlin geboren. Somit bin ich jetzt, lassen Sie mich überlegen, ziemlich genau zehn Jahre alt.

Tami lächelte. So schnell ging das. Der Abend hatte noch gar nicht richtig begonnen, und schon fühlte sie in sich eine große Heiterkeit aufsteigen.

Auf der winzigen Bühne gaben nun starr dastehende Gestalten in bunten Papierkostümen eine alte französische Romanze, »Le roi a fait battre tambour«, sie bewegten nicht einmal einen Finger, immer nur der eine Akteur, der gerade sprach, regte sich marionettenhaft, immer nur er stach ins Auge, aber wie! er war dann hervorgehoben wie ein Scherenschnitt, war von unglaublicher, atemberaubender Präsenz; und Vorhang, und Applaus; und kaum, daß der Beifall verklungen war, stand schon ein Herr auf der Bühne und deklamierte: Und du, Stille, bist das Beste, was ich je vernahm; und sogleich war er wieder verschwunden, und die Frau am Nebentisch rief zu ihrem Begleiter, ich glaube, das war Gedicht von junges Pasternak, aber der Deutsche blickte abermals nur verständnislos drein, so daß Tami lachen mußte; und Sergej schaute Tami strafend an, denn auf der Bühne spazierten bereits zwei Frauen auf und ab, eine unscheinbare und eine schöne, die schöne hatte glänzende lange kupferfarbene Haare und wurde von der unscheinbaren gefragt, ob ihr Kind auch so wunderbares Haar habe – nein, schwarzes – ach, Ihr Mann ist brünett? – weiß ich doch nicht, er hatte einen Hut auf; und weiter, weiter, vom Tiefsinnigen zum Flachen zum Stummen zum Wortreichen zum Sentimentalen zum Fröhlichen, und als das Programm zu Ende war, sprang Tami, rotwangig, von ihrem Stuhl auf und klatschte, so schnell, so unrhythmisch, so eifrig, wie es sonst nur Kinder tun, und aus dem Klatschen heraus rief sie dem sitzen gebliebenen Sergej zu, jetzt gehn wir aber unbedingt noch irgendwohin was trinken.

Sie landeten im Tary Bary unweit von Tamis Wohnung. Sergej bestellte Likör der Marke Natascha, und Tami schwärmte noch immer vom Kabarett. Bis Sergej sie in weichem und doch kompromißlosem Ton unterbrach. Tami, was ist vorhin mit dir gewesen?

Eine Weile schaute sie ihren Bruder stumm an. Hatte sie gehofft, er würde sie nicht herunterholen aus der luftigen Höhe, aus der Nachbarschaft des munteren blauen Vogels? Ja. Und nun, da er es, neugierig und fürsorglich, doch getan hatte, überlegte sie, ob es gut sein würde, mit ihm *darüber* zu reden. Serjoscha war fast drei Jahre jünger als sie und hatte sich noch nie ernsthaft verliebt. Er würde einiges nicht verstehen können.

Du mußt mir auch nichts erzählen, wenn du nicht willst, sagte Sergej. Er schaute sie zärtlich an.

Doch, ich will. Sie entschloß sich nur dieses Blickes wegen.

Sergej bestellte noch zwei Liköre, und Tami sprach über die Liebe, die ihr von Rudi und Marlene im Übermaß entgegengebracht wurde und die sie selber ihnen gegenüber empfand, sie wollte gar nicht aufhören damit, doch Sergej unterbrach sie abermals.

Das ist nur die halbe Wahrheit, sagte er und kippte seinen Likör hinunter.

Serjoscha, es ist alles nicht so einfach. Ich muß immer Rücksicht nehmen auf Rudi, der immer Rücksicht nehmen muß auf Marlene.

Muß er? Sergej schaute jetzt ernst und sezierend wie ein Arzt während der Untersuchung.

Sie spürte, wie plötzlich Zorn in ihr aufstieg, über diesen kleinen anmaßenden Bruder, und sagte: Was bildest du dir eigentlich ein? Du mit deinen paar schnellen Bekanntschaften, du weißt ja gar nicht, wie das ist, wenn man jemanden wirklich …

Du antwortest nicht auf meine Frage, Tami. Muß er? Sergej beugte sich hin zu ihr und sog die schwere Kneipenluft ein, ohne sie wieder auszustoßen. Nie und nimmer wirkte er in diesem Moment jünger als sie.

Tami zögerte. Ja … jetzt jedenfalls muß er … ja.

Sergej begriff, daß sie weiter ausweichen würde, orderte nochmals zwei Liköre, wartete, bis sie gebracht wurden, stieß mit Tami an, ein wenig zu rasch und zu kräftig, so daß aus beiden Gläsern die Tropfen spritzten, und fragte sie: Tami, hast du jemals den Namen Eva May gehört? Nein? Das dachte ich mir. Rudi wird dir natürlich nicht erzählen, wer sie war und was mit ihr geschehen ist, warum sollte er auch. Ich habe es von Viktor Schwannecke. Der ist seit jenem ersten Mal, als ich noch nicht wußte, wer er ist, immer mal wieder mit mir gefahren, er hat extra mich angefordert, keine Ahnung, warum, vielleicht, weil er sich auf diese Weise seines damaligen Erfolgserlebnisses erinnern wollte. Natürlich haben wir über dies und das geredet. So hat er eines Tages auch erfahren, daß ich Rudi Sieber kenne. Und nach einer Sekunde der Überraschung hat er gerufen, mein Gott, Rudi, der größte Frauenschwarm, dem ich je begegnet bin, man könnte direkt neidisch werden. Ich weiß ja nicht, Sergej, wie viele Sie an der Hand haben, sagte er, aber Rudi hat sich kaum retten können vor Mädchen, nun, kein Wunder, er hat sie als Regieassistent auch auswählen dürfen für die Filme. Bevor er auf diese Weise Marlene kennengelernt hat, ist er mit einer betörend schönen, aber unbedeutenden Schauspielerin zusammengewesen: Eva May. Sie war sogar seine Verlobte. Als Rudi dann Marlene heiratete, hat sie sich die Pulsadern aufgeschnitten. Sie hat es, wirklich, Sergej, keine Übertreibung, sagte Schwannecke, direkt am Tag der Hochzeit getan. Eva May konnte gerettet werden, nur, im Endeffekt hat das nicht viel genützt, denn ein Jahr später hat sie sich erschossen, und zwar sicherheitshalber ins Herz. Ja, Tami, das waren so ungefähr Schwanneckes Worte.

Sergej schaute jetzt an ihr vorbei. Sie fragte leise, kaum hörbar: Warum erzählst du mir das?

Er zuckte mit den Schultern.

Es ist lange her, Serjoscha, und es hat nichts mit mir zu tun. Rudi will mich, und er ist mir treu, das weiß ich.

Mag sein, sagte Sergej. Auf einmal war er im Zweifel. Vielleicht, so dachte er, bin ich zu weit gegangen. Ich hätte das nicht erzählen sollen. Ich male doch den Teufel an die Wand. Ich mache Tami nur unsicher. Er rief, große, schöne Schwester, laß uns was anderes trinken, ich kann diese schrecklichen Nataschas schon nicht mehr riechen.

Und Sergej bestellte den in Russenkreisen berühmten Knickerbocker. Vor ihren Augen wurden ein Eigelb, herber Kartoffelschnaps sowie Sirup, der aus künstlichem Rosenöl und Glyzerin bestand, in einen Pokal gegossen. Die beiden Flüssigkeiten vermischten sich nicht. Zwischen ihnen schwamm das Eigelb, und je nachdem, von welcher Position aus man es betrachtete, glich es einer im Zenit stehenden oder einer am Horizont verschwindenden Sonne. Tami spürte den Ekel schon während des Schluckens. Dann stülpte sich ihr der Magen um, und das letzte, was sie registrieren konnte, bevor sie zur Toilette stürzte, war, daß ihr Bruder den Mund aufriß, die Hände an die Tischkante stemmte und mit unbeweglichen glasigen Augen das Nirgendwo fixierte, ein plötzlich erstarrtes Schreckgespenst.

Kabel an Miss Marlene Dietrich, Beverly Hills, Roxbury Drive 822, aufgegeben um 22 Uhr 43 im Gloria-Filmpalast, Berlin: geliebte habe morocco gesehen du himmlisch gespielt bin begeistert hingerissen ergriffen berauscht von einzigartiger genialer leistung worte fehlen alles auszudrücken dank dank dank du wunderbare Wüstenkönigin du

5

In Berlin wurden kaum noch Filme produziert, niemand hatte mehr Geld, und auch Rudi hing in der Luft und verdiente nichts. Aber Marlene bekam jetzt in Hollywood 20 000 Dollar pro Woche, das war einsamer Weltrekord, und es war absehbar, daß sie ihn noch würde steigern können, denn für den Film, den Sternberg gerade mit ihr drehte, hatte sie eine Profitbeteiligung ausgehandelt.

Mutti, schrieb Rudi, schicke doch bitte schnell wieder einen Scheck, ja? Tamis Mamotschka ist schwer krank. Sie muß an der Galle operiert werden und wird danach mindestens zwei Wochen im Krankenhaus bleiben müssen, und das wird leider einiges kosten.

Marlene sandte das Geld sofort. Außerdem dachte sie darüber nach, wie sie Rudi, der sich offenkundig in einer mißlichen Situation befand (Geld genommen hatte er zuletzt immer, um Geld gebeten hatte er noch nie), zu einem dauerhaften Einkommen würde verhelfen können. Am einfachsten würde es ohne Zweifel in Hollywood sein. Bei der Paramount brauchte sie jetzt nur mit dem Finger zu schnipsen, und sie würde bekommen, wonach sie verlangte. Dann wäre Rudi auch wieder bei dem Kind, das sie schon vor Monaten mit nach Amerika genommen hatte; und natürlich, Tami dürfte er mitbringen, sie könnte, wie in Berlin, als Gouvernante arbeiten. Doch Marlene fragte niemanden. Sie erzählte auch Rudi nichts von ihren Gedanken, denn sie wußte, sie würde damit nur seinen Stolz verletzen und seinen Handlungsspielraum einschränken: Er hätte hier in ihrer unmittelbaren Nähe keine Chance auf Selbständigkeit. Er wäre nur Mr. Dietrick. Her Shadowman. Das wollte sie nicht. Sie bemerkte ja, wie die Männer, die einmal in ihren Schatten getreten waren, dort ihre Statur verloren, ihren Willen, so daß sie sich nicht mehr befreien und nicht mehr weggehen konnten, irgendwohin, wo ein neues Spiel begann. Das nötigte ihr gewöhnlich ein Achselzucken ab. Mit Rudi aber war alles anders. Sie sah in ihm fast einen Bruder. Er war ihr einziger wirklicher Vertrauter, und sie wollte alles in ihrer Macht Stehende tun, damit er es blieb. Sie horchte sich bei der Paramount um, ob in Europa etwas frei war. Und siehe, nach kurzem Überlegen sagte man ihr, das träfe sich gut, in Paris benötige man gerade jemanden, der dafür sorgte, die Filme der Firma ins Französische, Italienische und Spanische zu übersetzen.

Sie rief Rudi sofort an. Papi, hör mal, es ist in Paris, und weißt du, was das beste ist? Du kannst dort beginnen, wann immer du willst.

Das ist schön.

Was ist mit dir? Du scheinst nicht gerade froh darüber zu sein.

Mutti, überleg doch, wenn ich anfangen kann, wann immer ich will, so bedeutet das, es würde auch nichts machen, wenn ich gar nicht anfinge.

Sei nicht albern. Natürlich würde das was machen. Sie wollen dir nur Zeit lassen, sie wollen dich nicht unter Druck setzen, das ist doch wohl in Ordnung. Sie brauchen dich da.

Siehst du, und eben das glaube ich nicht.

Aber doch, Papi, ich wiederhole: Sie wollen dich, und sie brauchen dich!

Rudi war schon einige Wochen in Paris, da schoß Tami noch durch den Kopf, was er in seinen letzten Stunden in Berlin alles getan hatte, jede Einzelheit: Er hatte sich Schraubenzieher und Mutternschlüssel geschnappt und war, gefolgt von ihr, hinunter zum Auto gegangen. Auf der Treppe hatte er sich das Werkzeug in die linke Jackentasche gesteckt. Während des Einsteigens ins Auto war ihm der Schraubenzieher aus der Tasche gefallen. Er hatte ihn aufgehoben und mit ihm als erstes den Zigarettenanzünder abmontiert. Das war ganz einfach gegangen. Dann hatte er sich das goldene eckige Teil vor den Mund gehalten und stoßweise in es hineingepustet, so daß seine Wangen und sogar seine Stirn rot geworden waren. Dabei waren etliche Tabakkrümel auf das Armaturenbrett geflogen. Er hatte sie mit der flachen Hand weggewischt, und sie waren auf die Fußmatte gerieselt. Als nächstes hatte Rudi sich das Dreiklanghorn vorgenommen. Das behalten wir auch, hatte er ihr zugerufen. Jedoch hatte eine der Schrauben, mit denen das Horn befestigt war, Rost angesetzt. Rudi war beim Versuch, sie zu bewegen, mehrmals abgerutscht, und hatte dabei laut und dreckig geflucht. Daraufhin war ein Passant stehengeblieben. Er hatte zu dem Buick gesehen und gerufen, so ein elegantes Auto – und so ein ungeschlachter Fahrer. Rudi hatte ihn grimmig angeschaut, aber geschwiegen. Endlich war es ihm gelungen, die Schraube zu lösen. Mit den übrigen Befestigungen war er problemlos fertig geworden. Er hatte ihr, Tami, die beiden abgeschraubten Geräte in die Hände gedrückt und sich seine Finger an einem Lappen gesäubert, der schon ölig und ein wenig zerrissen gewesen war. Dann hatte er ihr einen kurzen Blick geschenkt und war mit dem Buick hin zu dem Juwelier am Tauentzien gefahren, der erklärt hatte, ihm den Wagen für 2000 Mark abkaufen zu wollen.

Zu den lapidaren Handgriffen, die Tami sich einzig aus dem Gefühl heraus gemerkt hatte, daß gleich ein Abschied folgen würde, gehörten auch ihre eigenen: Sie hatte, als Rudi davongebraust war, den Zigarettenanzünder in der Linken und das Dreiklanghorn in der Rechten gehalten, und weil sie nicht das geringste Gewicht gespürt hatte, weil es ihr erschienen war, als halte sie Luft in den Händen, zwei Wölkchen in der kuriosen Form von Autozubehörteilen, hatte sie die Dinge wie ein Zauberer mehrmals in die Höhe geworfen und jeweils mit der anderen Hand aufgefangen, so lange, bis das Dreiklanghorn auf den Boden gefallen war.

Er wolle sehen, wie es in Paris funktioniere, hatte Rudi gesagt, und werde dann entscheiden, ob er zurückkomme oder sie nachhole. Sie hatte ihn fragend angeschaut, hatte wissen wollen, wieviel Zeit er veranschlage, wenigstens ungefähr, sie hatte schon den Mund geöffnet, dann aber doch nichts gesagt, denn als ihr Blick dem seinen begegnet war, hatte sie begriffen, daß er nur unwirsch reagieren würde. Rudi mochte diese Fragen nicht, soviel wußte sie mittlerweile. Er haßte jeden Anflug eines Dramas, sofern es sich nicht auf der Bühne oder auf der Leinwand abspielte, sondern ihn selbst zu betreffen drohte.

Tami war nun in einem beständigen Warten. Sie hätte gern mit Sergej darüber geredet: Mein großer kleiner Bruder, liebster Klugscheißer, ich würde gern ein Ende dieses Wartens sehen, unangenehmerweise beschäftigt es einen um so stärker, je weniger man es sehen kann; und was meinst du, soll ich es selber einmal beenden, nur für einen Moment, und mich einfach in den Zug setzen und Rudi überraschen? Ich würde ihn nicht weiter stören, Serjoscha. Nur hin zu ihm, ein Kuß, und wieder zurück, hm? Aber es war nun Mai, und Sergej war, wie jedes Jahr um diese Zeit, nach Timmendorf gefahren, um dort bis zum Anfang des Herbstes zu kellnern. Sie beneidete ihn um diese geregelte Tätigkeit und um die zwangsläufig darin aufkommende Hektik, die keine Zeit für unsinnige Gedanken ließ. Auf einmal bedauerte sie, nicht mehr zu tanzen. Das, was ihr am Ende abstoßend erschienen war – der Blick auf die eigenen bloßen Brustwarzen, wenn das Mieder verrutscht war; die Fettwülste an den Nacken der Männer, wenn die ihre Köpfe drehten; das Geräusch auf den Boden klatschenden Biers, wenn wieder einmal jemand ein Glas umgestoßen hatte –, empfand sie jetzt als weniger schlimm. Tami dachte, daß viele Nächte schön gewesen waren, manche sogar bizarr und leuchtend, und sie erinnerte sich des seltsamsten Auftritts, den sie je gehabt hatte, mehr noch, unversehens war sie dabei, ihn ein zweites Mal zu vollziehen: Es geht damit los, daß der Revuedirektor, einer von den beßren, die nicht gleich was von uns wollen, uns allen in der Garderobe eine Einladung vorlegt. Die ist auf Büttenpapier gedruckt und enthält nicht mehr als Datum und Stunde. Luzie fragt, was denn der Kram soll, und der Direktor klärt uns auf: Kommt von einem König der Unterwelt, der groß Geburtstag feiern will. Ihr müßt da nicht hin. Aber andrerseits, sagt er mit so gequältem Gesichtsausdruck, andrerseits sollte man vielleicht nicht absagen.

Wir stimmen ab, und es geht 9 : 3 für den Auftritt aus. Nachdem wir zugesagt haben, werden wir an einen kleinen Platz im Norden bestellt, dessen Namen ich noch nie gehört hab. Da gibt's keine Laternen und seltsamerweise auch keine erleuchteten Wohnungen. Is ja dunkel wie in 'nem Bärenarsch, flüstert Luzie. Niemand läßt sich blicken, niemand erscheint, und wir kriegen's langsam mit der Angst zu tun, oder andersrum, unsere Angst wächst und wächst. Auf einmal sehn wir eine Gestalt. Sie winkt uns, und wir gehn langsam auf sie zu, aber die läßt uns nicht näher kommen, die läuft immer weiter, lauter unbelebte Straßen lang. Und wir immer ihr nach. Und dann geht's um eine Ecke rum und an einer Mauer vorbei, und dann landen wir in einer düstren Fabrik. Das heißt, wir denken, es ist eine Fabrik. Aber als wir eintreten, ist's der schönste Ballsaal, den man sich vorstelln kann. Die Wände mit Seide bespannt. Am Parkettrand Palmen. An der Decke Kristallüster. Auf den Tischen goldnes Besteck. Und die Herrn alle im Frack, und die Damen alle in dunkelroten Kleidern, das ist ein Bild. Das ist wie ein lebendiges Gemälde von Goya. Und in unsrer Garderobe gibt es nur verspiegelte Wände, kein bißchen Mauer zu sehen. Samtstühle. Und für jede von uns steht ein Köfferchen mit Parfüm und Salben und Maniküreinstrumenten bereit, das wir mitnehmen dürfen. Nun kommen zwölf Herrn und führn uns in den Saal, wir sind voller Schwung, so befreit, weil wir wissen, daß wir uns nicht mehr zu fürchten brauchen, und dann tanzen wir, da ist ne' Kapelle, die genau die Lieder spielt, die in unsrer Revue vorkommen, und alles ohne Fehler, und die schweren Jungs und die Mädchen an den Tischen sind ganz aufmerksam und applaudiern zwischendurch. Was für ein wunderbares Publikum! So eins hatten wir noch nie. Am Ende kriegt jede von uns von den Herrn, die uns reingebracht haben, einen Blumenstrauß und ein verschlossnes Kuvert. Und draußen auf dem schmalen Weg vor der Mauer warten schon zwölf Taxen, die alle bezahlt sind, für die ganze Nacht, ungelogen, wir dürfen sie so lang benutzen, wie wir wolln, und das tun wir, wir bilden sozusagen einen Taxireigen, und irgendwann juchzt Luzie aus dem Fenster, ja die Unterwelt, die Unterwelt, das is die Welt, die uns gefällt …

Tami tauchte wieder auf aus jener verrückten Nacht. Sie wußte, das alles war endgültig vorbei. Dieser Zug war abgefahren. Sie war jetzt 27. In diesem Alter konnte man nicht mehr zurück in dieses Geschäft.

Montag: Rudi hat ihr ein Päckchen geschickt, darin sieben Hemden und ein Brief, der blasse Durchschlag einer ans Herrenbekleidungsgeschäft Förder, Kurfürstendamm 203/204, gerichteten Beschwerde, die wie folgt lautet: Leider mußte ich feststellen, daß bei einigen neuen Hemden die Kragen nicht gut sitzen. Wenn ich mich nicht darauf verlassen kann, daß alle Hemden nach dem Muster gefertigt werden, das mir zusagt, so werde ich in Zukunft mich nicht in der Lage sehen, weitere Hemden bei Ihnen zu bestellen, denn es ist schwierig, Änderungen vorzunehmen, wenn ich in Paris lebe. Das blaue Oxfordhemd mit den roten Streifen ist in der Wäsche derart eingegangen, daß ich es nicht anziehen kann, weder Kragen noch Manschetten gehen überhaupt noch zu. Außer daß die Kragen nicht sitzen, sind die Kragen nicht gleich, einige haben einen größeren Zwischenraum für die Krawatte, einige einen kleineren. Alles das wäre einfach zu beseitigen, wenn ich in Berlin wäre, aber so müssen Sie wohl besondere Rücksicht nehmen und mich einwandfrei bedienen. Es dürfte nicht so schwer sein, alle Hemden nach einem Schnitt zu machen, damit ich keinen Ärger habe. Ich schicke Ihnen eine Bekannte. Sie wird Ihnen die beanstandeten Hemden bringen und wird später die neuen Hemden, die Sie mir freundlicherweise innerhalb einer Arbeitswoche nach dem Erhalt dieses Schreibens fertigen werden, prüfen und abholen.

Tami begibt sich zu dem Geschäft und legt dort die Hemden vor. Herr Förder verbeugt sich mehrmals, wobei ihm das Maßband, das er um den Hals trägt, erst auf den Ladentisch fällt und von dort, wie eine blitzschnell sich bewegende Schlange, mit einem Rascheln auf den Boden. Tami muß lächeln. Wie auch Förder, als er merkt, daß der Ton jenes Schreibens das eine ist und die Art dieser Frau das andere.

Dienstag: Sie nimmt die Arden-Flasche, an der sie während ihrer gestrigen Besorgungen nicht hatte vorübergehen können, und träufelt einen Spritzer auf ein hellblaues Blatt Papier. Sie zieht mit ihrem Füllfederhalter einen Kreis darum, schreibt daneben: mein neues Parfüm, verbindet Schrift und Kreis mit einem Pfeil und steckt das Blatt schnell in ein Kuvert, in der vagen Hoffnung, der Duft möge sich nicht verflüchtigen, möge eingeschlossen bleiben bis Paris.

Mittwoch: Sie putzt die gesamte elterliche Wohnung in der Geisbergstraße. Dann geht sie in die Nürnberger und kauft Zutaten für Borschtsch, für Pelmeni, für

Schaschlik. Sie stellt sich an den Herd und kocht, auch schon für die nächsten Tage, ganz so, wie es jeden Mittwoch geschieht, ein beruhigender, immer wiederkehrender Ablauf. Eudoxies Operation liegt jetzt zwar fast ein halbes Jahr zurück. Aber sie ist immer noch nicht richtig auf dem Damm. Einmal ist Tami durch den Kopf geschossen, daß jene anhaltende, sie zur ausdauernden Hilfeleistung zwingende Schwäche, wenn es sie nicht schon gäbe, erfunden werden müßte, und gleich danach hat sie sich bekreuzigt und den Gott – an den sie das letzte Mal wann überhaupt gedacht hatte? – gebeten, er möge ihr diesen frevelhaften Wunsch verzeihen.

Bei ihrer Rückkehr in ihrem Zimmer liegt da ein Brief aus Amerika. Marlene lädt ein, sie in Hollywood besuchen zu kommen. Als erstes möge sich Tami aber erkundigen, ob sie mit ihrem Nansenpaß für Staatenlose überhaupt ein Visum erhalte.

Donnerstag: Was für ein heißer Vormittag. War es nicht erst Mitte Mai? Die Reste des schludrig verteilten Bohnerwachses im Flur des Polizeipräsidiums sind weich und rutschig und stinken wie alte Leberwurst. Tami schwitzt, behält aber ihre Kostümjacke an. Dieser ekligen Luft mag sie so wenig nackte Haut wie möglich aussetzen. Sie wartet zwei Stunden, dann ist sie an der Reihe und erfährt, daß die Polizei nicht zuständig ist. Sie wird zum Büro des Völkerbundes in die Königgrätzer Straße geschickt, doch als sie dort anlangt, ist es schon geschlossen. Am nächsten Vormittag wird es wieder geöffnet haben; immerhin. So ändert sie ihren Plan. Sie wird morgen früh noch einmal in die Königgrätzer Straße fahren und dann erst zu Förder auf dem Kurfürstendamm.

Am langen Nachmittag: Tami, ihrer Jacke entledigt, regungslos auf einer Bank im Park am Bahnhof Schöneberg. Es ist noch heißer geworden, doch spürt sie, wie sich plötzlich die Härchen auf ihren Unterarmen aufstellen. Sie ragen nach oben wie Nadeln auf einem Stopfkissen. Tami fährt mit der Hand über sie, und eine kleine Schmerzwelle folgt den Fingern, schiebt sich ihnen nach zum Ellbogen hoch.

Freitag: Die Amerikaner erteilen keine Visa an Nansenpaßinhaber, wie man ihr beim Völkerbund mitteilt; und nein, das werde sich in der nächsten Zeit auch nicht ändern. Also muß sie Marlene gleich absagen. Sie wird nicht zu ihr hinkönnen. Wirklich nicht? Ist denn da kein Weg? Es muß doch eine Möglichkeit geben! Sie beschließt, Rudi um Rat zu fragen. Vielleicht hat er eine Idee. Ihm fällt doch immer etwas ein. Sie möchte so gern zu Marlene und dem Kind.

Förder begrüßt sie nicht mehr mit einer Verbeugung, sondern mit einem jovialen Lächeln. Er schiebt ihr die neuen Hemden über den Ladentisch. Sie kontrolliert sie nur oberflächlich: Die werden jetzt schon in Ordnung sein, nicht wahr? Förder nickt eifrig. Dann sagt er mit öliger Stimme, wie schade, gnädige Frau, daß wir hier nur Herrenbekleidung führen.

Sonnabend: Sie hat in den letzten Tagen alles erledigt, was zu erledigen gewesen war; und sie hat keine Lust, sich schon wieder in den Park zu setzen. Wie gern würde sie jetzt mit einer Freundin Kaffee trinken gehen. Aber eine solche Freundin existiert nicht. Warum nicht? Ihr wird bewußt, daß sie in den letzten Jahren eine Hinzugezogene gewesen ist. Sie hat Bekanntschaften nur im Schlepptau von Marlene und Rudi gemacht, und nun, da die beiden fort sind, offenbart sich sofort die Oberflächlichkeit all jener Kontakte. Sie erschrickt. Die Traurigkeit, die sich breitzumachen droht, verbannt sie dann aber, indem sie sich zwingt, an die Ausnahme zu denken, an Hans Goldamer und seine Frau Harmony, denn die Bekanntschaft mit diesen beiden ist intensiver geworden und hat in jüngster Zeit einen Anflug von Vertrautheit bekommen. Vielleicht handelt es sich mittlerweile sogar schon um Freundschaft. (Meine Harmony, hatte Goldamer gesagt, als er sie Tami vorgestellt hatte, und Tami, zu ihr: Das hat er nett gesagt, nicht? Und darf ich fragen, wie Sie heißen? – So, wie er gesagt hat. – Wirklich? Harmony? – Harmony, ja.)

Abends ist sie mit ihnen verabredet. Sie will sie abholen, und dann wollen sie ins Kino gehen. Als sie aber ihre Hand zum Klingelknopf führt, beginnt Harmony hinter der Tür zu schreien. Oder hatte sie schon vorher geschrien, und Tami, noch weiter entfernt, hatte es nur nicht gehört? Sie wartet, doch Harmony hört nicht auf, sie brüllt auf eine tierische Art und Weise, tief aus dem Leib heraus, ja und, das darf ja wohl nicht wahr sein, dann ist es eben in der Filmbranche üblich, und wenn schon, was ist das für ein Maßstab, lauter Flittchen, ich akzeptiere es nicht, das war das zweite Mal jetzt, und wieder so offensichtlich, Hans, wenn du mir wenigstens ersparen …

Da macht Tami auf dem Absatz kehrt und geht ohne die beiden in das Kino.

Sonntag: Rudolf Antonowitsch, muß ich eifersüchtig sein? Versprich mir, daß du nicht so oft allein ausgehst in Paris! Vergiß mich nicht, da, wo Du bist. Ich weiß, ich soll nicht so etwas schreiben. Ich habe mich auch immer zurückgehalten. Aber Rudilein, heute muß ich einfach. Ich kann nichts dagegen tun. Du darfst mir bitte nicht böse sein, Ruditschka.

Rudi erhielt in Paris in unregelmäßigen Abständen Telegramme von Marlene. Er war jedesmal gespannt darauf, was sie ihm mitzuteilen hatte, erwartete aber keine Sensationen, denn er wußte ja, daß es sich entweder um eine geschäftliche Anweisung handelte oder um eine das Kind betreffende Frage oder um ein paar schöne und gleichwohl routinierte Worte darüber, wie sehr sie sich ihm verbunden fühle. Doch das Kabel, das er diesmal in den Händen hielt, war ganz offenkundig im Zustand äußerster Erregung verfaßt worden, und jene Erregung übertrug sich auf ihn. Er faltete es nach dem Lesen zusammen, faltete es sogleich wieder auseinander und überflog es erneut. Dann stieß er ein nervöses Lachen hervor und murmelte, wer hätte das gedacht, daß ich mal unter die Schauspieler gehen muß – und gleich in Amerika!

Marlene bat ihn, unverzüglich zu ihr zu kommen, denn sie brauchte seine Hilfe in einer delikaten Angelegenheit: Sternbergs verzweifelte Frau spielte verrückt, sie warf Marlene Unmoral und Skrupellosigkeit vor und inszenierte eine Kampagne gegen sie in der Presse. Rudi sollte deshalb hier und da auf natürlichste Weise den liebenden Ehemann geben und so Marlenes Unbescholtenheit bezeugen. Im Grunde, so schlußfolgerte er, hing jetzt ihr ganzes Image von ihm ab! Das erste Mal seit vielen Jahren hatte er das Gefühl, sie wäre ohne ihn tatsächlich verloren. Abermals lachte er auf, diesmal erfreut. Er empfand eine Befriedigung, wie er sie schon lange nicht mehr gespürt hatte, und weil er seine Freude unbedingt mit jemandem teilen wollte, verfaßte nun er ein Telegramm, eines an Tami, und bat sie, ihn so schnell wie möglich anzurufen, möglichst noch am selben Tage.

Was ist denn passiert? fragte sie fünf Stunden später, tief in der Nacht, ist was Schlimmes passiert?

Aber nein, rief Rudi aufgeräumt, im Gegenteil, hör zu, Marlene braucht mich in Amerika, ich fahr sofort nach Amerika. Und er unterrichtete Tami über alles: über Marlenes Probleme, über seine Aufgabe und vor allem über das romantische Gesicht, das er so lange neben Marlene in der Öffentlichkeit machen werde, bis aller Rauch sich verzogen haben würde.

Das ist schön und wichtig, erklärte Tami, das ist gut, daß du gleich handelst. Es klang aber mechanisch, wie sie sprach, denn währenddessen mußte sie sich Rudis romantisches Gesicht neben dem Marlenes vorstellen, die ganze große, neu entflammte Verliebtheit der beiden. Dann versuchte Tami, sich zu beruhigen, indem sie sich ins Gedächtnis zurückrief, daß jene Verliebtheit ja nur zur Schau gestellt sein würde. Denk doch daran, die ist nur gespielt, sagte sie sich. Sollen sie ruhig spielen! Vergiß das doch! Und tatsächlich, nach ein paar Sekunden hatte sie jene unangenehme Vorstellung, jenen in die falsche Richtung führenden Fluß ihrer Gedanken gestoppt. Ich beneide dich so, rief sie nun in den Hörer, so gern käme ich mit dir, ja, was gäbe ich drum, mit dir zu kommen. Und das war in diesem Moment die Wahrheit. Die er stumm aufnahm. Er genoß ganz und gar das Glück des Mannes, nach dem zwei Frauen verlangen, eine jede auf ihre Art.

Am nächsten Vormittag besorgte er sich ein Ticket für die Passage, und einen Tag darauf schiffte er sich in Cherbourg auf der Bremen ein. Dort erhielt er über Radiotelegramm letzte Instruktionen von Marlene. Er möge sich, sollte die New Yorker Presse ihn auf dem Schiffe aufspüren, so bedeckt wie möglich halten, da diesen Reportern nicht zu trauen sei. Am besten, er spreche während der Überfahrt nur deutsch, da er mit nicht ganz einwandfreiem Englisch den guten Eindruck, den er ansonsten hinterlasse, wohl nur verderbe; es müsse jedem genügen, wenn er sage, er reise in die Ferien und besuche das Kind in Hollywood.

Je länger Rudi aber an Bord war, je mehr er sich Marlene näherte, um so ferner rückte ihm ihr Problem. Die von ihr ausgegangene, auf ihn übertragene Aufgeregtheit der letzten Tage erschien ihm nun albern. Rudi war, vom Nachmittag an bis in die Nacht hinein, auf dem Sonnendeck auf einem Liegestuhl ausgestreckt und starrte auf die wogende Unendlichkeit des Ozeans. Das monotone Stampfen der Maschinen schien von weither zu kommen, vom Meeresgrund, und die Sterne schienen höher zu hängen als sonst, manchmal verengte er die Augen zu Schlitzen, so daß sich seine Wimpern vor sie schoben und sie zu flimmern begannen, und auch unter seinen Fußsohlen zitterte und summte es, die bleichgespülten Planken, er war in einem vibrierenden Zwischenreich, nicht er entfernte sich von Europa, sondern das gesamte Reich aus Sternen, Winden, Wellen, Schaum, Metall, Öl, Dampf, Holz, das ihn mit sich trug, und ihn überkam eine unbekannte Sehnsucht nach dem zurückgebliebenen Punkt, nach dem Körper, von dem er sich gelöst hatte, nach Tami, von der er gefährlich weit wegschlingerte, denn dies hier war etwas anderes als die Distanz zwischen Paris und Berlin, dies war existentieller, er hätte nicht sagen können, warum, dabei war es ganz einfach, auch ihm war eingebrannt, daß man zur Not Tausende Kilometer laufen, aber nicht Tausende Kilometer schwimmen kann, dieses Reich hier, das ihn bannte, machte ihm zugleich angst, keine Angst, die ihn bestürzte, er vertraute ja dem mal pochenden, mal singenden, mal wummernden Gefährt, das ihn nach Amerika brachte, aber doch eine Angst, die ihn von allen Nebensächlichkeiten absehen ließ, er streifte sich einen Pullover nach dem anderen über, in seinem Liegestuhl, in der Kälte, die gegen Mitternacht herangeweht wurde, und hatte das Wesentliche längst als Kloß im Hals stecken, als Gluteisen auf der Stirn brennen, als Kreisel im Magen sirren, das soll nicht aufhören, dachte er sich, ich will nie ankommen, tami bist ja hier, kabelte er, erstaunt nicht über sie, sondern über sich, es war gegen ein Uhr gegangen, und er hatte einen Steward aufgetrieben und ihm gesagt, ich muß ein Kabel absetzen, ja jetzt, umgehend, doch, das ist möglich, hören Sie, ich bin Passagier der ersten Klasse, wecken Sie den Funker, da, 10 Mark für Sie und für ihn, ja, für jeden 10, er soll in sein Kabuff marschieren und telegraphieren, mein trampelchen mein süßer leib mein russenseelchen hör doch auf schiff schiefzulegen weißt muß nach amerika wo ich einsam sein werde aber wenn ich zurück bin nehme ich wohnung für uns beide in paris für ewig antworte mir ob das willst küsse deine augen und alles geliebte.

Tami packte erst am Tag vor ihrer Abreise. Da sie bis jetzt zur Untermiete wohnte, hatte sie weder Möbel noch andere sperrige Gegenstände zu transportieren. Eine Stehlampe mit honiggelbem Schirm, die sie vor zwei Jahren gekauft hatte, schenkte sie Sergej. Ein paar wertlose russische Bücher, die sie nicht gelesen hatte und auch nicht mehr lesen würde, beförderte sie nicht etwa auf den Müll, sondern brachte sie ihrem Vater, denn sie wußte, wie sehr es ihn noch immer schmerzte, daß er bei ihrer gemeinsamen Flucht fast seine gesamte Bibliothek in Moskau hatte zurücklassen müssen; sie konnte es ihm, obwohl er gar nichts bemerken würde, einfach nicht antun, nun ein Buch aus freien Stücken wegzuwerfen. Ihre Küchenuhr und ein Apothekenschränkchen mit zerkratzter Mosaikscheibe schenkte sie ihrer Mutter. Im Grunde mußten nur ihre Kleider und ihre Schuhe, ein wenig Geschirr, von dem sie sich nicht trennen konnte, eine blaugeblümte Garnitur Bettwäsche, an der sie ebenfalls hing und über die Rudi die Nase rümpfte, sowie ihr Schmuck mit nach Paris. Die Sachen paßten in fünf große Koffer. Drei davon, alle aus Hartpappe, hatten einst den langen Marsch der Matuls von Rußland nach Berlin überstanden, zwei aus Rindsleder gehörten zu Rudis Reservoir und waren, gerade noch rechtzeitig, aus Paris eingetroffen. Es dauerte nur zweieinhalb bis drei Stunden, dann war alles verstaut.

Später, am Abend, kochte Tami in der Geisbergstraße für Eudoxie, Nikolai und Sergej ein Menü: Zwiebelsuppe, Tabaka und Blini. Sie stand stundenlang in der Küche, und Eudoxie schlich im Bemühen, sich nützlich zu machen, wie eine alte Katze um sie herum. Doch Tami schälte allein die Zwiebeln, trennte allein das Fleisch, formte allein den Teig, rührte allein die Soße. Dabei mußte sie kaum aufschauen. Ein Handgriff ging fließend in den nächsten über: das Zwiebelmesser beiseite legen, sich mit dem Handrücken über die tränennassen Augen fahren, mit der anderen Hand den Topf greifen, eine Schublade aufziehen, blind die Streichholzschachtel herausholen, mit dem Schoß die Schublade zustoßen, ein Holz anzünden, und so weiter, und so weiter.

Ich bin nicht mehr krank, sagte Eudoxie nach einer Weile schmollend.

Ich weiß, antwortete Tami.

Sie wußte auch, daß es besser wäre, ihre Mutter mithelfen zu lassen, aber etwas spornte sie an, etwas trieb sie, mit einer eigenartigen Verbissenheit, mit einem ihr fremden Stursinn auch noch die kleinste Aufgabe selbst zu erledigen, und dieses Etwas war die schreckliche Ahnung, hier in diesem Haus von jetzt an gar nichts mehr tun zu können. Morgen mache ich mich aus dem Staub. So ist es doch, so muß man es benennen. Ich gehe einfach und lasse die beiden hier sitzen, wo sie doch gar nicht zu Hause sind. Ich war hier in dieser Stadt, vielleicht, zu Hause. Aber sie sind es doch nicht.

Plötzlich hielt sie inne und murmelte, es tut mir leid.

Ihre Mutter trat neben sie und schaute sie fragend an. Eudoxie trug eine Kette mit billigen Perlen um den Hals, aber all die glatten, glänzenden, murmelgroßen Kugeln hoben nur die tiefen, ledernen Hautfalten hervor, auf denen sie ruhten.

Es tut mir so leid, daß ihr hierbleiben müßt, Mamotschka.

Das muß dir doch nicht leid tun. Wir haben uns gut eingerichtet. Wir sind doch schon halbe Berliner.

Tami lächelte traurig, und so, mit diesem Lächeln, trug sie auch das Essen auf. Man lobte Tami dafür, wie es schmeckte, und redete ansonsten kaum. Und dennoch wurde es noch ein fröhlicher Abend. Nachdem Tami abgeräumt hatte, erzählten Eudoxie und Nikolai wie auf eine geheime Verabredung hin lauter Begebenheiten aus der Zeit, da ihre Kinder klein gewesen waren, und je mehr Geschichten sie zum besten gaben und je erfahrener sie selber darin wirkten, um so jünger und unbedarfter wurden Tami und Serjoscha noch einmal. Sie begaben sich ganz und gar in die ruhigen Hände der Alten, sie genossen es, einfach nur zu lauschen, eine späte Märchenstunde, und irgendwann vergaß Tami ihre Selbstvorwürfe und ihr Erbarmen und lehnte bloß noch auf dem Sofa und atmete Sicherheit und Geborgenheit. Dies waren ihre wissenden, erfahrenen, standhaften Eltern, und mit ihnen Mitleid zu haben hieß nichts anderes, als sie zu unterschätzen – und sie zu schwächen, dachte Tami, denn erst durch unser Mitleid werden sie schwach und vergreisen, durch nichts sonst.

Am nächsten Morgen bog sie ein letztes Mal um die Ecke zum Tabakladen, es war Anfang März, und ein langsamer, schwerer, feuchter Wind, wie er sonst nur im Spätherbst weht, fuhr ihr in die Haare. Während sie eintrat, versuchte sie, sie wieder herzurichten. Aber es fielen ihr nur immer wieder ein paar halbnasse Locken in die Stirn. Dann stand sie vor dem Alten. Er hielt seine glimmende Pfeife in der Hand, schwenkte sie zur Begrüßung, wandte sein Gesicht zur Seite und blies Rauch aus. Tami spürte den Impuls, sich dorthin zu strecken, wo der Rauch jetzt schwebte. Sie gab ihm nach. Sie beugte sich zurück und sagte dem Alten, sie sei gekommen, um sich zu verabschieden, denn sie ziehe noch heute weg.

Oh, sagte er nur.

Es entstand eine Pause. Die Tami beendete, indem sie sagte, was ihr gerade einfiel: Sie haben mir einmal die schaurigste Geschichte erzählt, die man sich überhaupt vorstellen kann.

So.

Ja.

Er führte seine Pfeife zum Mund. Das klingt schrecklich. Welche soll das gewesen sein?

Die von dem Stamm in Papua-Neuguinea, von diesem Folterstamm, der die Witwer einkerkert.

Er schaute zur Decke. Richtig, ich erinnere mich. Die Dobu. Er lächelte. Aber das ist nun wirklich nicht die schaurigste Geschichte, die ich kenne. Ich könnte Ihnen noch ganz andere Sachen erzählen.

Lassen Sie, bloß nicht, rief Tami und hob ihre Hände. Haben Sie nicht was Schöneres zum Abschied? Mir ist danach. Sie dachte an gestern abend, an ihren Vater und an ihre Mutter. Wenn Sie ein reifer Mann sind, erzählen Sie mir jetzt eine schöne Geschichte.

Er räusperte sich. Ich soll Ihnen beweisen, daß ich ein reifer Mann bin?

Tami nickte, ein großes, gleichmäßiges, erwartungsvolles Nicken.

Er schaute amüsiert an ihr herunter. Ich dachte eigentlich, das hätte ich bereits getan. Aber gut. Dann erzähle ich Ihnen jetzt … Moment … ja, von den Pueblos aus Mexico, die halten es nämlich ganz anders mit der Trauer. Sie schneiden dem Toten eine Haarsträhne ab und fertigen daraus, und natürlich aus weiteren Ingredienzien, eine Salbe, und mit der reinigen sie jene Hinterbliebenen, die vor Kummer nicht ein noch aus wissen. Und am Abend des vierten Tages nach dem Begräbnis treffen sich alle, die mehr und die minder heftig Trauernden, zu einem großen Essen. Geweihtes Wasser und Näpfe voller Speisen werden bereitgestellt, und auf den Fußboden streut der Priester Mehl, das ist für den Toten, damit er den Weg findet, wenn er hereinkommt. Er soll ja unbedingt mittun beim Essen. Alle wollen ein letztes Mal mit ihm zusammensitzen. Der Priester ruft ihn also, und er erscheint, und dann wird er endgültig weggejagt. Jemand ritzt ein Kreuz über den Eingang, damit ist ihm fortan der Zutritt verwehrt. Und zum Schluß ermahnt der Priester die Anwesenden, nicht mehr an ihn zu denken, schließlich sei er nun schon vier Jahre tot. Begreifen Sie? Die Pueblos vertauschen einfach Jahr und Tag. Auf diese Weise behaupten sie, es sei genug Zeit vergangen, und genau dadurch, daß sie daran glauben, wird es tatsächlich wahr, und sie vermeiden endloses Leid.

Der Alte verschränkte seine Arme vor der Brust.

Tami schaute ihn an, als habe er diese hervorragende Methode erfunden und nicht die Pueblos. Sie lief um den Ladentisch hin zu ihm und küßte ihn auf seine stoppelige Wange. Sie fühlte, wie sich seine Hände auf ihre Schulterblätter legten, ein paar Sekunden, die sie reglos, in vollkommenem Wohlbehagen, verstreichen ließ.

Ab 1932

6

Nie hätte sie gedacht, daß es auf dieser Welt eine so prächtige Straße gibt wie den Boulevard Pereire, wo sie mit Rudi wohnt. Wo es Rudi tatsächlich gelungen ist, ihnen ein Appartement zu besorgen. Diese bezaubernden milchkaffeehellen Hausfassaden! Diese majestätischen hohen Fenster! Diese feinen schmiedeeisernen Balkonbrüstungen! Sie tritt an die Brüstung. Sieht nun unter sich in der Mitte der Straße den endlosen blühenden Streifen, diesen schmalen geraden gediegenen Garten zwischen dem Pflaster. Und wenn sie ihren Hals noch so reckt, sie vermag weder links noch rechts eine Unterbrechung zu erkennen; ein kilometerlanges Band aus Rasen, Rosen, Bögen, Bänken, das sie an die Kanäle in Petersburg erinnert, wo sie als Kind einmal gewesen war, nur, daß dort alles floß und hier alles wogt. Am meisten aber mag sie eine kleine Sperre, das hüfthohe, klinkenlose, leicht quietschende Eisengitter, das sie aufstoßen muß, um in den Garten zu gelangen, und sie weiß auch genau, warum es ihr so gefällt: Fehlte es dort und könnte man also hineinspazieren, ohne das geringste zu tun, ohne nicht wenigstens den Obolus eines

Handgriffs zu entrichten, büßte die Anlage an Stolz und an Wert ein; und umgekehrt, müßte man das Gitter, in einer mehr oder minder aufwendigen Prozedur, immer erst entriegeln, verlöre sie sofort an Leichtigkeit und Noblesse. Ja, so ist es gut, denkt Tami, das ist die perfekte Balance –

Sie ist schon an der kleinen Galerie auf der Avenue Victor Hugo vorbei, da bleibt sie plötzlich stehen, und jemand prallt von hinten auf sie. Sie dreht sich um, schaut an demjenigen, der auf sie aufgelaufen ist und sie nun beschimpft, vorbei, als wäre er Luft, und stürzt auf den Ständer mit den Postkarten berühmter Gemälde zu. Ihr ist, als habe sie dort eben deutlich Marlenes Gesicht gesehen, Marlene, gezeichnet allerdings von einem Maler, der schon lange tot sein mußte, denn sie trägt auf dem Bild weder eine moderne Kleidung noch einen Stoff, der aus einem ihrer Filme stammen könnte, sondern das Gewand irgendeiner Figur, wie zum Beispiel Brueghel sie schuf. Marlene, ein Engel aus der Renaissance? Tami fixiert die Karte, nur diese, neben ihr könnte sich jetzt die Erde auftun, und sie würde es nicht bemerken. Sie zieht sie mit einem Ruck aus dem Ständer. Und das ist, laut dem Kleingedruckten am unteren Rand, Anne von Dänemark, gezeichnet von Lucas Cranach dem Jüngeren im Jahre 1549. Doch kein Irrtum, zugleich ist es eindeutig auch Marlene. Dieselben hohen Wangenknochen, dieselben schweren Lider, derselbe magische Blick. Das gibt's ja wohl nicht. Das kann ja wohl nicht wahr sein. Sie kauft die Karte, schreibt nur zwei Worte auf die Rückseite – Du Wiedergeborene – und steckt sie in ihre Tasche, später aber nicht in einen Briefkasten. Marlene ist ja schon unterwegs –

Weshalb Rudi, wieder einmal, seine Koffer packt. Er zieht ins Prince de Galles. Dort wird, ab übermorgen, Marlene wohnen, und er will alles vorbereiten für ihre Ankunft. Übermorgen wird dann auch Tami in dem Hotel Quartier nehmen. Sie wird, wie Rudi, so lange dort leben, wie sich Marlene in Paris aufhält. Rudi und Marlene werden miteinander verbundene Zimmer haben. Das Kind wird im Zimmer daneben schlafen, Tami im Zimmer gegenüber. Erfahrungsgemäß werden sie alle gemeinsam einkaufen, essen und sich vergnügen gehen. So ist es jedenfalls das letzte Mal gewesen (sie hatten sich damals im Plaza Athénée einquartiert, aber als Marlene das erste Mal die häßlichen eierschalenfarbenen Säulen im Foyer gesehen hatte, rief sie, mein Gott, was ist denn das für ein Eierhotel? und auch wenn sie dann die Säulen wieder vergessen zu haben schien, nahm Rudi sich vor, das nächste Mal woanders zu buchen). Abends, wenn Maria nach einem anstrengenden Tag den Schlaf der Gerechten schläft, wird Tami über den Flur hin zu Rudi huschen. Sie werden sich lieben, aber es wird nicht dasselbe sein wie in ihrer Wohnung, schon deshalb, weil sie leise sein müssen (im Plaza Athénée hatte Rudi ihr mit der Hand den Mund verschlossen und sich danach stumm weiterbewegt, aber es war ihr nur noch wie Arbeit vorgekommen, wie eine Verrichtung, und Rudi, dem das monotone Reiben weh zu tun begann, hatte bald seinen Schwanz aus ihr gezogen). Irgendwann in der Nacht wird sie zurückschleichen. Sie wird sich wieder schämen, nicht für den Akt, sondern für die Heimlichkeit, deren Sinn ihr nicht mehr einleuchtet. Maria weiß ja längst Bescheid, auf eine Weise, wie man mit neun oder zehn Jahren eben Bescheid weiß. Oder nenn es Instinkt. Tami erkennt ihn, an einem vorsichtigen Klopfen Marias, an einem fragenden Blick, an einem hastigen Fortgehen, und sie erkennt auch, daß das Kind ihr gewogen ist. Es gibt Momente, da umarmt es sie fester, als es seine Mutter umarmt, oder täuscht sie sich da vielleicht –

Tami, was ich dir noch sagen wollte: Deine Phantasie ist großartig, ich bin schwer beeindruckt, aber daß du diese dänische Puppe mit mir verwechselst, ist nun doch ein starker Tobak, Tamara. Möchte wirklich wissen, wie du darauf gekommen bist –

Wie viele Parks Paris hat! Und ein jeder von ihnen ist fünfmal schöner als der schönste in Berlin! Der Park, den sie, einmal abgesehen vom Gartenstreifen auf ihrem Boulevard Pereire, favorisiert, das ist der Park Monceau. Es gibt hier eine Wasserkaskade, ein Denkmal für Maupassant und eine riesige Platane, deren Stamm bestimmt vier Meter dick ist. Vor allem aber gibt es ein ungewöhnlich großes, elegantes Toilettenhäuschen; nein, das ist schon ein Toilettentempel. Die Aborte für Männer und Frauen sind jeweils im Halbkreis angeordnet, und sie abzuschreiten, versetzt Tami jedesmal in eine seltsam erhabene Stimmung. Natürlich hütet sie sich, irgend jemandem ein Wort davon zu erzählen, denn sie weiß, man würde sie nur auslachen. Sie lacht ja selber darüber. Manchmal sucht sie in diesem weihevollen Bogen eine Toilette auch dann auf, wenn sie eigentlich gar nicht muß. Sie tut so, als klappe sie den Deckel hoch, setzt sich, schaut ein paar Sekunden umher und geht wieder; oder sie kommt und preßt sich ein paar Tropfen ab, aus einer Art Respekt vor dem monumentalen Gebäude, denn wenn es sich hier um einen Pinkeltempel handelt, dann sollte man ab und an schon pinkeln, sollte den Göttern oder wenigstens den Erbauern die Ehre erweisen –

Eine andere Toilette, im Little Hungary in der Rue de Surène, wo sie fast täglich zu Mittag essen. Wo sie schlemmen, über Stunden, bis in den späten Nachmittag, Hors d'œuvres, Gulasch, Gurkensuppe, Gulasch, Lamm provençal, Gulasch, Seezunge bonne femme, Leber mit gerösteten Zwiebeln, Gulasch, Gulasch, Gulasch, Sellerie à la grecque, Kalbfleisch aux Romarins et Truffes Lombardie, Spargel, Crème Brûlée, karamelisierte Birne. Und am Ende jedes Fressens lassen Marlene und Tami Rudi und das Kind sitzen und schieben sich am Tresen vorbei nach hinten. Sie schließen die Türen der Verschläge. Jede von ihnen holt unter vorsichtigem Gekicher den Kiel einer Pfauenfeder aus ihrer Handtasche. Sie tun es nicht mit dem Finger wie verkaterte Proletarier, sondern stilvoll wie die alten Römer, mit diesem feinen, glatten Stab. Jetzt, ruft Marlene. Und synchron stecken sie sich die Kiele in den Rachen und kotzen das Essen wieder aus. Marlene, die in Hollywood 30 Pfund verloren hat und nun über eine göttliche Figur und ein perfekt geformtes ostwestliches Gesicht mit leicht nach innen gewölbten, aber nicht eingefallenen Wangen verfügt, führt in Amerika mit Hilfe von Bittersalz ab, doch dort ißt sie auch bei weitem nicht soviel. Hier in Paris, in den wunderbaren Restaurants, wäre es töricht, sich zu zügeln, und es ist einfacher, wenn sie danach bricht. Ihr üblicher Gang nach dem Dessert, und er bereitet ihr sogar diebischen Spaß, ein kleines Geheimnis, das sie mit Tami teilt, ein Geheimnis, in das sie sie bei ihrem ersten Besuch im Little Hungary eingeweiht hatte (wobei Tami zunächst viel zu ängstlich gewesen war, sie hatte sich den Federkiel nicht weit genug in den Hals geschoben, hatte nur ihren Gaumen gekitzelt und dann aufgeschaut, und Marlene hatte ein wenig nachhelfen müssen, mit sanftem, sich langsam verstärkendem Druck ihrer Hand, bis plötzlich ein Beben durch Tamis schmalen Körper lief und ihre Knie auf den Holzboden stießen und ihre Hände sich an der kalten Klosettschüssel festkrallten – na bitte, ist ganz einfach, nicht?) –

Marlene, verzeih, ich wollte dich wirklich nicht kränken. Für mich hat die Frau wundervoll ausgesehen. Sie hat … sie hat so edel, so selbstbewußt und … und so geheimnisvoll gewirkt. Aber … aber wenn du anderer Meinung bist, kannst du die Karte auch einfach wegwerfen. Richtig, wirf sie einfach weg –

Und die unbeschwerte Lust kehrt auch nicht gleich zurück, nachdem sie vom Prince de Galles wieder nach Hause gezogen sind. Tami spürt nichts, als Rudi sich über sie hermacht, als er in sie dringt in seinem Kloster, das er genauso aufgebaut hat wie in Berlin. Sie rührt ihren Unterkörper nicht. Sie reibt sich ein Handgelenk, jenes, das er gepreßt hatte, während er mit seinen Knien ihre Beine auseinandergeschoben hatte wie zwei Holzbretter; das ist das einzige, was sie tut. Er bemerkt es, unterbricht sein Stoßen. Schaut sie wütend an. Und jetzt sagt sie es ihm: Versteh doch, Rudi, das sind zwei Leben, die wir führen, ein offenes und ein verstecktes. Ich kann das nicht, so schnell hin- und herspringen. Ich möchte es so gern können, glaub mir. Er nickt, langsam, als begreife er gerade etwas. Und sagt mit einer leisen Schärfe, die sie schon aus dem Little Hungary kennt, wo er auf diese Weise mit den Kellnern gesprochen hatte, wenn er unzufrieden gewesen war mit der Temperatur des Weines oder der Dicke der Brotscheiben: Du hättest wohl ohne mich keines dieser beiden Leben! Vielleicht überlegst du dir das mal! Er stützt sich schwer auf ihre Oberarme, senkt den Kopf. Sie kann nun seinen Haarwirbel sehen. Sie spürt, wie sein Schwanz, der schon schlaff geworden war, wieder schwillt. Unverkennbar, Rudi will das hier zu Ende führen. Diesmal will er sich nicht abhalten lassen. Sein schrecklicher Wille ist es, der zur Erektion führt und ein paar Sekunden später zum Erguß einer kleinen Menge wässrigen Samens, nicht sie, nicht ihr kalter, trockener, starrer Körper.

7

Es war, als schleppte Tami einen hartnäckigen Virus mit sich. Dieser Virus – oder worum auch immer es sich handelte – zwang sie, genau das zu tun, was sie im Little Hungary mit Marlene getan hatte. Erst mußte sie eine Weile hungern, dann mußte sie sich den Bauch vollschlagen, bis nichts mehr hineinging, und dann mußte sie sich die Pfauenfeder in den Hals stecken und alles wieder erbrechen. So geschah es mehrmals in der Woche, Fasten und Völlerei, eine Berg-und-Tal-Fahrt, die nun schon zwei oder drei Monate anhielt und die sie einfach nicht beenden konnte.

Und sich allein auf diese Fahrt zu begeben war etwas ganz anderes, als Marlene dabeizuhaben. An ihrer Seite hatte sich Tami beschützt und legitimiert gefühlt – wenn sie hier gleich neben dir das *zelebriert*, dann darfst du es ebenso. Marlene dämpfte jeden mit dem Kotzen verbundenen Schrecken. Das Niederhocken vor dem Klosett, das Anbeten einer Schüssel hatte nichts Verwerfliches gehabt, solange Marlene kniete und betete; und das laute krächzende Geräusch, das in dem Moment einsetzte, wenn der ganze Brei herausschoß, erschien Tami weniger eklig, solange Marlene krächzte; und das folgende Ausspülen des stinkenden Rachens mit Mundwasser empfand sie nicht als peinliche Vertuschungsmaßnahme, sondern als kleinen kosmetischen Handgriff, fast wie das beiläufige Aufbringen eines Lidschattens oder eines Nagellacks, solange nur auch Marlene spülte und gurgelte.

Jetzt aber, da Marlene wieder in Amerika war, spürte sie Scham. Als habe jemand den Mantel von einem Brandmal gezogen, von einer Schande, die schon eine Weile existiert hatte und nun erst kenntlich wurde. Tami fühlte sich schäbig gleich in der Sekunde nach dem Speien, wenn sie ihren vor Anstrengung geröteten Kopf hob, und erst recht dann, wenn sie den beißenden Gestank des gelblichen oder grünlichen oder rötlichen Breis einatmen mußte, der unter ihr schwamm, und noch mehr, wenn sie die schleimigen Spritzflecken von der emaillierten Klosettumrandung wischte und von ihren Unterarmen, mit denen sie angespannt, als müßten sie etwas Bleischweres tragen, gegen die Umrandung gedrückt hatte. Das alles ist nicht rechtens, sagte sie sich. Es ist etwas Dunkles. Ein

Verderbnis ist das. Ich muß aufhören damit. Ich muß aufhören!

Aber ich kann nicht! Ich spüre was, was du nicht spürst und ich sonst auch nicht spüre, etwas Magisches, Vulkanartiges. Ich bin der Krater, bin die Kraft, bin der Ausbruch. Ich speie mich und weide mich. So bittersüß ist mein Stoff. Mein Geschenk an mich, meine selbst produzierte Munition. Ich muß nachladen, mich nachladen ich muß muß muß es tun muß es haben.

Von dieser Sucht, von dieser unsittlichen Feier, von dieser schmutzigen Orgie durfte niemand erfahren, und deshalb achtete Tami, gegen ihre Gewohnheit, genau auf jede Kleinigkeit, zum Beispiel auf die, ihre Federkiele, sie besaß mittlerweile zwei davon, gut zu verstecken. Den Kiel, der für die Befriedigung zu Hause bestimmt war, hatte sie im Bad unter einen Handtuchstapel geschoben, und den für die Restaurants hatte sie zwischen Boden und Pappauflage ihrer schwarzen Lederhandtasche verstaut.

Und dennoch entdeckte Rudi eines Tages den im Bad deponierten Kiel. Versehentlich riß er die Handtücher um, und das Stück fiel auf den Boden. Rudi wollte es schon wegwerfen, ging dann aber zu Tami und fragte sie ahnungslos: Wie kommt denn das hierher?

Sie lief rot an und griff, um irgend etwas zu tun, nach dem Kiel. Dann sagte sie schnell, der ist von einem Pfau, der lag unten zwischen den Rosen, der sah so schön aus, schau mal, welch herrliche Feder. Und sie strich Rudi damit am Hals entlang.

Rudi zuckte zurück. Nicht, rief er, wer weiß, wer da mit Scheiße unter den Sohlen draufgetreten ist.

Und das war glücklicherweise schon alles.

Draußen war Januar. Rudi verabschiedete sich wie gewohnt gegen neun Uhr mit einem Kuß in die Paramount-Studios nach Saint Maurice. Tami räumte in Ruhe das Frühstück ab. Dann schaute sie, ohne die Fenstertür zu öffnen, einige Minuten auf den kleinen Balkon, der mit einer dünnen Schneedecke überzogen war. Währenddessen beschloß sie, die Kerzenständer im Kloster zu polieren. Einmal mit dem Lappen dort, wischte sie gleich auch noch über Rudis Schreibtisch. Anschließend lief sie zurück ins Wohnzimmer und brachte das goldumrandete Geschirr der Königlichen Porzellanmanufaktur in der Anrichte unter, so daß da, wo sie es zuvor deponiert hatte, im Schrank neben den Weingläsern aus Rudis Heimat Böhmen, etwas Platz frei wurde. Sie füllte diesen Platz mit zwölf neuen Gläsern, die sie mit Rudi in den Galeries Lafayette gekauft hatte. Später öffnete sie doch die Fenstertür. Sie fegte den Schnee vom Balkon und verfolgte, wie er in der Luft zerstob. Danach ging sie ins Bad und cremte sich Gesicht und Hände ein. Sie holte zwei weiße Leinendecken aus der Schublade des Schrankes und stickte Bärenmuster auf jede Ecke und auf jede Mitte, insgesamt zehn dunkelbraune Bären. Zwischendurch aber trat sie, ohne daß sie es beabsichtigt hatte, vor den Spiegel. Ihre Hände fuhren mit den Innenseiten über ihren Körper, von den Brüsten über die Taille hinunter auf die knochigen Oberschenkel. Sie war immer schlank gewesen, doch jetzt war sie mager. Und unverkennbar, ihre Haut war ausgetrocknet. Sie konnte deutlich die weißen, mehligen Partikel auf ihrer Stirn sowie auf ihren Nasenflügeln sehen. Sie rieb mit ihrem Zeigefinger darüber und schnipste die teigigen Röllchen, die ihr nun an der

Kuppe klebten, in den Papierkorb. Abermals cremte sie sich ein. Wegen des erschreckenden Resultats der Betrachtung ihres Körpers wollte sie nicht noch in ihn horchen, aber schon einen Moment, nachdem sie sich das vorgenommen hatte, tat sie es doch, und er schickte ihr aus der Tiefe einen an- und abschwellenden Schmerz. Sie würgte den Schmerz ab, indem sie sich wieder ihren Bären widmete. Als sie damit fertig war, schaute sie sich unschlüssig um. Auf einem Stuhl entdeckte sie den Lappen, mit dem sie die Kerzenständer geputzt hatte. Sie polierte nun damit die böhmischen Gläser. Während dieser mechanisch verrichteten Arbeit fiel ihr Blick auf die Leinendecken. Sie fand einen Bären mißlungen, trennte ihn auf und stickte einen neuen. Hernach band sie die alten Magazine, die Rudi gelesen hatte, mit einer groben Schnur zusammen. Sie lief mit dem Packen in Richtung Balkon, öffnete die Fenstertür, um ihn abzulegen, und bemerkte, daß auf dem Balkonboden sich schon wieder eine dünne Schneedecke gebildet hatte. Sie griff zum an der Wand lehnenden Besen, und während sie fegte, entschied sie, am nächsten Tag eine Besorgung zu machen. Zum Beispiel konnte sie bei Rose Descat nachfragen, ob die Mütze aus Antilopenfell, die Marlene bestellt hatte, fertig war.

Niemand durfte etwas erfahren? Das stimmte nicht ganz. Da war noch Marlene, und je länger die Heimlichkeit währte, um so mehr wünschte Tami, sie ins Vertrauen zu ziehen. Marlene konnte als einzige wissen, wie sie sich fühlte. Vielleicht erbrach auch sie sich jetzt weiter, und niemand ahnte etwas. Aber Tami zögerte, sie anzurufen. Sie hatten sich bisher nur Nebensächlichkeiten erzählt, gewichtlose Dinge, die sich auflösten, sobald sie formuliert worden waren. Komplizierte Fragen hingegen hatten sie immer ausgeklammert. Vor allem hatten sie es strikt vermieden, über Rudi zu reden oder über sich im Zusammenhang mit ihm. Tami hatte nicht gewagt, davon anzufangen, und Marlene, das war eindeutig, hatte es nicht gewünscht. Wenn sie Tami etwas Dringliches mitteilen wollte, so sagte sie es Rudi; sie ließ ihr ausrichten, nichts erschien ihr natürlicher, denn Tami war die Gouvernante, die von ihr im Haushalt mit einer Geste dirigiert wurde oder, wenn nötig, mit einem kurzen Satz, gut, dieses Mädchen war nun auch Rudis Liebhaberin, und manches deutete darauf hin, daß sie es bleiben würde – aber änderte das etwas?

Papi, gib ihr soviel Taschengeld, wie du für richtig hältst, nur paß ein bißchen auf sie auf, wir wissen doch beide, wie gern sie einkaufen geht.

Macht sie Essigspülungen? Sag ihr, daß es das beste Mittel ist.

Sie hat mir die Trianon-Strümpfe immer noch nicht geschickt. Es waren sechs Paar, und ich hatte sie bei Lenke in der Rue de Ponthieu bestellt. Erinnere sie doch daran.

Gar keine Frage, natürlich bezahle *ich* das, wenn ihre Mutter wieder ins Krankenhaus muß. Sie soll bloß nicht die Stolze spielen. Ich sorge schon für alle.

Hat sie wirklich gesagt, sie würde gern wieder tanzen? Was für ein Unfug. Was soll das denn jetzt: wieder tanzen!

Noch einmal, Papi, sie soll sich um ihr Visum kümmern. Es kann nicht sein, daß ich sie einlade, und dann höre ich nicht mal, ob das klappt.

Tami fror jetzt, sobald sie ins Freie trat. Darüber, und nicht über die undefinierbaren Schmerzen im Leib oder über ihre trockene Haut, war sie am meisten irritiert: Nie im Leben hatte sie gefroren, noch nicht einmal in Moskau, wo doch wahrlich ein anderer Winter herrschte als hier in Paris. Sie zog sich zwei Pullover unter ihren Mantel und fuhr mit der Metro bis zu den Tuilerien; von hier war es nicht weit bis zur Rue Royale, wo Rose Descat ihren Laden hatte.

In dem Geschäft war nur eine Angestellte. Sie machte sich gerade an einem weißen Ballkleid zu schaffen, das über einem schwarzen Marmortorso hing. Als Tami eintrat, hob sie kurz den Kopf, taxierte sie und fingerte dann weiter an dem Kleid herum. Entschuldigung, sagte Tami, ich möchte holen Sache für Madame Dietrich.

Die Angestellte antwortete spöttisch, die Sache sei leider noch nicht fertig.

Tami war überrascht. Sie wollte sagen, diese Bestellung sei schon vor zweieinhalb Wochen abgegeben worden, und zwar von Amerika aus, von Marlene persönlich. Aber sie, die in die Stadt gezogen war, ohne ein Wort Französisch zu sprechen, vermochte nicht, es auf die Schnelle auszudrücken.

Die Angestellte wartete schweigend. Sie beließ ihren Arm auf dem Torso und tippte mit ihrem Zeigefinger mehrmals auf die marmorne Brust.

Tami preßte mit einer Hand ihren hochgeschlagenen Mantelkragen zusammen, so, wie sie es manchmal im Freien tat, wenn ein starker Wind ging. Wann ich zurückkomme? fragte sie.

Wie bitte?

Wann ich komme wieder her?

Übermorgen.

Übermorgen? Ist Sonntag.

Ja dann eben Montag.

Tami lief zurück in Richtung Metro, und jetzt erst, da sie aus diesem Laden entlassen war, spürte sie ihre ganze Hilflosigkeit. Ihr schoß der Gedanke durch den Kopf, die Angestellte könnte vielleicht deshalb so hochmütig gewesen sein, weil sie etwas an ihr bemerkt hatte. Irgendeinen Rückstand von dem ständigen Brechen. Keinen Flecken auf der Kleidung, aber etwas von der Scham, die in Tami war und die sie, manchmal, so verlegen machte: Sicher, jedermann kann meine Verlegenheit erkennen. Oder vielleicht nicht jedermann. Aber diese Verkäuferin hat sie erkannt. Und deshalb hat sie sich so herablassend verhalten.

Was für ein Unsinn, sagte sich Tami dann: Komm zu dir, in diesem Laden sind sie schon immer fürchterlich schnippisch und arrogant gewesen, sogar zu Marlene, nur, daß Marlene sie darin sofort übertrumpft hatte. Und dann hatte es Marlene erst recht Spaß gemacht, dort einzukaufen. Sie herumzukommandieren. Ja, Marlene weiß, wie man so etwas anstellt. Sie spürt, daß Selbstzweifel geradewegs in den Abgrund führen, und schützt sich vor ihnen. Also Schluß jetzt, nimm dir ein Beispiel an ihr. Und ruf sie endlich an heute abend, einen Anlaß hast du doch.

Tami wartete allein in der Wohnung, bis an der amerikanischen Westküste der Morgen anbrach; es war ihr recht, daß Rudi wegen einer Filmabnahme bis tief in die Nacht hinein in den Studios bleiben mußte, es hatte sich gut gefügt. Dann ließ sie sich mit Hollywood verbinden. Am Apparat war Joana, Marlenes Haushälterin. Ihre Stimme klang hell, ihr spanischer Akzent melodisch und, trotz des Geknisters und Geknatters in der Leitung, weich und erotisch. Sie holte Marlene, und Marlene sagte statt einer Begrüßung, Tamilein, denk nur, Maria trägt schon wieder die Matrosenuniform, die ihr bei Talibart gekauft habt, oder war es bei Estelle? nein, es muß Talibart gewesen sein, da gehst du ja lieber hin, nicht? Auf jeden Fall läßt sie dich grüßen (gleich, Kater, so warte doch, rief sie von der Muschel weg zu dem Kind hin). Sie ist ganz vernarrt in dieses Matrosenzeug, sie möchte gar nichts anderes mehr anziehen, jeden Tag immer nur blau-weiß, da hast du vielleicht was angerichtet.

Marlene?

Ja.

Da wir gerade bei Kleidung sind, ich kann dir die Antilopenmütze noch nicht schicken. Sie brauchen noch ein paar Tage bei Rose Descat.

Was ist denn da los?

Ich weiß auch nicht. Sie haben sie einfach noch nicht fertig. Außerdem sind sie unfreundlich.

Marlene lachte auf. Das kennen wir ja.

Diesmal waren sie besonders unfreundlich. Dieses Mädchen, so eine Zicke, hat die ganze Zeit an dem Kleid herumgefummelt, das gerade auf dem Torso hängt, auf diesem Torso, der vor der linken Wand steht, erinnerst du dich?

Natürlich. Tamilein, ganz einfach, da streckst du deinen Arm aus, nicht völlig, er muß leicht abgeknickt sein, das erhöht die Wirkung, und weist mit dem Zeigefinger auf das Kleid. Und dann sagst du, ich möchte das probieren. Ausrufezeichen. Und wenn du es gesagt hast, ziehst du sofort deinen Mantel aus und hältst ihn ihr hin, alles muß ineinanderfließen, Satz und Bewegung. Mehr brauchst du gar nicht zu tun. Du zwingst sie, dich zu bedienen, und zwar nicht irgendwo, sondern exakt an der Stelle, an der sie dir ihre Unfreundlichkeit gezeigt hat.

Wenn es nur so einfach wäre, seufzte Tami. Sie hörte, wie Marlene nach dem Kind rief, und sagte schnell, Marlene, ich möchte dich noch fragen …

Kater will dich.

Marlene, wir sind doch im Little Hungary immer zusammen auf Toilette gegangen, nicht wahr?

Ja, antwortete Marlene ungeduldig.

Machst du *das* noch manchmal?

Sie lachte wieder. Du meinst, das mit der Pfauenfeder?

Mmh.

Nein. Wieso sollte ich? Wie kommst du darauf?

Weil ich es mache. Um ehrlich zu sein, sogar recht oft. Ich mache es dauernd.

Verdammt, Tami, es war bloß ein Spaß. Du mußt aufhören damit.

Ich kann nicht, Marlene. Ich habe es schon versucht. Ich fühle mich so schlecht dabei. Aber nicht nur schlecht. Es ist schwer zu erklären.

Da gibt's auch nichts zu erklären, rief Marlene laut. Sie war plötzlich aufgebracht. Da muß man sich einfach nur zusammennehmen, Tamara! Das scheint mir überhaupt dein Problem zu sein. Das ist mir schon öfter aufgefallen. Du nimmst dich nicht zusammen. Ohne ein bißchen Selbstbeherrschung wird das nie was mit dir.

Entweder du weinst im Restaurant, oder du kotzt. Das muß man sich mal vorstellen! Du bist in Paris und hast nichts anderes zu tun, als zu kotzen! Du müßtest genießen, daß du in Paris sein kannst. Weißt du, wie gerne ich jetzt in Paris wäre?

Ich bin doch auch gerne hier, sagte Tami. Und das war alles andere als eine Floskel. Erst ein paar Stunden zuvor hatte sie, wieder einmal, gespürt, wie hinreißend diese Stadt war, hinreißender noch als Berlin. Sie hatte, von Rose Descat kommend, die Rue de Rivoli erreicht, als durch die Tuilerien, von der Seine her, ein dumpfes, unrhythmisches Böllern zu ihr gedrungen war. Donnerschläge, denen häufig, aber nicht immer, ein gewaltiges Knistern gefolgt war – als knülle am Fluß jemand überdimensionale Butterbrotpapierblätter. Sie war in diesen Lärm hineingelaufen, um zu sehen, was sich dahinter verbarg, und hatte bald nur noch diesen Donner im Kopf, die Hitze dieses Geräuschs. Ohne noch länger zu frieren, erreichte sie den Quai, und dort sah sie, wie unter ihr sechs oder sieben Männer mit langen Holzstangen, an denen riesige Kugeln befestigt waren, auf das Eis hieben, das den Fluß fast vollständig bedeckte. Die Kugeln, dachte sie beim Beobachten, mußten unglaublich schwer sein, denn mit lautem Ächzen und in unendlicher Langsamkeit zogen die Männer sie nach jedem Schlag nach oben, und mit vernehmbarem Pfeifen und in rasant zunehmender Geschwindigkeit schossen sie, sobald sie an ihren höchsten Punkt gehievt worden waren, von selber wieder hinunter. Tami war eine halbe Stunde dort stehengeblieben und hatte diesen Anblick genossen: die Schollen grauen Eises, die Kanäle schwarzen Wassers, die andersschwarz gekleideten Männer, der andersgraue Himmel. Alles hatte sich zu einer magischen vielfarbigen Mattheit gefügt.

Mir tut nur Rudi leid, sagte Marlene leise, aber es klang Tami stärker in den Ohren, als wenn sie weitergeschrien hätte. Er muß es doch jedesmal ausbaden. Je-des-mal. Weiß er überhaupt davon?

Tami schwieg erschrocken.

Er weiß es also nicht.

Ich höre auf damit, rief Tami, du mußt ihm nichts sagen, ich versprech's dir, es wird jetzt schon klappen.

Aus dem Hintergrund drang die helle Stimme Marias zu ihr. Das Kind war offenbar dabei, nach dem Hörer zu langen, aber Marlene wies es ab, indem sie sagte, nein, Kater, Tamara hat es heute nicht verdient, mit dir zu telephonieren. Sie legte auf, ohne sich zu verabschieden.

Es schneite den ganzen nächsten Tag, bei starken Winden, die ständig ihre Richtung wechselten. Tami beobachtete durchs Fenster, wie die Flocken in der einen Sekunde nach links trieben und in der nächsten Sekunde nach rechts. Dann stoben sie auf sie zu, so plötzlich und so dicht, daß Tami hinter der Scheibe mit ihrem Oberkörper zurückwich, und dann wehten sie wieder von ihr weg. Von Zeit zu Zeit schien der Wind sogar aus der Kanalisation zu pusten, jedenfalls wirbelten die Flocken vor Tami nach oben; sie schob ihren Kopf in den Nacken und fixierte eine, um zu sehen, wann sie wieder fiel, doch die Flocke flog übers Dach hinaus und verschwand im Himmel. Auch im Radio wurde von ungewohnt ergiebigem Schnee in Paris gesprochen. Ein Reporter stand auf den Champs-Élysées, und wenn

Tami richtig begriff, so berichtete er, daß auf der langen Grünfläche vor dem Grand Palais Autos herumkurvten, die an Seilen Skifahrer hinter sich herzogen. Die Zuschauerkulisse mußte beträchtlich sein. Man konnte am Empfänger deutlich hören, wie immer wieder Beifall aufbrandete.

Rudi kam früher als sonst aus den Studios nach Hause. Er knallte die Tür hinter sich zu und pfefferte seinen Hut in Richtung Kommode. Der Hut prallte mit der Krempe an die Wand, hinterließ dort einen nassen Abdruck und fiel verkehrt herum auf den Boden. Sofort bildete sich um ihn herum ein dunkler Ring getauten Schnees. Rudi ging an Tami, die zu seiner Begrüßung in den Flur gelaufen war, vorbei ins Wohnzimmer, stellte sich vor den Balkon und befahl: Setz dich!

Marlene hatte ihm also alles berichtet. Tami hatte das erwartet, nur hatte sie gehofft, sie möge sich irren.

Rudi drehte sich, mit vor der Brust verschränkten Armen, zu ihr um und sagte mit gefrorener Miene, da dir Marlene schon ein paar Takte erzählt hat, muß ich das nicht tun. Ich muß auch nicht extra betonen, daß du sofort mit diesem Unfug aufhörst. Morgen vormittag gehst du zu Doktor Giresse. Marlene hat eben einen Termin für dich gemacht. Giresse wird dich von oben bis unten untersuchen, vorsichtshalber, wir wollen ausschließen, daß du dir schon irgendwelche Schäden im Magen oder sonstwo zugefügt hast.

Er trat jetzt auf sie zu, aber seine Gesichtszüge verloren plötzlich an Härte. Seine Hände wischten an seinen Oberschenkeln, und er schwieg. Er schaute Tami mit einer Mischung aus Vorsicht und Angst an, als könne sie, wenn man sie zu hart behandelte, wie ein Glas in tausend Splitter zerfallen. Nach einer Weile legte er seine Fingerkuppen auf ihre Schlüsselbeine. Er fuhr mit den Fingern zur Seite zu ihren Oberarmen und von dort ihren Körper herab, folgte ihr mit seinem Körper, bis er kniete. Tamarina, flüsterte er, mein Himmel, was treibst du denn, was ist das denn für Blödsinn, du machst mir Sorgen, er drückte auf die knochigen Plateaus ihrer Bandscheiben, bist schon ganz vom Fleisch gefallen.

Sie fragte tonlos: Das merkst du jetzt?

Nicht erst jetzt.

Aber?

Rudi zuckte mit den Achseln. Er spürte, wie Tami ihm zögernd mit einer Hand über seinen Kopf strich, vor und zurück. Er preßte sie an sich, und sie verstärkte den Druck ihrer Finger, massierte seine Kopfhaut, bis eine Kältewelle durch seine Gliedmaßen lief. Er stemmte sich hoch, ohne Tami loszulassen, hielt sie in der Luft wie eine Pappfigur. Wie leicht sie war! Dann trug er sie in sein Kloster und löste langsam ihre Starre, indem er ihren Oberkörper liebkoste, ihre flachen Brüste mit den eingedrückten Warzen. Wollte sie, daß sie sich aufrichteten? Eben noch hatte sie nichts gewollt, hatte sich gewehrt, auch nur daran zu denken, worauf das hier hinauslief, und jetzt schoben sich ihre Brustwarzen hervor, und sie beobachtete es und Rudi auch; sie konnten zusehen dabei.

So spitz waren sie noch nie, flüsterte er.

Tami wußte, daß das nicht stimmte, aber sie erwiderte nichts, sie hoffte inständig, er würde sich Zeit lassen auf seinem Weg nach unten, den er nun antrat, bitte hab das nicht verlernt, Ruditschka, mein Blut schießt noch nicht hinab, vielleicht schafft es das heute gar nicht, dann mußt du dich zurückhalten und warten, ich hab solche Angst, daß du das nicht merkst. Aber er wartete, eine Stunde oder zwei, so lange lagen sie nebeneinander, ohne etwas zu wünschen (dachten sie), und dann wußten sie auf einmal, es war soweit, beide zugleich, ein Moment des Instinkts, eine stille Feier, die durch nichts zu übertreffen ist, noch nicht einmal durch das, was auf sie folgt. Rudi drang in Tami, drang nur ein und bewegte sich nicht mehr. Wie auch Tami nicht. Darüber staunten sie. Daß sie immer schneller werden konnten in ihrer vollkommenen Reglosigkeit.

Einerseits geschah nicht viel in Vichy. Andererseits waren Behandlungen und Mahlzeiten so verteilt, daß Tami immer den ganzen lieben langen Tag zu tun hatte. Um 8.30 Uhr gab es Frühstück, wobei Frühstück ein großes Wort war für ein trockenes halbes Brötchen und ein Glas Tee. Um 10.30 Uhr bekam sie ihre obligatorische Moorpackung: Die Schwestern legten ihr Kissen, die exakt 46 Grad heiß waren, auf Magen, Leber und Nieren und wickelten sie dazu mit je zwei Gummi- und Wolldecken ein. Sie durfte sich nun 20 Minuten nicht rühren, eine ihr endlos scheinende Zeit, während der sie, geringfügig variiert, immer nur das eine dachte: Ich schwitze so. Nie in meinem Leben habe ich so geschwitzt. Ich schwitze wirklich wie ein Affe. Danach wurde sie gewaschen. Um 12.30 Mittagsdiät, anschließend anderthalb Stunden schlafen. Um 16.30 und um 18.30 Wasserbehandlung. 19.30 Abendessen (eine Scheibe Brot mit Käse, dazu wiederum Tee).

Sie konnte, dieses Pensums wegen, nirgendwo hinfahren, dabei war da ein Student aus Marrakesch, der einen Wagen besaß und ihr regelmäßig anbot, sie zu kutschieren, egal, wohin, an jedes Ziel der Welt. Tami war, als habe er sich in sie verliebt. Sie jedoch fand ihn nur sympathisch, und so lachte sie ein ums andere Mal, schüttelte den Kopf und drückte ihm, um ihre Absage ja nicht schroff erscheinen zu lassen, kurz und sachte ihre Hand auf den Arm.

Die freien halben Stunden vertrieb sie sich im Park. In der ersten Woche hatte sie sich auf keine Bank setzen können, sie hatte es noch nicht einmal probiert, so erkennbar kalt waren die Sitzflächen gewesen, nicht mehr mit Reif bezogen und doch durchweg weißlich. Dann aber schien die Sonne jeden Tag länger und stärker, und eines Vormittags am Ende der zweiten Kurwoche preßte Tami ihre Finger auf das Holz, und da sie nicht zu schmerzen begannen, nahm sie Platz. Sie legte den Kopf in den Nacken. Blickte in kahles schwarzes Geäst, das im Himmel mäanderte. Ein Vogel setzte sich auf einen Zweig, hüpfte zum nächsten und flog wieder fort. Also sind die Bäume, genaugenommen, schon nicht mehr kahl, dachte sie. Zunächst erfreute sie dieses natürliche Zeichen eines Aufbruchs. Dann aber betrübte es sie: Daß ich hier sitzen und mich in den jungen Jahren, in denen ich bin, mit so einer blöden Kur beschäftigen muß! Sie gestand sich ein, nicht an deren Erfolg zu glauben. Zwar verstand sie, warum ihr der Arzt, Doktor Fabus, die Packungen, das Liegen und das Diäthalten verordnet hatte; es war nötig, um ihr Magengeschwür zu kurieren. Doch zugleich spürte sie, daß sie, wider seine Anweisung, mehr essen sollte, damit sie, erstens, wieder zu Kräften kam, und, zweitens, nicht jedesmal, wenn sie die kleinste Kleinigkeit zu verdauen hatte, gleich eine Blähung kriegte.

Einige Tage zuvor hatte Tami versucht, mit Fabus darüber zu reden, doch war er, ohne ihr richtig zugehört zu haben, schnell weitergerauscht zu seinem nächsten Termin. Nur sein Assistent war nach der Visite noch einmal zu ihr zurückgekommen und hatte sich näher erkundigt; und hierbei mußte er irgend etwas erfahren haben, das ihn aufhorchen ließ, denn von nun an bat er Tami regelmäßig zum Gespräch, und keine der folgenden Sitzungen blieb flüchtig, keine währte kürzer als eine Dreiviertelstunde. Aber dieser Assistent war noch so jung! Er mußte ein Anfänger sein! Seine Fragen erschienen Tami seltsam, ja unverständlich, kreisten sie doch um alles mögliche, nur nicht um ihre Krankheit. Und dennoch hatte sie den Eindruck, als sei es für ihn kein hilfloses Kreisen, so schnell ließ er jeder ihrer Antworten seine nächste Frage folgen.

Sie erhob sich von der Bank und beschloß, abends ins Casino zu gehen: bloß einmal raus aus dem Trott, bloß einmal was anderes spüren als die dampfenden Kissen und die sprudelnden Wasser, als all diese Gerüche und Geräusche einer anhaltenden Vergeblichkeit.

Als sie in ihr Zimmer trat (das kein Bad und kein Telephon hatte und trotzdem 152 Francs pro Woche kostete), lag da ein Brief ihres Bruders, in dem er, erstmals, wie verrückt von einem Mädchen schwärmte. Es hieß Hella. Serjoscha hatte sogar ein Bild von ihr beigelegt. Tami beschloß, den Brief als gutes Omen für ihren Casinoabend zu nehmen, aber dann verlor sie binnen einer

Dreiviertelstunde alles Geld, das Rudi ihr für die Miete und die Behandlungen geschickt hatte, und sie lief, sich einen verärgerten Rudi vorstellend, zurück in ihr Zimmer und schrieb: Mein geliebter Ruditschka, ich muß Dir was beichten. Ich habe beim Roulette verloren. Das war so dumm, verzeih mir das, ja? Es wird endgültig nicht wieder vorkommen. Bitte schicke mir noch etwas Geld für die letzte Woche, ich werde danach auch alles wieder einsparen. Nein, schon morgen fange ich damit an. Ich werde nicht, wie ich es vorgehabt hatte, zum Friseur gehen – obwohl es nötig wäre, Rudilein, wenn Du mich sehen könntest ..., und auch keinmal mehr ins Kino. Am besten, Du ziehst mir die nächsten Wochen etwas von meinem Taschengeld ab. Ich komme eine Weile bestimmt auch mit 35 oder 40 Francs aus, ja?

Und noch einen Brief verfaßte sie an jenem Abend, einen fröhlicheren, sie schrieb jetzt gleich an Serjoscha, um sich abzulenken, um nicht darüber grübeln zu müssen, ob Rudi ihr gram sein würde oder nicht: Serjoscha, liebster Bruder (bist ja der einzige, den ich habe), diese Hella scheint Dir gehörig den Kopf verdreht zu haben! Ein schöner Name, finde ich. Für Papotschka aber bestimmt schwierig auszusprechen. Ich kann schon hören, wie er sagt: Chela. Und auch ein schönes Gesicht! Sag, wie viele Sommersprossen sind das denn? Das müssen doch Hunderte sein, dem Bild nach zu urteilen!

Übrigens läuft hier jemand herum, der mich an Dich erinnert, Bruderherz. Es ist ein Assistenzarzt mit Namen Durant. Er ist wahrscheinlich noch jünger als Du, aber trotzdem, er hat die gleiche fesche Art. Man denkt unwillkürlich, er verfüge schon über eine Menge

Erfahrungen. Dabei dürfte er noch gar keine haben. Ich scheine ihn als Patientin zu interessieren. Er redet fast jeden Tag mit mir (auf Deutsch, da er in Heidelberg studiert hat), über alles, was mich betrifft. Vielleicht kann man so sagen, Serjoscha: Ich besorge ihm die Erfahrung, die er noch nicht hat, obwohl er so tut, als würde er sie haben.

Pasquale Durant fragte Tami am drittletzten Tag ihres Aufenthaltes in Vichy, ob sie im Alltag dazu neige, laut zu werden. Tami fragte lächelnd zurück, weshalb er das denn wissen wolle. Und fügte hinzu, ihrer Meinung nach drifteten ihre Gespräche immer weiter vom eigentlichen Problem weg.

Sie liefen durch den Park; lassen Sie uns rausgehen, hatte Durant gesagt, ich hasse es, bei diesem schönen Wetter hier in der Klinik zu hocken. Er schaute sie von der Seite an und fragte: Was ist für Sie das eigentliche Problem?

Das Geschwür.

Durant nickte und wiederholte: das Geschwür. Dann trat er trotzig, wie ein Junge, der sich gegen etwas aufbäumt, an die steinerne Umrandung der Rasenfläche, an der sie gerade vorübergingen. Es interessiert mich nicht. Verstehen Sie mich nicht falsch: Natürlich will ich, daß es verschwindet, dazu haben Sie sich uns ja anvertraut. Aber was mich interessiert, ist das Essen und das Brechen. Wie es dazu gekommen ist.

Tami sah unverwandt nach vorn. Ein Luftballon flog durch ihr Blickfeld, und gleich darauf trippelte ein Mädchen vorbei. Es schob sich in das kleine Bild mit dem starren Rahmen, das Tami sich aus der weiten

Wirklichkeit geschnitten hatte, und war schon wieder heraus, wie zuvor der Ballon. Tami sagte, aber das ist doch bekannt. Es war eine Nachahmung. Ein Jux, aus dem dann Ernst geworden ist.

Durant blieb stehen. Woher sind Sie so sicher?

Weil ich es weiß. Weil es so war. Ich habe meiner Freundin einen Gefallen getan.

Sehen Sie, und eben daran habe ich meine Zweifel, sagte Durant. Wenn es so war, warum haben Sie dann nicht aufhören können, so wie Ihre Freundin? Ich frage mich, ob Sie nicht danach verlangt haben, ob …

Ich? Danach verlangt?

… ob, um konkreter zu formulieren, Ihr Körper es nicht verlangt hat, ohne Ihr Wissen. Und Madame Dietrich hat dann alles nur ausgelöst.

Tami drehte sich zu Durant. Hinter ihm hatte das Mädchen den Ballon gefangen, aber nur, um ihn sofort wieder hochzuwerfen. Bitte, Herr Doktor: Dann sagen Sie mir doch, warum mein Körper, wie Sie es ausdrücken, *danach verlangt* haben sollte? Erklären Sie es mir, wenn … wenn Sie es können.

Durant schaute sie eine Weile an, ohne ein Wort zu sagen. Dann faßte er sie am Ellbogen und sagte, kommen Sie, wir laufen noch ein Stück. Ich tue jetzt etwas, das ich vielleicht nicht tun sollte. Ich rede mit Ihnen offen über einen Sachverhalt, der mir selber nicht ganz klar ist. Es gibt darüber keine Bücher, noch nicht einmal Aufsätze, jedenfalls sind mir keine bekannt. Es handelt sich also um ein gemeinsames Herantasten an ein Phänomen, wenn man so will.

Tami drückte ihren Ellenbogen ruckartig nach außen, stieß Durants Hand weg. Ich bin Ihre Versuchsperson, rief sie empört, jetzt begreife ich! Sie haben Hirngespinste und haben nur jemanden gesucht, von dem Sie meinen, Sie könnten ihre Gespinste auf ihn übertragen!

Durant bückte sich, griff nach einem Kiesel und warf ihn auf den sauberen englischen Rasen, und aufgrund dieser geringfügigen Unbotmäßigkeit wurde er Tami gleich wieder sympathisch. Hören Sie, sagte er, ich weiß doch selber nicht, ob es Hirngespinste sind. Ich hätte überhaupt nicht begonnen, in diese Richtung zu denken, wenn Sie nicht schon der zweite Fall dieser Art wären, der mir begegnet – und daß ich noch nicht so lange praktiziere, können Sie sich ja denken. Ein dreiviertel Jahr, um Ihrer Frage vorzugreifen.

Erzählen Sie mir von dem ersten Fall, bat Tami.

Ärztegeheimnis, sagte Durant. Aber sie sah, daß er wie ein Lausbub grinste, und das beflügelte sie.

Ich denke, wir wollen uns gemeinsam an irgendwas herantasten, sagte sie. Also los! Wenn Sie das ernst gemeint haben, dann müssen Sie mir jetzt von diesem Fall erzählen!

Nun gut, aber nur kurz, nur das Wichtigste. Ein Mädchen, keine 20. Ganz strenge Erziehung. Durfte bei Tisch nicht sprechen. Klavierstunden und Englischunterricht schon vor dem Eintritt in die Schule. Verhält sich lange Zeit ganz brav. Fängt dann aber auf einmal an zu stehlen, immer in Bekleidungsläden, immer Sachen, die sie gar nicht trägt. Sie wird erwischt. Es spricht sich wie ein Lauffeuer herum, sie wohnt in einem kleinen Ort, sie kann nicht rückfällig werden, denn man hat ein Auge auf sie, sobald sie eine Ladentür aufstößt. Da beginnt sie zu essen und zu brechen, immer abwechselnd, so wie Sie.

Ich verstehe nicht, sagte Tami. Was soll das alles mit einem Verlangen des Körpers zu tun haben?

Nun, ich denke mir, dieses Mädchen hatte sich immer anpassen müssen, um die zu sein, die ihre Familie sich wünschte. Eigenschaften, die als negativ empfunden wurden, unterdrückte es. Ich würde sogar so formulieren: Es spaltete sie ab. Vielleicht erinnerte sich das Mädchen gar nicht mehr daran, wie es ist, wütend oder gar aggressiv oder auch nur impulsiv zu sein. Aber im Unterbewußtsein trug es noch das Verlangen danach in sich. Und an einem bestimmten Punkt, wenn die Seele es befiehlt, kommen all diese sozusagen verriegelten Eigenschaften zum Ausbruch. Das Mädchen wütet erst beim Klauen, dann beim Brechen. Auf diese Weise fühlt es sich wieder, beim Brechen natürlich noch stärker als beim Klauen, denn es ist ein viel aggressiverer Akt. Wobei die Aggressivität, und auch das ist interessant, sich ausschließlich gegen den eigenen Körper richtet. Man malträtiert ihn, weil die Situation es offenbar nicht zuläßt, andere zu malträtieren, und zieht daraus seinen Genuß. Letztlich ist der eigene Körper also nur ein Stellvertreter.

Durant hatte sich in Fahrt geredet, in den Rausch desjenigen, der spürt, daß sich während des Sprechens die Dinge fügen, die eben noch ohne Zusammenhang gewesen waren. Er jagte durch seine Theorie. Durch seine Entdeckung. Aber neben ihm spazierte noch seine Patientin. Erschrocken nahm er sie wahr. Er hatte sich zu weit treiben lassen, hatte ihr zuviel erzählt, das nun in ihr arbeiten würde, zuviel vor allem, wenn er bedachte, daß nichts an seiner waghalsigen Gedankenkombination auf irgendeine Art beweisbar war.

Aber ich hatte nicht so eine Kindheit, sagte Tami. Durant merkte an ihrem Tonfall, daß sie um Zustimmung bettelte.

Keineswegs, sagte er.

Sie schwieg, und er vergegenwärtigte sich Gesprächsfetzen aus den vergangenen Tagen, Bruchstücke aus ihrem Leben in Paris. Er überlegte, ob er jetzt mit ihr tiefer dringen sollte, verwarf diesen Gedanken aber sofort. Es war wirklich genug für heute.

(Und noch einen Gedanken ließ Durant fallen. Er hätte von Mademoiselle Tamara zu gern gewußt, ob es tatsächlich stimmte, was ihm von einer Pariser Bekannten erzählt worden war, nämlich, daß Marlene Dietrich im vorigen Sommer sieben Stunden bei Estelle auf den Champs-Élysées gestanden hatte, ohne sich zu rühren, damit ein karminrotes Kleid hauteng und millimetergenau um sie geschneidert werden konnte.)

8

Daheim in Deutschland waren die Nazis an die Macht gekommen. Sie boten Rudi, dem einstigen Regieassistenten und jetzigen kleinen Pariser Paramount-Angestellten, die Leitung der Ufa-Studios in Babelsberg an, aber er lehnte sofort ab. Er verachtete diese Leute aus politischen und ästhetischen Gründen, und außerdem war er nicht so dumm zu glauben, es ginge ihnen tatsächlich um ihn, Rudolf Sieber. Er wußte, indem sie ihn hofierten, wollten sie doch nur Marlene aus Amerika zurückholen, denn wenn ihnen das glückte, wäre es ein Propagandaerfolg ersten Ranges für sie.

Rudi schilderte Marlene in einem Brief, daß fast alle ihre jüdischen Freunde Deutschland den Rücken kehrten, und deutete an, es werde irgendwann Krieg geben. Marlene wiederum, die Rudis politischen Instinkten und seiner Kombinationsgabe blind vertraute, geriet, als sie seine Voraussage las, in helle Aufregung und drängte ihn, sich so schnell wie möglich noch einige große Koffer anzuschaffen, damit er von einem Tag zum anderen aus Europa flüchten könne. Sie tat sogar etwas, das sie bisher nie getan hatte: Sie bat Tami um Hilfe. Deine Sachen sind ja ganz fix gepackt, schrieb sie ihr, aber seine Papiere und Bücher und all die Dinge brauchen soviel Platz. Tamilein, rede ihm bitte, bitte ins Gewissen, damit er alles vorbereitet, um Paris zur Not in ein paar Stunden verlassen zu können, Schiffe findet er immer. Versprichst du mir das?

Tami versuchte, mit ihm zu reden, doch Rudi winkte nur ab und sagte, nun mal halblang, ihr Frauen, Krieg macht man nicht *so* schnell. Und damit war die Angelegenheit erst einmal erledigt, jedenfalls offiziell.

Im stillen aber begann er, etwas vorzubereiten, nicht für sich, sondern für Tami. Sie besaß noch immer nur ihren blaßgrünen Nansendrachen, und dessen Schwanz war nach diversen Ein- und Ausreisen innerhalb Europas schon so lang geworden, daß er auf dem Boden raschelte, wenn Tami den Pappteil mit der Auflistung ihrer persönlichen Daten in Brusthöhe hielt. Ein Kunstwerk, ohne Zweifel, eine Rarität, nur würde sie damit nie und nimmer bis nach Amerika kommen. Sie brauchte jetzt endlich einen richtigen, von allen Staaten anerkannten Paß, und um den wollte Rudi sich kümmern.

Als erstes rief er seinen Freund Hans Goldamer an, der mit Harmony nach Den Haag emigriert war. Er bat ihn, herauszufinden, ob es möglich sein würde, für Tami einen niederländischen Paß zu beschaffen. Nach drei Tagen rief Goldamer zurück. Er sagte, es könnte funktionieren, aber es würde mindestens 2 000 Gulden kosten.

Rudi stöhnte auf. 2 000, sagst du?

Tut mir leid, Rudi.

Er überlegte einen Moment und sagte: So interessiert mich die Sache nicht. Dann müssen wir einen anderen Weg finden. Laß uns in Ruhe darüber nachdenken.

Wie du willst, sagte Goldamer. Du kannst mich jederzeit wieder anrufen.

Moment, Hans! Was hältst du eigentlich von der Beschaffung eines Passes mittels Heirat?

Goldamer brauchte zwei, drei Sekunden, um zu begreifen, dann fragte er erstaunt: Du meinst, Tami sollte einen Niederländer heiraten?

So ungefähr.

Rudi, Junge, ich weiß ja, daß du sie nicht heiraten kannst. Er lachte. Aber hältst du es wirklich für eine gute Idee, sie mit irgend jemand anderem zu verkuppeln? Frauen können so was leicht mißverstehen, das muß ich dir nicht erklären. Und grade Tami …

Aber wenn es die einzige Lösung ist?

2 000 Gulden, Rudi, das ist nicht soviel.

Es ist eine Summe, die ich nicht bezahlen werde.

Ich versteh es nicht ganz, aber gut, deine Sache, und wenn es so sein soll, dann werde ich mich eben kümmern wegen der anderen Variante.

Hans?

Ja.

Erzähl bitte Harmony nichts davon.

Herrgott, Rudi, denkst du, ich kann das Wasser nicht halten? Ich weiß genau, was ich Harmony sag und was nicht, da kannst du sicher sein!

Goldamer sollte sich erst einmal erkundigen, ob eine Nansenpaß-Inhaberin für eine Heirat die gleichen Dokumente – Geburtsurkunde, Heimatschein etc. – beizubringen hatte wie eine Niederländerin, und dann sollte er nach einem geeigneten, willigen Mann suchen, doch während er das tat, fiel Rudi ein, es wäre vielleicht einfacher, sich in Deutschland umzuhören. Er ging in Gedanken seinen Freundes- und Bekanntenkreis durch, und als er bei Clara, ihrer ehemaligen Berliner Haushälterin, angelangt war, erinnerte er sich, daß sie einen Bruder in Tamis Alter hatte, der damals ungebunden gewesen war. Und heute? Und wie hieß dieser Bruder gleich? Rudi suchte Claras Adresse heraus und schrieb ihr einen Brief, in dem er ihr das Problem schilderte. Ihre Antwort ließ auf sich warten, aber als sie nach dreieinhalb Wochen endlich eintraf, erfuhr er, warum das so gewesen war. Clara hatte ihrem Bruder, der Felix hieß und in Prag lebte, schon alles erklärt. Sie hatte ihn bearbeiten müssen, in zwei oder drei Briefen. Er war nicht begeistert, er hatte Angst, gegen irgendwelche Gesetze zu verstoßen, doch nach Claras Insistieren zeigte er sich zumindest bereit, Tami einmal zu treffen. Danach wollte er sich die Sache endgültig überlegen.

Rudi lud Tami für den nächsten Tag zum Essen ein, denn das fällige Gespräch mit ihr wollte er auf keinen Fall zu Hause führen. Im Restaurant, so hoffte er, würde es einen offizielleren Charakter erhalten, das Restaurant sollte Tami suggerieren, daß nichts von dem, was nun besprochen werden würde, mit ihnen beiden zu tun hätte, mit ihrem Kern, ihrer Intimität. Nein, es würde von ihnen nur eine notwendige sachliche Vereinbarung geschlossen werden, so wie doch alle im Restaurant Sitzenden hier ihre Vereinbarungen treffen, sicher, die vielen mit ihrem Besteck klappernden, mit ihren Gläsern sich zuprostenden Menschen treffen doch, während sie so klappern und prosten, samt und sonders ihre Abmachungen, darin liegt der eigentliche Grund ihrer Anwesenheit an diesem neutralen Orte; und jene Abmachungen sind Seilen vergleichbar, die auf Bergpfaden gespannt werden, damit man sich an ihnen festhalten und entlanghangeln kann. Nichts anderes gedachte er ihr beizubringen: daß sie beide jetzt eine solche Übereinkunft treffen mußten, ob sie wollten oder nicht.

Sie gingen ins Chez Louis gegenüber vom Little Hungary – gegenüber der Stelle, an der sich das Little Hungary befunden hatte. Vor ein paar Tagen war es völlig ausgebrannt. Dabei war der Küchenchef zu Tode gekommen, und fünf Gäste waren verletzt worden. Man hatte seitdem alle nicht verglühten Mobiliarreste weggeräumt, die Lampengerippe, die Räder und Gestänge der Servierwagen, die zersprungenen Blumenkübel, so daß Tami, als sie nun hineinschaute, nur eine verkohlte leere Höhle sah, in der Leitungskabel wie Lianen an den Wänden herunterhingen. Es roch noch beißend und verbrannt, bis hinaus auf die Rue de Surène, aber sie nahm das alles seltsam unbeteiligt auf, so, als wären auch von ihrer Erinnerung an das oft besuchte Restaurant bloß leblose Reste geblieben.

Hier bin ich also immer auf Toilette gegangen.

Das Essen hier ist sehr schmackhaft gewesen.

Die Emaille des linken Aborts hatte einen kleinen Sprung.

Der Gulasch hatte die Größe und die mannigfaltigen Formen von Kieselsteinen.

Ich befand mich meistens links, und Marlene hat sich in der Regel rechts befunden.

Die Gurkensuppe war so kalt, daß beim Löffeln meine Zähne geschmerzt haben.

Beim rechten Abort hat man, glaube ich, ein wenig stärker an der Kette ziehen müssen, um die Spülung zu betätigen.

Tami bestellte jetzt, im Chez Louis, Bouillabaisse und Bœuf Bourguignon, Rudi eine Quiche aux Artichauts und Canard Confit. Nachdem der erste Gang gebracht worden war, begann Rudi, zunächst wie beiläufig, zu erzählen, wie miserabel die Auftragslage in seiner Paramount-Niederlassung geworden sei. Nüchtern betrachtet, hinge der Fortbestand des gesamten Pariser Studios längst am seidenen Faden, und davon ausgehend, habe er darüber nachzudenken, eines gar nicht mehr so fernen Tages vielleicht nicht nur wegen eines drohenden Krieges, sondern fast ebenso dringlich wegen des absehbaren Verlustes seiner Arbeit nach Amerika ziehen zu müssen. Aber da wir beide gern zusammen. Was du jetzt unbedingt brauchst, ist. Es ergibt sich die Notwendigkeit. Und während er ihr auseinandersetzte, wie zweckdienlich es wäre, wenn sie sich dazu entschließen könnte, eine Ehe mit Claras Bruder einzugehen, während er sah, wie sie mit ihrem Löffel mechanisch in der Suppe rührte, hin und her, hin und her, wurde ihm bewußt, daß er noch einen Schritt weiter gehen sollte, jetzt gleich: Um ihre Fragen vorwegzunehmen, mit denen sie sich doch nur in eine sinnlose Erschütterung hineindrehen würde, mußte er, so leid es ihm tat, sofort hinzufügen, er werde sie auch zu keinem späteren Zeitpunkt heiraten können, *darauf* brauche sie nicht zu warten, denn Tami, das mußt du verstehn, Marlene und ich, wir hängen aneinander, ich werde mich nie von ihr scheiden lassen, ich werde diese Verbindung nicht lösen, da will ich ehrlich sein, da will ich dir nichts vormachen. Etwas anderes wäre natürlich, wenn Marlene sich von mir trennen will, wenn sie es ist, die unbedingt jemanden heiraten möchte. Aber du weißt ja, sie hat sich schon so oft so unsterblich verliebt, und dann ist es doch nie der Richtige gewesen, also brauchen wir darüber nicht zu reden, nicht wahr?

Tami nickte, schon die ganze Zeit, während der Rudi gesprochen hatte. Sie starrte durch ihn hindurch. Noch immer hielt sie ihren Löffel in der Hand.

Dies hier ist eine Bouillabaisse.

Rudi hat, während er geredet hat, seine Quiche schon aufgegessen.

Mein silberner Löffel ist so dunkel, er müßte wieder einmal geputzt werden.

Felix. So hieß der Kater meiner Vermieterin in der Nachodstraße.

Die Suppe ist schon kalt.

Tami nahm ihre Serviette und putzte mit ihr, mechanisch, zunächst den Griff des Löffels, dann seine Höhlung, und wieder den Griff. Was machst du denn, Tamilein? fragte Rudi und faßte mit einer Hand über den Tisch hinweg ihren Unterarm und hielt ihn fest.

Tami zuckte mit den Schultern. Plötzlich sah sie zwischen den Fingern seiner anderen Hand etwas blinken, etwas Goldenes. Ihn, Rudi, sah sie lächeln. Sie spürte, wie er ihren Arm (den willenlosen, blutleeren) über den Tisch zog, wie er ihre Finger spreizte, wie er ihr das Goldene über ihren Ringfinger schob. Sie betrachtete den Ehering, den sie nun trug.

Und spürte seine schneidende Hitze. Als ob Rudi ihn gerade aus einem höllischen Feuer genommen hätte. Sie winkelte ihren Ringfinger an.

Felix, du brauchst keinen Ring mehr zu kaufen.

Er ist vom Balkon gestürzt, als er einen Vogel gejagt hat.

Die meisten Eheringe der Welt besitzt Marlene, nämlich von jedem Liebhaber einen.

Im Hinterhofgarten wurde er begraben.

Sie soll drüben alle Ringe in einem Kästchen verwahren, Klappe auf, Ring rein, Klappe zu.

Ist das Kästchen braun? fragte sie tonlos, aber Rudi verstand nicht. Oder ist es blau? Ich habe es vergessen, sie hat es doch selber einmal erzählt, erinnerst du dich nicht?

Tamilein, Tamarina, wovon redest du?

Ein paar Sekunden starrte sie ihn wie abwesend an, dann gab sie sich einen Ruck und sagte, schon gut, ich bin ein wenig durcheinander.

Ihr fiel ein, daß Rudi einen zweiten, identischen Ring hervorzaubern und sich anstecken könnte. Das war möglich. Das war ganz und gar nicht ausgeschlossen. Dann müßte er sich jetzt bewegen, müßte in seine Sakkotasche greifen oder, warum nicht, in seinen Ärmel. Eine Bewegung, und der Schrecken wäre halbiert. Aber Rudi blieb, wie er war. Reglos lächelte er sie an.

Sie ist überhaupt nicht so schön, wie alle immer sagen, alle behaupten es, aber sie ist doch nicht schön, man muß sie nur betrachten, wie sie vor einem steht, wenn das Licht nicht an ist, sie ist nur schön, weil sie sich perfekt verstellt, weil sie den Bogen raus hat, und den Bogen hat sie raus, weil der arme Sternberg es ihr beigebracht hat, als sie ein Nichts war, ein *Nichts*, schau in die Kamera, als könntest du ohne sie nicht leben, hat er ihr gesagt, so war es doch, oder, und das hat sie beherzigt, tut sie denn seitdem was anderes, als so zu schauen? nein, aber das ist noch lange keine Schönheit, keine blanke, wahre Schönheit, ich weiß doch, wie sie aussieht, wenn sie vor mir steht, dünnes Haar, dünne Wimpern, breite Schultern, dicke Oberarme, obwohl sie doch schon so abgespeckt hat, hat sie immer noch zu breite Schultern und zu dicke Arme, da kann sie nichts gegen machen, sie kann sich nur verkleiden, und dann ihre schlaffen Brüste, für die sie sich jetzt schämt, sie darf sich nicht mehr erlauben, sie zu zeigen, als große Sexgöttin, sie ist jetzt eine Sexgöttin und braucht ein Mieder, Spezialanfertigung, streng geheim, um ihre Hängebeutel zu verbergen, kein Wunder, daß Rudi schon bald nicht mehr mit ihr schlafen mochte, er hat sie eben nackt nicht mehr ertragen können, Rudi, Musch, wach auf und komm her, hier, fühlst du? das sind meine Brüste, ja, und meine Taille ist das, und mein Hintern, jajaja, du magst ihn, warte, ich mache, ich mache das Licht an, frag doch nicht, hier, sieh meine Brüste, ja da wunderst du dich, sag, sind sie fest? ja so fest, mein Hintern, meine Bräune, ja ich bin braun sogar mitten im Winter, siehst du, gib mir deine Hand, keine Angst, so, und jetzt nimm ihn, mit deiner Hand, ja, nimm dich, so groß schon, so riesig, ich schau dir zu, mach ruhig, ja, mach, komm, ja, schau mich an, jaa, jaa, so schön, so schön –

Rudi krümmte sich. Schweiß stand auf seiner Stirn. Die Knöchel der Hand, mit der er sich an der Tischplatte festkrallte, traten weiß hervor. Ihn plagten Nierensteine, zum vierten oder fünften Mal schon. Immer hatte er, um die Steine loszuwerden, soviel getrunken, wie er nur konnte, vor allem warmes Bier, und war auf der Stelle gehüpft, oder fast auf der Stelle, denn der Alkohol hatte seine übliche Wirkung getan, genaugenommen war er, Rudi, mit einer fürchterlichen Grimasse herumgetorkelt, aber nie hatte er sich dazu hinreißen lassen, auch nur einen Schrei auszustoßen, er hatte die in Wellen sich einstellenden Schmerzen so still und geduldig ertragen, daß es Tami schon unheimlich gewesen war.

Bisher waren die Steine spätestens nach anderthalb Tagen abgegangen. Jetzt aber waren schon drei Tage vorüber, und Rudi grub ebenso standhaft wie verzweifelt seine Nägel in diesen Tisch.

Laß dich doch einfach gehn, sagte Tami.

Er schüttelte den Kopf.

Wenn ich dir nur helfen könnte. Sie trat auf ihn zu, aber Rudi hob eine Hand, und sie blieb stehen.

Du mußt ins Krankenhaus, murmelte sie, und zu ihrer Überraschung nickte er. Sie begriff, daß er schon lange zu derselben Erkenntnis gekommen war, sie aber nicht hatte aussprechen wollen.

Tami bestellte ein Taxi, lieferte Rudi ab und informierte Marlene. Schon am nächsten Tag erhielt er Telegramme mit Genesungswünschen von Forst, von Marlenes aktuellem Liebhaber Aherne und von Sternberg, außerdem von ihrem amerikanischen Manager Harry Edington und von Hans Jaray, Ahernes Nebenbuhler aus Wien. Am übernächsten Tag schaute Chevalier vorbei. Als er seinen Kopf zur Tür hereinsteckte, mußte Rudi lächeln, denn er erinnerte sich sofort, daß Marlene, seine Potenz betreffend, ihn einmal voller Mitleid als Halbmast bezeichnet hatte.

Chevalier blieb etwa zehn Minuten. Er versprach, Rudi auch einmal zu Hause anzurufen. Während er sich verabschiedete, schoß eine neue, von Medikamenten abgeschwächte Welle des Schmerzes durch Rudi, und nachdem sie endlich verebbt war, spürte er eine hilflose Wut. Jetzt nahm er sie wahr. Im stillen verfluchte er Chevalier, der sich vor seinem überraschenden Besuch ewig nicht gemeldet hatte, und Edington, dem er noch nie begegnet war, und Jaray, den er für den größten Schaumschläger der gesamten Bühnenwelt hielt, und all die anderen, die mit ihrer Zuwendung gar nicht ihn gemeint hatten, sondern Marlene, denn das war so offensichtlich wie beschämend, sie hatten ihm Mitleid vorgegaukelt oder ihr geringfügiges Mitleid übertrieben, nur um bei ihr zu punkten, sie hatten ihm die Brosamen ihrer Liebe zu Marlene hingeworfen, hatten ihn mit ihren noblen Gesten gedemütigt, ihn zu einer Streichelpuppe degradiert, und ihm war nichts geblieben, als sie gewähren zu lassen, nie hatte er sich verlorener gefühlt als in diesen zwei Tagen in diesem elenden Krankenhaus.

Er griff sich all die Papiere mit den guten Wünschen, um sie zu zerreißen, hielt dann aber inne. Er konnte das nicht tun. Er durfte sich diese Genugtuung nicht verschaffen. Die Jungs waren von Marlene gebeten worden; sie waren zwar Idioten, aber wenn er ihre Telegramme zerriß, war es fast so, als vernichtete er etwas, das Marlene selber ihm geschickt hatte. Er warf den Stoß zurück auf seinen Nachttisch.

Der Nierenstein, den er aus dem Hospital mitbrachte, hatte vielleicht den halben Durchmesser eines Pfennigs. Rudi präsentierte ihn Tami wie eine Trophäe, gleich, nachdem er in den Flur getreten war. Sie stellte sich auf die Zehenspitzen und küßte Rudi auf die Stirn. Dann ging er in sein Arbeitszimmer, holte das grüne Lederkästchen, in dem er alle Steine aufbewahrte, die er im Laufe der Zeit mühevoll herausgepinkelt hatte, ließ sein neuestes Produkt hineinfallen und schüttelte das Kästchen. Es klapperte leise. Gib mal, bat Tami. Sie hielt das Kästchen vor ihr Ohr und schüttelte es ebenfalls. Wie Würfel in einem Becher, sagte sie.

Rudi tat ein paar Schritte zu seinem Arbeitszimmer hin und sagte Tami, er werde erst einmal seine Post durchsehen. Sie rief ihm nach, dann werde sie das Essen vorbereiten.

Auf seinem Schreibtisch lagen mehrere Briefe, die Tami so untereinander gelegt hatte, daß jeweils nur die Briefmarke hervorragte, sowie ein Päckchen der Firma Wildenhain aus Berlin. Darin mußten sich Kleiderbügel befinden, das wußte Rudi, denn er hatte sich unlängst bei jener Firma beschwert, daß während seiner letzten Reise die zu seinem grauen Schrankkoffer gehörigen sieben Bügel, die er bei Wildenhain gekauft hatte, zerbrochen waren. Rudi hatte um mindestens sieben neue – und vor allem stabilere – Bügel gebeten. Er öffnete das Päckchen, doch was er darin fand, waren Bügel genau der Art, die sich als zu fragil erwiesen hatte, sowie ein Schreiben, in dem ein Herr Stielmann, in Vertretung Wildenhains, sein Bedauern darüber ausdrückte, nichts anderes senden zu können. Man verfüge nun mal über keine robusteren Modelle.

Rudi knallte die Bügel auf die ungeöffneten Briefe und antwortete Stielmann sofort. Er schrieb: Ich dachte, ich hätte mich deutlich genug ausgedrückt. Es geht wirklich über meinen Verstand, warum Sie mir Bügel geschickt haben, von denen Sie genausogut wie ich wissen dürften, daß sie wieder zerbrechen werden. Hinzu kommt, daß Sie meiner Bitte, den Zoll zu umgehen, ebenfalls nicht entsprochen haben. Ich muß nun also Zoll für Bügel bezahlen, mit denen ich nichts anfangen kann. Vor allem aber ist der Schrankkoffer für mich weiterhin nicht benutzbar. Alle meine Kleider würden nur wieder furchtbar zerdrückt werden. Ich fordere Sie deshalb ein letztes Mal auf, für festere Bügel zu sorgen. Das ist wohl das mindeste, was ich verlangen kann. Sollten Sie sich nicht in der Lage sehen, mir diese in zwei Wochen zu liefern, so werde ich Ihnen den Koffer, die Bügel sowie sämtliche in dieser leidigen Angelegenheit angefallenen Zollgebühren in Rechnung stellen.

Rudi steckte den Brief in ein Kuvert. Er holte eine Zigarette aus seinem Etui und griff nach seinem goldenen Feuerzeug. Es funktionierte nicht. Rudi schüttelte es und stellte fest, es war leer. Er lief in die Küche, wo Tami sich am Herd zu schaffen machte. Sie bot ihm den Rücken. Rudi schrie, wieso ist das Feuerzeug leer? Tami fuhr mit geöffnetem Mund herum, und er stopfte das Feuerzeug in einer raschen Bewegung, von der er, während er sie ausführte, noch nicht wußte, wie sie enden würde, hinein. Es sah jetzt aus wie ein Riesengoldzahn. Es schlitzte Tami den linken Mundwinkel blutig. Und schon zog Rudi das Feuerzeug wieder heraus. Er hielt es ihr hin und sagte, füll es nach. Tami begann zitternd, nach der Benzinflasche zu suchen, und ihr Zittern verstärkte sich, als sie erkannte, daß auch die Flasche leer war. Sie streckte sie Rudi entgegen. Er rief, dann sorgst du jetzt dafür, daß sie aufgefüllt wird. Sie starrte ihn an und flüsterte, aber das Essen. Das Essen, das Essen, äffte er sie leise nach. Und sofort schrie er wieder. Ich habe die Nase voll von deiner Schlampigkeit! Ich kann verlangen, daß das Feuerzeug funktioniert. Ich war vier Tage nicht da. Was hast du in dieser Zeit gemacht? Wieder nur auf meine Kosten gelebt? Wieder nur mein Geld ausgegeben? Wo denn diesmal? Wieder im Casino? Oder wieder bei Talibart? Bestimmt da wie dort! Du hast nichts zu tun gehabt, als das Feuerzeug nachzufüllen! Und was hast du getan? Nichts! Er schubste sie aus der Küche.

Nach einer Viertelstunde kehrte Tami mit der gefüllten Flasche zurück. Sie blickte Rudi mit verhaltener Erleichterung an, sie meinte, ihre grausame Demütigung wäre beendet. Aber Rudi wies wortlos auf das Feuerzeug. Er hatte es schon hochkant gestellt, geöffnet und einen kleinen Trichter danebengelegt. Tami versuchte, das Benzin hineinzugießen, und abermals begann sie zu zittern, oder das Zittern war noch in ihr gewesen. Sie schüttete die Hälfte daneben. Das Benzin fraß sich in die Tischdecke. Was bist du dumm, schrie Rudi. Er hörte nicht auf. Nie mehr würde er aufhören. Er riß die Decke vom Tisch und mit ihr das Feuerzeug, aus dem ein paar Benzintropfen spritzten. Es rutschte auf dem Boden entlang, wo der Rest der Flüssigkeit heraussickerte. Tami bückte sich, nicht schnell, aber auch nicht zögernd. Sie war in der automatisierten Bewegungsabfolge einer Gefügigen. Während sie nach den Sachen griff, hörte sie Rudi sagen, du solltest jetzt das Essen servieren. Sie flüsterte etwas Unverständliches. Rudi hielt seine Hand ans Ohr. Sie nahm ihren ganzen Mut zusammen und sagte zu ihm herauf, es ist kalt geworden. Da winkte Rudi ab. Plötzlich, mit dieser Geste, verlor er alles Straffe, alles Beängstigende, alles Gewalttätige, das er eben noch gehabt hatte. Mit einemmal fiel er in sich zusammen. Es schien, als habe er endlich genug.

9

Sie war erschüttert von den Maßen und von der Wucht dieses Ozeandampfers, er sprengte noch immer ihre Vorstellungskraft, obwohl es schon ihr zweiter Tag auf seinen Planken war, sie stand auf dem Passagierdeck und begriff nicht, wie etwas so kolossal sein konnte, so erhaben allein durch seine Größe; das Klopfen der Motoren verstärkte auf eine unerklärliche Weise ihren kleinen Herzschlag, und sie dachte, was für eine seltsame Übertragung zwischen diesem Monstrum und dir, was für ein unsagbares Sirren zwischen Innen und Außen, was für ein glockenartiges Hin- und Herschwingen; eine göttliche Feier, die Töne in den Körper einzulassen und zugleich aus ihm hinaus –

oder heraufzuklettern aufs Oberdeck und sich an einen der drei Schornsteine zu lehnen, an das warme Rot, an dem sie erst hochschaute und an das sie sich dann, aus einer plötzlichen Laune heraus, mit Schenkeln, Brust und Wange zu pressen begann, denn sie wünschte, der Schornstein möge in den Himmel wachsen; und wirklich, je enger sie sich an ihn schmiegte, um so höher schraubte er sich, dieser eine Schornstein baumelte jetzt direkt am Himmel, und an dem Schornstein hing das Schiff, deshalb schaukelte es so –

oder in die Tiefe hinabzusteigen, bis in einen der Maschinenräume, das war zwar nicht erlaubt, aber bitte, sie legte einfach ihren Kopf schief und rief, nur einen kleinen ganz klitzekleinen Blick, und schon hatte sie den kantigen Arbeiter mit dem ölverschmierten Gesicht, von dem sie gestoppt worden war, weichgekocht, und die Tür schloß sich hinter ihr, Lärm wummerte in sie hinein und schüttelte sie, Tami meinte zu zappeln im Netz der infernalischen Geräusche, die von überallher nach überallhin dröhnten, der Krach entfuhr Turbinen, die so riesig waren wie Elefanten, jagte durch Rohre, in die der dickste Kerl gepaßt hätte, prallte zurück von Schrauben, die in ihrem Umfang jedes Autolenkrad übertrafen; und die verschmierte, über Tami gebeugte Gestalt fügte, mit den Lippen ganz nahe an ihrem Ohr, noch ihre schwachen menschlichen Laute hinzu, Tami genoß das Kitzeln dieser dreckigen Lippen, die ihr, vergeblich, irgendwelche Schiffsdaten zu übertragen versuchten, jenes harmlose Spiel, das nichts war als ein Kompliment –

oder in der Lobby der ersten Klasse herumzuturnen, das Mahagoniholz zu berühren, den Chanelduft zu atmen, in den Gobelinsesseln zu versinken, sie kannte solches Holz, solchen Duft und solche Sessel von Dutzenden städtischen Plätzen, wo sie schon lange nicht mehr darüber gestaunt hatte, aber jetzt befand sie sich irgendwo zwischen Europa und Amerika, und das Staunen kehrte zurück, sie war hin und weg von all diesen Dingen, denn sie bewegten sich nun, trotz ihrer starren Choreographie, mit ihr fort, und das gab ihr das Gefühl, auf eine direktere, lebendigere Art mit ihnen verbunden zu sein als gewöhnlich –

oder inmitten einer dichten Menschenmenge auf dem Sonnendeck zu verfolgen, wie das preßluftbetriebene eiserne Katapult sich drehte und die Heinkel in die Luft schleuderte, das Wasserflugzeug, das hier, 300 oder 400 Kilometer vor dem amerikanischen Festland, aufbrach, um schon mal die Post vorauszubringen; was für eine perfekte Ablösung, dachte Tami, als ob dieser Ozeanliner ein paar tausend Kilometer nur Schwung geholt hätte, genau den rechten Anlauf, um dem Flugzeug zum Start zu verhelfen, Tempo legte sich nun über Tempo, eine Geschwindigkeit tilgte jäh die andere, tatsächlich, das Schiff schien ja glatt stehenzubleiben, als die Heinkel vom Katapult zischte, da spielten ihre Nervenbahnen nicht mit, da waren sie heillos überfordert, da hatten sie noch einiges zu lernen, und sie verlor, wie so viele Passagiere neben ihr, kurz das Gleichgewicht, beziehungsweise es schien ihr so, und in Wirklichkeit rumorte es nur im Magen, sie stemmte sich fester auf die Planken und lächelte und sah die vielen anderen ebenso sich stemmen und lächeln –

oder sich hinzustellen vor eine der vielen Specksteinskulpturen, in der Haupthalle, in der Bibliothek, im Rauchersalon, und sich am Anblick der vollendet geformten jungen Frauen zu weiden, die, nackt oder in durchsichtige Gewänder gehüllt, mit verbundenen Augen und wallenden Haaren, in fließenden, schwärmerischen, begehrlichen Bewegungen durch die Räume zu tanzen schienen, sie starrte auf diese Geschöpfe, bis sie mit ihnen verschmolz und *ihre* Bereitschaft sich einstellte, die vollkommene Lust auf Rudi, der schon in Hollywood war, auf wen denn sonst, doch nicht auf den eckigen Maschinisten, Rudi war es, der ihr nicht aus dem Kopf gehen wollte, jetzt erst recht nicht, er hatte ihr Feuer im Maul gemacht, und sie hatte Rotz und Wasser geheult und hatte sich im nächsten Moment schon wieder an ihn gedrängt, warum nur? vielleicht, weil auch der Schmerz erregt, wenn er nur stark genug ist; sie war wie im Fieber, als sie von den Statuen abließ, sich an einen der Tische im Café de Paris am Heck des Dampfers setzte und auf einen Kabelvordruck kritzelte, rudilein keine ahnung was los ist diesmal sehnsucht noch schlimmer liebe dich so sehr glaube mehr geht gar nicht.

Tami war nicht mit Hilfe von Felix auf dieses Schiff, auf die Île de France gekommen. Er hatte ihr über seine Schwester ausrichten lassen, sich doch nicht mit ihr treffen zu wollen – weil ihm die Knie zu sehr schlottern, wie Clara von sich aus hinzugefügt hatte. Daraufhin war abermals Rudi aktiv geworden. Er hatte noch einmal mit Hans Goldamer gesprochen, und außerdem hatte er Marlene gefragt, ob sie nicht von Amerika aus behilflich sein könne, Tami ein Visum zu besorgen. Und tatsächlich brachte sie es zuwege und nicht Goldamer; wie sie es genau angestellt hatte, erzählte sie aber selbst Rudi nicht. Marlene ließ nur durchblicken, daß David Selznick, ihr allmächtiger Produzent, daran beteiligt gewesen war. Als Rudi sich verwundert darüber zeigte, weil er wußte, daß ihr Verhältnis zu Selznick, gelinde gesagt, unterkühlt war, zuckte sie nur mit den Schultern und antwortete, Papi, du weißt doch, wenn es um meine arme, notleidende Familie geht, verbünde ich mich zur Not auch mit dem Teufel. Um noch ironischer zu wirken, als sie in jenem Moment ohnehin schon war, zog sie eine Augenbraue hoch, doch Rudi, der einzige Mensch auf Erden, dem sie nichts vorspielen konnte, wußte, daß sie in Wirklichkeit völlig ernst meinte, was sie soeben gesagt hatte.

An den Tag, an dem Marlene Rudi das Okay übermittelt hatte, sollte sich Tami auf dem Schiff einige Male erinnern, so voller Glanz war er gewesen, so umstandslos hatte plötzlich eines das andere und dies wiederum das nächste ergeben: Keine fünf Minuten nach dem Telephonat hatte Rudi sie an die Hand genommen und war mit ihr in die Rue Auber ins Büro der French Line gegangen. Rudi orderte eine Passage für sie, und wie sie beobachtete, oder sich vielleicht auch nur einbildete, trat er dabei noch ein wenig eleganter auf als sonst. Die junge Dame möchte. Mir ist sehr daran gelegen, daß sie. Ich denke doch, Sie haben. Nach einer kurzen Bearbeitungszeit bekam Tami, nicht ohne einen feierlichen Händedruck des Angestellten, den Paß der Company mit der aufgedruckten Bourbonen-Lilie überreicht, so einen, wie Rudi schon besaß. Es war nur ein kleines Zimmer, in dem das geschah, aber sie hatte auf einmal das Gefühl, in eine unendliche Weite zu blicken, nur wegen dieses Passes, den sie nun in der Hand hielt. Den sie auch nicht in die Tasche steckte, als sie die Agentur verließen. Dessen makellose Kanten sie im Gehen einige Male mit dem Zeigefinger abfuhr. Jetzt war sie es, die Rudi die Richtung vorgab. Sie zog ihn hin zum nahen Café de la Paix, zu dem eleganten Sekretär aus grünem Marmor, in den unter Glas die Speisekarte eingelassen war, und flüsterte, sie sei vernarrt in dieses Ding, sie besuche dieses Café immer wieder einmal, und immer nur, weil sie diesen Kasten so möge. Und dann, während sie beide Kaffee tranken, sagte sie unvermittelt, sie sei als Kind nach einer langen Reise bereits einmal in Amerika gelandet, ob Rudi das eigentlich wisse? In sein ungläubiges Kopfschütteln hinein begann sie schon zu erzählen: Ich bin gern an der Moskwa entlangspaziert, das weißt du aber. Und während des Spazierengehens hab ich manchmal gedacht, wie schade es doch ist, daß dieser Fluß, der schöner und breiter ist als die schönste, breiteste Straße, nicht zu einem Meer führt, sondern nur in irgendeinen anderen Fluß hinein. Ich fand, es wäre ihm irgendwie angemessen, wenn er in einem Meer enden würde. Ich wollte es so gern. Ich erzählte Papotschka von diesem Wunsch, und er legte mir einen Atlas hin und brummte, vielleicht findest du ja wenigstens eine indirekte Verbindung, smotri. Natürlich hat er selber von der Verbindung gewußt. Auch ich hab sie nach einigem Suchen entdeckt. Ich bin sie daraufhin mehrmals mit dem Finger abgefahren und hab mir alles gemerkt, bis heute, den ganzen Weg, paß auf: Von der Moskwa in die Wolga, hinterm Rybinsker Stausee in den Marienkanal, von dort wieder auf der Wolga in den Onegasee, dann kommt der Fluß Swir, dann der Ladogasee, der ist vielleicht riesig, Ruditsch, der muß so gewaltig sein, und vom Ladogasee auf der Newa bis Petersburg und in die Ostsee. Ja, und von der Ostsee kann man, wenn man will, bis nach Hollywood gelangen; das ist faszinierend, nicht wahr? Ja, faszinierend, sagte Rudi. Er blickte sie mit großen, leuchtenden Augen an, und sie begriff, daß er nicht den Wasserweg gemeint hatte, sondern irgend etwas an ihr, und eine Freude, wie sie sie schon seit ewigen Jahren nicht mehr gespürt hatte, stieg in ihr auf.

Die Île de France war nur ein Vorgeschmack auf den Luxus gewesen, der Tami bei Marlene in Beverly Hills erwartete. Auf die Extravaganz. Auf die Fülle der noblen Details. Wenn sie, Tami, sich nur einmal im ebenerdigen Flur um ihre Achse drehte: Dann wirbelten unter ihr die schwarzen Punkte durcheinander, die auf den Ecken der weißen Marmorquader aufgetragen waren. Dann blieb ihr Blick an der imposanten Messingjacke haften, die vor der Treppe auf einem Schränkchen thronte. Dann führte, links vom Hauseingang, eine Treppenstufe hinab in das lichte Wohnzimmer, hinter dessen mannshohen Sprossenfenstern sich der Garten ausbreitete; es war nur eine Stufe, aber dieser geringfügige Höhenunterschied gab Tami das Gefühl, als stünde sie auf einer Anhöhe und überblicke ein kilometerweites Land. Und auf der gegenüberliegenden Seite wurde sie magisch angezogen, und abgestoßen, von der glänzenden Dunkelheit des Eßzimmers mit seinen lackschwarzen Tischen und Stühlen und seiner schwarzgrünen Tapete, vor allem aber von dem Spiegel, der sich unter der gesamten Decke erstreckte. Je nachdem, von welcher Stelle aus sie zu ihm hochschaute, konnte sie in ihm die Fenster entdecken, oder den Kristalleuchter, oder die sechs Kerzen auf dem Tisch, die Marlene am liebsten so herunterbrennen ließ, daß sie einen Bogen ergaben; sie schienen sich in der Mitte zu berühren, der wirkliche und der gespiegelte Kerzenbogen.

Während des Essens blickte Tami in dem Glas auf sich bewegende Hände, auf Scheitel, Schultern, Schöße und an der Tischkante endende Schenkel, und in dieser Perspektive erschien ihr alles unwahr, die Blitze, die das Besteck warf, ihre Froschaugen, sie hatte solche Froschaugen, sobald sie ihren Kopf nach oben wandte, und die farblose Stelle an Marlenes Hinterkopf, und Sternbergs Buckel, und die langsam arbeitenden Armkeulen des dicken Kindes, und die langen schwarzen Haare Joanas, die sich über sie alle legten, während Joana auftrug oder abräumte; sie könnte sie zu einem Knoten binden, wie jedes normale Dienstmädchen es tat, aber sie trug sie offen, sie ließ sie in den Raum fließen wie eine Ladung Teer.

Tami war in diesem kleinen Saal immer wie auf dem Sprung, in beständiger Alarmbereitschaft, denn der Spiegel füllte ihn mit doppelt so vielen Dingen und Menschen, als es gut war. Sie zeigten sich plötzlich verzerrt, sie bekamen eine unterschwellige Bedrohlichkeit, einen dunklen Reiz. Als ob der Spiegel mehr tat, als nur zu reproduzieren: Als ob er imstande war, ins Geschehen einzugreifen.

Das Haus bedrückt mich, sagte sie an einem der ersten Abende zu Rudi. Sie saßen in Korbstühlen allein am Pool. Das Wasser war kräuselig vom Wind, der über das Land strich, aber der Wind war zu schwach, um auch die schweren Blätter der Bananenstauden hinterm Pool in Bewegung zu versetzen.

Es ist groß und geräumig, sagte Rudi. Und es ist todchic.

Tami zog die Beine an und umschloß sie mit ihren Armen. Ja, das ist es.

Na bitte.

Aber es dämpft mich irgendwie, Rudi.

Er warf seine Arme nach oben und ließ sie wieder fallen, lautlos.

Es ist alles so seltsam hier. Einerseits paradiesisch, und andererseits, wie soll ich sagen, Rudilein, so gespenstisch.

Tut mir leid, daß ich das nicht verstehe, erwiderte er leise, aber scharf.

Sie erinnerte sich, daß sie sich auf ein Gefühl der Weite gefreut und daß sie es gehabt hatte, auf dem Meer und auch noch danach auf der ganzen langen Strecke von New York in der Bahn. Jetzt war es verschwunden. Wie zerschnitten von dem Glas direkt über ihr, von dem Spiegel, der ein Narrenspiel wiedergab. Tami aber sagte etwas ganz anderes, sie murmelte plötzlich, und Joana dämpft mich auch.

Erschrocken blickte sie zu Rudi.

Er drehte sich ruckartig zu ihr und zischte, was hat dir Joana getan?

Sie schüttelte den Kopf. Das kann ich dir nicht sagen, dachte sie. Es war schon der erste Blick, den sie mir zugeworfen hat, nach meiner Ankunft, als wir alle im Kreis standen, so spöttisch, so wissend. Du warst schon zweimal hier, Rudi, und jetzt bist du einen Monat vor mir hergefahren, das ist das eine. Und das andere ist, daß sie dich, nur dich an der Schulter streift, wenn sie bedient. Und ihr Haar auf deine Hand fallen läßt. Du ziehst deine Hand zwar weg, aber sie wiederholt es immer wieder. Einmal hast du in der Küche halblaut und hastig auf sie eingeredet, deswegen? Ich kann nichts beweisen, Rudi, aber mir ist speiübel, wenn ich an dieser Tafel sitze. Ich bin mir sicher, einmal ist etwas geschehen. Eine Frau spürt das. Und Joana senkt ihren Blick, wenn wir allein sind, sie wird ganz verdruckst, das ist noch so ein Zeichen. Was soll ich nur tun? Ich werde diese Gedanken nicht los, die ich dir nicht gestehen kann, ich träume das schon, nie und nie werde ich dir sagen, daß ich letzte Nacht im Schlaf auf dem Spiegel hingestreckt lag und euch beobachtet habe. Du hast dich unter mir an der Tischkante gereckt, und sie hat vor dir gelegen mit ihrem olivenfarbenen Körper, beide Arme zur Seite gestreckt, als ob sie sich auf einer Wiese sonnte, nur mit offenen Augen, sie hat sich gesonnt, Rudi, weil der Mann der großen Dietrich sie gleich nehmen würde, und sie mußte ihm und sich genau zuschauen dabei, als wenn es sonst nicht wahr gewesen wäre. Es war ein ganz deutliches Bild, wie photographiert. Verzeih, Liebster, wenn ich gespäht habe. Ich weiß, du haßt so eine Kontrolle, Ruditsch, aber ich kann nichts dafür, ich wollte das nicht, ich war einfach in dem Spiegel in der Nacht, und ihr wart es auch.

Bitte, was hat Joana dir getan? wiederholte Rudi, ruhiger jetzt.

Und noch einmal schüttelte Tami den Kopf.

Rudi stand auf und sagte im Weggehn, gewöhn dich erstmal ein hier, vielleicht siehst du dann keine Gespenster mehr.

Einige Wochen führten sie alle eine Art Familienleben, eines, bei dem es so geregelt zuging wie in einem x-beliebigen bürgerlichen Haushalt. Die Funktionen der einzelnen Mitglieder waren klar voneinander abgegrenzt, und die Zeiten, in denen bestimmte Aufgaben erledigt werden mußten, standen fest. Marlene wurde jeden Morgen in aller Herrgottsfrühe von ihrem uniformierten, gestiefelten, behandschuhten Fahrer abgeholt, der sie in ihrem langen schwarzen Cadillac zu den Dreharbeiten aufs Paramount-Gelände brachte, wo man sie aufwendig schminkte und ankleidete. Rudi folgte ihr, nachdem er ausgiebig gefrühstückt hatte, in seinem grünen Packard. Joana erledigte die Einkäufe, und Tami beschäftigte sich mit dem Kind. Entweder schlug sie die Fibel auf, um mit ihm zu lernen, oder sie planschte mit ihm im Swimmingpool, oder sie fuhren gemeinsam zum Ozean. Am späten Nachmittag bereitete Tami das Abendessen vor. Meist kochte sie ihre vorzüglichen russischen Gerichte. Joana, mit der Rudi gesprochen haben mußte, bot ihr mehrmals Hilfe an, doch sie lehnte immer freundlich ab, denn da sie die Speisen ohne große Anstrengung zuzubereiten verstand, hätte es sie nur Mühe gekostet, jemanden extra einzuweisen – jedenfalls begründete sie so vor sich selber ihr Nein, danke, sehr nett von dir, Joana. Manchmal stellte sich auch Joana an den Herd, und Tami hatte frei. Sie las dann ein russisches Buch oder blinzelte in den ewigblauen Himmel oder fuhr irgendwohin, wo sie noch nicht gewesen war, zum Beispiel zum Eingang der Paramount-Studios in der Marathon Street. Sie spazierte an den zwei großen Bögen mit den kunstvollen schmiedeeisernen Toren vorbei, drehte um, inspizierte die Tore noch einmal, nickte dem Portier zu (der sie wahrscheinlich für die bemitleidenswerte Verehrerin irgendeines Schauspielers hielt), fragte sich, was drinnen in den großen Hallen wohl gerade Rudi tat und was Marlene, und fuhr wieder zurück. Abends traf sich die ganze Gesellschaft einschließlich Sternbergs zum Dinner, und wenn es auf Mitternacht zuging, empfing die unverwüstliche, ewig wache Marlene noch ihren Liebhaber Aherne, und die anderen warfen einander in immer größer werdenden Abständen Gesprächsbrocken zu und spielten schließlich stumm eine letzte Partie Schach oder Solitär.

Und der nächste, der nächste und der nächste sonnige kalifornische Tag begann.

Es waren etwa zwei Monate vergangen, als Tami Marlene fragte, ob sie nicht einen Frauenarzt wüßte; denn sie hatte eine Vermutung. Sie suchte, an einem Nachmittag, den empfohlenen Arzt auf und bekam ihre Vermutung bestätigt. Am Abend auf ihrem Zimmer berichtete sie Rudi. Sie sagte es so: Ich trage ein Kind in mir (das Wort schwanger erschien ihr unpersönlich, beliebig, dem Ereignis nicht angemessen). Sie hoffte, er möge sogleich sein Ohr an ihren Bauch legen, möge sie aufgeregt nach dem genauen Termin fragen, möge voller Vorfreude die verschiedensten Jungen- und Mädchennamen hin- und herwenden. Sie hatte sich immer nach diesen unsterblichen Momenten, nach diesen Reaktionen voller Strahlen und Zukunft gesehnt. Aber Rudi sog nur immer wieder gut hörbar Luft durch seine Nase und stieß sie auf demselben Wege aus. Endlich sagte er, du bleibst hier sitzen, und ging zur Tür. Dort wandte er sich noch einmal um und wiederholte: Du rührst dich nicht vom Fleck, hast du mich verstanden?

Als er die Tür hinter sich schloß, wußte sie, daß sie in Wirklichkeit wieder nichts gehofft hatte. Sie hatte sich die Hoffnung und all die Bilder, die sie mit ihr verband, nur heraufbeschworen. Darin besitze ich eine lange Übung, dachte sie, während sie dasaß und auf das wartete, was geschehen würde. Zugleich suchte sie nach logischen Gründen, warum dieses Mal doch alles in einem großen Glück enden könnte. Wann sollte denn Rudi seine Diskretion aufgeben, wenn nicht jetzt? Handelte es sich nicht um eine besondere, vielleicht einmalige Stunde? Ja. Und war Marlenes Image, auf das er soviel Rücksicht nahm, nicht längst abgekoppelt von dem seinen? Noch einmal ja. Die Journalisten wußten doch längst, daß Marlene nicht mit ihm zusammenlebte. Sie interessierten sich nicht weiter für ihn. Rudi konnte also tun und lassen, was er wollte, und wenn er es wollte, dann könnte er heute, an diesem unwiederbringlichen Abend, endlich, endlich damit beginnen.

Rudi stürmte in Marlenes Schlafzimmer, ohne anzuklopfen, und stieß auf einen Kerl, den er nicht kannte und jetzt auch nicht kennenlernen wollte. Er blickte ungeduldig an ihm vorbei zu Marlene hin. Sie komplimentierte den Mann hinaus, und kaum, daß er die Tür hinter sich geschlossen hatte, rief Rudi, Tami, ich habe es eben erfahren, sie ist schwanger.

Nach ein paar Sekunden der Regungslosigkeit begann Marlene, sich mit ruckartigen Bewegungen anzukleiden. Sie stopfte ihr Unterhemd so in den Schlüpfer, daß eine Wulst entstand. Dann riß sie versehentlich einen Strumpf entzwei. Sie warf ihn beiseite, wühlte im Schrank nach einem neuen Strumpfpaar und hatte plötzlich einen pinkfarbenen Gummiballon in der Hand. Sie schwenkte ihn in Rudis Richtung. Sie hat doch auch so einen, rief sie, oder etwa nicht? Sie muß einen haben. Wie oft habe ich ihr gesagt, sie soll Essigspülungen machen. Das kann doch nicht so schwer sein. Sie streckte den Ballon höher, hielt ihn jetzt wie eine Fackel. Ich habe vier Stück davon. Vier! Und wenn mal kein Essig im Hause ist, ja mein Gott, dann nimmt man eben Eiswasser! Das mache ich ständig. Essig oder Eiswasser, es ist ganz einfach. Es dauert keine zwei Minuten. Wieso schafft sie das nicht? Mir ist so was doch auch noch nicht passiert! Und ich bin nicht weniger in Aktion als sie, bestimmt nicht. Und ich muß das mit den Spülungen immer so anstellen, daß niemand es merkt, ich muß mich immer wegstehlen, wie du weißt. Das muß sie ja nicht. Ihr kennt euch doch! Na, ich habe das schon kommen sehen. Das mußte ja irgendwann passieren. Sie beherrscht sich einfach nicht, sie läßt sich gehn, das ist ihr Problem. Zum werweißwievielten Male ist das ihr Problem. Und jetzt haben *wir* es am Hals.

Marlene bückte sich und zog sich neue Strümpfe über. Sie richtete sich auf, winkelte ihre Arme an, spreizte die Finger und fächelte mit ihren Händen ein paarmal auf und nieder. Gut, sagte sie, gut, ich werde mich kümmern. Sie wird es sich wegmachen lassen. Ich werde dafür sorgen, daß da nicht gepfuscht wird. Sie wird zu einem anständigen Arzt kommen.

Rudi fragte, ob das die einzige Möglichkeit sei.

Marlene schaute ihn überrascht an. Papilein, willst *du* denn dieses Kind?

Er zuckte mit den Schultern. Er hatte Marlene gegenüber immer ein schlechtes Gewissen, weil er mit einer anderen Frau zusammenlebte, Marlene aber nicht mit einem anderen Mann. Gewiß, sie holte sich andere Männer ins Bett, aber am Morgen mußten sie alle wieder gehen, einer wie der andere. Es war ihm, als verteidige sie damit die Grundfesten ihrer Ehe. Die er, Tamis wegen, zerstört hatte. Und jetzt noch ein Kind. Auf einmal verspürte er den Drang, sich bei Marlene zu entschuldigen.

Verzeih mir, daß ich dich verlassen habe.

Sie widersprach ihm nicht. Ja, du hattest deine Wünsche. Und doch bist du der Beste und Treueste. Ich bin so froh, dich zu haben. Sie lachte kehlig. Na, das ist sowieso klar, das müssen wir uns nicht immer wieder bestätigen, wie wichtig wir uns sind, nicht wahr?

Wir sind eben ein altmodisches Paar, sagte Rudi.

Fürchterlich altmodisch, bestätigte sie kopfschüttelnd.

Er gab ihr einen Kuß, den ersten seit Jahren, und lief zurück zu Tami. Sie starrte aus dem Fenster, hinter dem es stockdunkel war. Rudi blieb hinter ihr stehen. Dann gab er sich einen Ruck und sagte, wir haben beschlossen, daß diese Schwangerschaft nicht weitergeführt werden soll.

Tami stützte sich mit den Handflächen auf das Glas. Ein Zittern lief durch ihren Körper. Rudi hatte Angst, sie würde zusammenbrechen, und umfaßte sie in Brusthöhe. Ihre Hände rutschten von der Scheibe herunter, und sie sagte tonlos zum Dunklen hin, aber das dürft ihr nicht. Und schon war sie wieder verstummt. Rudi spürte, wie mit einemmal das Zittern aufhörte und Tami in eine Starre fiel. Als ob er nun eine Puppe hielte. Kein Zucken, kein Schluchzen, nicht die leiseste Bewegung, nicht einmal mehr ein hörbares Atmen. Ohne sein Zutun würde sie, mit der Stirn zuerst, gegen die Scheibe kippen. Er erschrak, nicht über die Gefahr eines Sturzes, auch nicht darüber, was er Tami gerade angewiesen hatte, sondern über den plötzlich aufgekommenen Gedanken, den Tod in seinen Armen zu halten: So starr und kalt und bleich war Tami, daß er meinte, *ihn* zu umfassen, merkwürdig, dachte Rudi, immer heißt es, der Tod beginnt, uns zu umklammern, und in Wahrheit ist es umgedreht.

Drei Tage später bezahlte Marlene einen Spezialisten in Santa Monica. Gleich am folgenden Tag wurde Tami der Embryo herausgeschnitten. Tami blieb noch eine Woche in der Klinik, und nach sieben weiteren Tagen checkte sie wieder auf dem riesigen Schiff ein. Sie hatte darum gebeten, so schnell wie möglich zurück nach

Europa zu kommen, denn Eudoxie war abermals schwer erkrankt, und sie wollte bei ihr sein, das war ihre Erklärung. Rudi allerdings schenkte ihr keinen Glauben. Er war sich sicher, daß Tami vor ihm flüchtete, und schickte ihr ein Kabel nach dem anderen hinterher auf den Ozean, fünf Tage, bis zum Ende ihrer Überfahrt.

bete für dich so wirst du nicht seekrank unsagbare sehnsucht unendliche liebe

hilft mein beten pumpelchen war häßlich zu dir spiegel zugehängt küsse küsse

geliebte bin so allein ohne dich mein leben nur schön mit dir alles hier erinnert mich an dich hoffe fühlst dich gut himmelskind

bin so besorgt mach nachmittagsschläfchen mit dir ewige liebe

schlafen war trugschluß geht nicht weil nicht da bist mein seelchen körperchen

wie gehts mein herz weshalb letzte kabel antwortlos sollst mich nicht so beunruhigen kable sofort

danke kabel geliebte grüße mamotschka papotschka ich danke ihnen für dich

gehe nicht zuviel auf sonnendeck mein herz schlecht für dich bin verrückt nach deiner süßen russenstimme deinen schönen glasi grudki

guten morgen mein trampelchen ausgeschlafen wars sehr schlimm versäume nicht landung southampton anzusehen vater liebt dich auch mutti hat sehnsucht

10

Eudoxie lag mit einer Gürtelrose und 39 Grad Fieber im Krankenhaus. Zuvor hatte sie einen Hörsturz erlitten, und davor war ihre linke Hand gefühllos geworden. Ich gehe allen Mist der Reihe nach durch, sagte sie lächelnd zu Tami. Als sie ihren Mund auseinanderzog, zeigten sich ihre schmalen, rissigen Lippen, die sie bis zu diesem Zeitpunkt, aus Angst vor neuen schmerzhaften Rissen oder aus Scham, aufeinandergepreßt hatte. Aus Scham, das wurde bald klar, denn sie wollte auch nicht, daß Tami sich die Gürtelrose besah. Sie mochte ihrem Kind diese Häßlichkeit nicht zeigen; sie war noch nicht in dem Stadium, in dem es einer Alten egal ist, wie sie auf andere wirkt, und sie nichts dabei findet, selbst das Unangenehmste zu entblößen, und sie den Kreis zu ihren Babyjahren schließt, als ihr das alles schon einmal vollkommen egal gewesen war. Außerdem hatte Eudoxie Gewissensbisse, was die Bezahlung ihres Aufenthaltes in jenem Hospital anging. Tami, flüsterte sie und fuhr sich mit der Zunge über die Lippen. Tami. Es bedrückt mich so, daß es nicht mein Geld ist. Nicht meines, sie röchelte die Worte aus ihrem eingefallenen, zitternden Hals. Nicht Serjoschas. Nicht deines. Alles Marlenesrudis. Wir. Wir kriegen doch schon jeden Monat 50 Mark von ihm, und jetzt. Diese Behandlung hier. Sie ist bestimmt teu. Teuer. Sündhaft. Ich möchte nach Hause, allein. Allein schon deswegen.

Du kannst aber nicht nach Hause, Mamotschka, sagte Tami. Mach dir keine Sorgen. Ich habe Rudi geschrieben, daß ich diesmal wenigstens ein Viertel der

Kosten übernehmen möchte. Lieber sogar die Hälfte. Ein bißchen was ist ja auf meinem Konto in Paris.

Sie horchte dem Klang des Namens nach. Rudi. Keine Schwingung. Keine Rückkopplung. Keine Weichheit. Nichts. Wie ein Stein plumpste der Name in der Ferne herunter, irgendwo, wo sie nicht war. Sie erinnerte sich an sich selber wie an eine Fremde: Zu einer anderen Zeit hatte sie den Namen genossen, mehr noch, sie hatte sich nicht gescheut, in Gedanken die Rudi-Buchstaben zu liebkosen, vor allem das R und das d, wegen der Rundungen, wegen der Geborgenheit, die sie ausstrahlten. Und nun registrierte sie das spitze, unversöhnliche i. Aber es geschah schmerzlos. Es löste nichts weiter als eine kalte Verwunderung aus. Schon gestern, während des Briefschreibens, hatte sie keine Person aus Fleisch und Blut vor Augen gehabt, und auch sie war keine solche Person gewesen, ihr Füllfederhalter schrieb ohne ihr Wissen einen Satz nach dem anderen, Tami konnte zusehen, wie jemand Fremdes ihre Hand führte, eine Unbekannte formulierte Sätze für einen Unbekannten, und sie saß nur dabei, sie beobachtete es bloß, sie kannte noch nicht einmal den Papierbogen, auf dem die Federspitze, welche ebenfalls nicht ihre war, kritzelte, sie befühlte ihn wie einen seltsamen Stoff, den Madame Descart oder Monsieur Talibart neu hereinbekommen hatte.

Als Tami am frühen Abend von der Klinik am Innsbrucker Platz zur Barbarossastraße lief, wo sie sich für eine Woche ein Zimmer genommen hatte, wirkte die Stadt ungewohnt still. Sie bemerkte es erst, als sie schon 10 oder 15 Minuten gegangen war. Tami fragte sich, ob sie bestimmte Geräusche nicht wahrnahm oder ob tatsächlich etwas fehlte. Sie prüfte nun im Weitergehen die herumschwirrenden Töne. Nach einiger Zeit begriff sie, daß alles war wie immer, bis auf eines: Niemand hupte. Sie lief noch eine Stunde herum, nur, um herauszufinden, ob es vielleicht Zufall gewesen war, daß eben, als sie darauf gelauert hatte, kein Hupen ertönt war. Dabei gelangte sie bis zum Tauentzien. Still und scheinbar geduldig schoben sich auch hier die Autoschlangen an ihr vorbei. Tami stoppte bei einem wartenden Taxi und fragte den Fahrer durchs geöffnete Fenster, wieso niemand hupe. Er schaute sie interessiert an wie einen Käfer, der sich verfangen hat, und sagte dann, ist schon 'ne Weile verboten. Tami langte plötzlich mit einem Arm ins Auto und drückte die Hupe. Sie nahm ihre Hand nicht von dem Metallbogen weg und erzeugte einen andauernden Sirenenton, bis der Fahrer sie an ihrer Brust fortstieß und brüllte, sind Sie verrückt? Tami starrte ihn ausdruckslos an. Er sagte, verschwinden Sie, kurbelte die Scheibe hoch und klopfte mit einer Zigarettenschachtel mehrmals schnell und kurz auf den Rand des Armaturenbretts, damit eine Zigarette sich herausschöbe, ohne Erfolg. Er klopfte stärker, und die Zigaretten prasselten in einem dichten Schauer alle zu Boden.

Am Abend traf sie sich mit Serjoscha und Hella in der Hohenstaufenstraße. Hella hatte noch mehr Sommersprossen als auf dem Bild. Erst streckte sie ihre Hand aus, aber dann zog sie sie wieder zurück und fiel Tami um den Hals. Sie fragte, wohin gehen wir? und als die anderen beiden nicht gleich antworteten, fügte sie, zur Decke schauend, hinzu, ins Tary Bary vielleicht?

Serjoscha rief mit gespieltem Ärger, hätte ich dir bloß nichts erzählt. Und dann, zu Tami: Ich habe ihr berichtet von unserem Absturz dort.

Ist das schlimm? fragte Hella.

Auf einmal trat Tami auf sie zu und umarmte sie, als wäre das jetzt erst die Begrüßung. Hella blickte überrascht zu Serjoscha. Als Tami sich wieder löste, hatte sie glasige Augen, und Serjoscha, der sie anschaute, dachte, das muß etwas Trauriges sein: auf einen Schlag am Glück eines anderen zu erkennen, was man selber verloren oder nie besessen hat.

Auf dem Weg zum Tary Bary hakte er die beiden Frauen unter. Er spürte, wie Hellas Oberkörper sich im Rhythmus ihres pendelnden Arms bewegte, bei jedem Schritt stieß sie mit ihrem Becken leicht an seine Seite und drehte sich dann wieder weg, während Tami lief, als müsse sie sich durch ein Nadelöhr zwängen, an ihn gepreßt, ihren äußeren Arm kerzengerade beim Körper haltend. Serjoscha schaute erst zur einen, dann zur anderen, so lange, daß sie es merken mußten, schaute wieder nach vorn und rief feierlich, meine beiden Königinnen.

Im Restaurant bestellte er, noch bevor der Ober die Karten gebracht hatte, Nataschas. In seliger Erinnerung, sagte er zu seiner Schwester. Dann fragte Tami Hella, ob ihr Hamburg, ihre Heimat, fehle, und Hella antwortete, sie vermisse das Meer.

Tami stutzte. Hamburg liegt nicht am Meer.

Und dennoch, sagte Hella lächelnd. Da Tami stumm blieb, fragte sie, und du? Wie ist es für dich nach so langer Zeit zurück in Berlin?

Tami überlegte eine Weile. Hella blickte sie ernsthaft an, und Serjoscha strich mit dem Zeigefinger immer wieder an der Wand seines leeren Schnapsglases entlang. Schließlich antwortete sie: Ich gehe durch die Straßen, und es sind dieselben wie früher. Aber wißt ihr, ich finde meine Geschichten nicht mehr. Als wenn sie sich in Luft aufgelöst hätten. Die ganze Stadt bestand ja aus Geschichten, die ich erlebt habe. Jeden Tag geschah hier etwas anderes mit mir, und im Rückblick nur Schönes. Als ich nun wieder herkam, war mir natürlich klar, daß es nicht möglich sein würde, die damaligen Gefühle noch einmal zu empfinden. Also habe ich versucht, wie soll ich sagen, sie wenigstens wie eine Schablone herzunehmen und anzuschauen. Aber es gelang mir nicht. Je intensiver ich mich erinnerte, um so kleiner wurde das, wonach ich suchte. Als ob sich mir gerade alle Welt entzieht.

Tami begann zu weinen. Nach ein paar Sekunden stieß sie plötzlich hervor: Wieso getraue ich mich das bei euch und nicht bei ihm?

Serjoscha nickte, als habe ihm jemand eine Frage beantwortet.

Sie aßen fast wortlos zu Ende, und danach stand Hella auf und sagte, ich lasse euch jetzt allein.

Bleib doch, bat Tami, aber Hella schüttelte den Kopf und schlang von oben die Arme um sie, ehe Tami aufstehen konnte.

Nachdem sie gegangen war, bestellte Serjoscha zwei weitere Nataschas; sie hatten zu jedem Gang ein Glas getrunken, so daß sie nun bei Runde fünf angelangt waren.

Noch einmal nickte er, auffordernd jetzt, und Tami, die nur darauf gewartet zu haben schien, erzählte ihm alles, in einem Fluß, den Serjoscha nur kurz unterbrach, indem er zischte, ich könnte ihn erwürgen. Sie schloß mit den Worten: Und ich hatte immer das Gefühl, ich stünde unter seinem Schutz.

Schutz sagst du?

Ja, sicher.

Gottnochmal, Schutz, Schutz ist doch nur ein anderes Wort für Auslieferung, Tami, es sind die zwei Seiten einer Medaille. Er knallte ihr den Satz wie einen Peitschenhieb hin. Er wußte, daß Schonung jetzt das Falsche wäre. Komm raus da. Und hör auf, dir etwas vorzuspielen, Rudi war nie der Schutzpatron, der Uneigennützige, für den du ihn hieltest.

Tami murmelte, nein, ich spiel mir gar nichts vor, oder doch, doch, mir zerspringt fast der Kopf.

Serjoscha aber ersparte ihr jetzt nichts, er sagte ihr noch etwas, das er ihr schon lange hatte sagen oder schreiben wollen, und um die Härte zu mildern, die in seinen Worten liegen würde, umfaßte er vorab mit einer Hand sanft ihr Handgelenk. Tami, du bist es, die sich ausliefert. Du müßtest das beenden. Du müßtest deine Sachen packen und gehn. Wieso gehst du nicht? Wieso bist du immer noch bei Rudi, sogar *nach dieser Sache* noch? Weil ..., hob Tami an.

Serjoscha unterbrach sie. Weil du nicht von ihm loskommst, ich weiß. Aber sag mir nicht, das wäre reinweg aus Liebe so. Das ist es nie. Es hat doch immer auch mit Absicherung zu tun, mit bestimmten Annehmlichkeiten. In deinem Fall sogar mit richtigem Luxus.

Tami rief, was denkst du denn von mir?

Beschwichtigend sagte Sergej, versteh mich bitte nicht falsch, ich weiß ja, daß du nicht auf all das aus bist.

Du bist nicht berechnend und nicht gierig, das ist doch klar. Aber der Gedanke, sich plötzlich allein durchschlagen zu müssen, bereitet dir Angst, so sehr, daß du ihn gar nicht aufkommen läßt. Du verdrängst ihn, davon bin ich überzeugt. Und ich verstehe das. Es wäre verdammt schwer, nach so langer Zeit auf eigenen Füßen zu stehen. Und trotzdem kann ich dir nur raten …

Serjoscha, bitte, rat mir jetzt nichts, es ist so schon genug, ich möchte jetzt nur eines, saufen, bis der Laden dichtmacht. Bestell weiter, ja? Nichts mehr sagen, nicht mehr anstrengen, bloß noch Nataschanatascha, einfach immer, immer weitertrinken.

Und Serjoscha tat ihr den Gefallen. Lange nach Mitternacht bugsierte er sie die Treppen zu seiner Wohnung hoch, rollte sie neben Hella ins Bett, legte sich davor und streckte seine Glieder von sich; wie ein großer Hund, dachte er, oder wie ein Bär? und bevor er sich entscheiden konnte, was er nun sei, Hund oder Bär, war er eingeschlafen.

Von einem Sommer bis zum nächsten:

Sie steht an dem hüfthohen Eisengitter am Eingang des Gartens auf dem Boulevard Pereire und schwingt immer wieder das Gitter auf und zu, so daß in kurzen regelmäßigen Abständen ein Quietschen ertönt. Das sie nicht zu hören scheint. Sie schaut das Gitter nicht an, das von ihrem Arm bewegt wird, so gleichmäßig und ausdauernd, als ob eine Mutter ihr Kind schaukele. Und jetzt erscheint eine wirkliche Mutter. Das heißt, sie war schon die ganze Zeit im Hintergrund gewesen, im Garten; ihr Kind kritzelt seit Minuten mit einem Stock etwas auf den Sandweg. Und auch sie wird von Tami überhört und übersehen. Stumm löst sie Tamis Hand von dem Eisen und führt sie in den Garten wie eine Blinde, wo Tami sie plötzlich wahrnimmt und sich entschuldigt: Es tut mir leid, wenn ich Ihnen den Weg versperrt habe. Es tut mir sehr, sehr leid.

Marlene hat ihr wieder ein Päckchen aus Amerika geschickt, diesmal mit lauter Schachteln Dexedin. Das dient zur Beruhigung, schreibt sie Rudi. Vielleicht findet sie dadurch ihr Gleichgewicht. Aber ich bin mittlerweile skeptisch, Papilein. Sie kann doch nicht das ganze Preludin, das ich ihr vor einem Monat geschickt habe, schon verbraucht haben! Ist ja kein Wunder, wenn sie dauernd im Bette steht! Sie weiß doch, daß es aufputscht wie nichts. Ich habe es ihr doch ausdrücklich mitgeteilt. Erst ist sie so apathisch, daß man es nicht mit ansehen kann, dann will sie gleich wieder die Welt einreißen, und dann kann sie nicht schlafen und ist wieder verzweifelt. Ich versteh das nicht. Sie muß doch mal ein Maß finden. Vielleicht ist es das beste, du zählst die Tabletten jetzt ab, sowohl die Amphetamine als auch die zur Beruhigung. Ich weiß, Papi, es ist schlimm, daß du dich auch noch darum kümmern mußt, aber tu es, sonst kommt wieder Harmony (oder jemand anderes von den sogenannten Freunden) und behauptet, wir lassen sie in ihr Unglück laufen.

Papotschka will sie bald in Paris besuchen. Zu Hause in Berlin fällt ihm die Decke auf den Kopf, seit er Eudoxie auf dem russischen Friedhof in Tegel hat beerdigen müssen. Er kann doch nicht jeden Tag zum Grab fahren, er wird doch verrückt dabei.

Auf der Gebrauchsanweisung des Irrigators, den Rudi besorgt hat, steht: Das Gefäß faßt bis zu zwei Liter. Am unteren Ende befindet sich der Ausfluß, an dem der Gummischlauch angebracht wird, der in das Röhrchen mit den erbsengroßen Öffnungen ausläuft. Der Behälter ist mit lauwarmem Wasser und einem Zusatz aus Zitronensäure, Chlorzink, Holzessig, Lysoform, Kalipermanganat oder Formol zu füllen. Formollösung gilt als das am besten wirkende Mittel. Gummischlauch und Röhre bleiben im Irrigator liegen. Dann hängt man diesen 1,50 Meter hoch an die Wand oder stellt ihn in gleicher Höhe auf einen Tisch oder ein Konsolbrett. Nun preßt man den Gummischlauch am unteren Ende um, so daß das Wasser nicht auslaufen kann, setzt sich auf ein Becken, zieht die Knie an und lehnt sich mit dem Rücken an die Wand. Jetzt lockert man den Schlauch, läßt ein wenig Wasser in das Becken einlaufen, um die Luft aus dem Schlauch zu entfernen, und führt das Röhrchen so tief in die Scheide, bis es auf Widerstand stößt. Dann geht man ein wenig zurück, damit das Wasser frei eindringen kann. Dann spreizt man die Beine und läßt das Wasser abfließen. Wenn dieser Vorgang mehrere Male wiederholt wird, so wird der Samen völlig weggespült.

Papotschka hat auf dem Boulevard Haussmann nicht aufgepaßt und ist in ein Auto gerannt. Nun liegt er mit einem Schädelbruch bewußtlos im Krankenhaus, und Tami erinnert sich mit Bangen einer Geschichte, die ihr einmal der Alte in seinem Berliner Tabakladen erzählt hatte. Sie weiß nicht, ob sie ausgedacht war, sie hat damals gerätselt, und jetzt tut sie es wieder. Der Mann in jener Geschichte hat nach einem Unfall sein Gedächtnis verloren – sein Kurzzeitgedächtnis. Alles, was länger zurückliegt, behält er, aber alles Aktuelle vergißt er sofort. Als er das begreift, beginnt er, sich die wichtigsten Neuigkeiten mit einer Nadel in seine Haut zu ritzen. Bald sind seine Unterarme zerstochen und vereitert. Der Mann ritzt sich nun Brust und Bauch, mit denselben Folgen. Aber er kann nicht mehr aufhören, Nachrichten auf seinem Körper zu speichern, er ist Litfaßsäule und Betrachter der Säule zugleich, und so zerstört er sich von oben bis unten, Dreck dringt in seine Arterien, von überall her, soviel Blut kann man gar nicht austauschen, sagte der Alte, er stirbt einen qualvollen Tod.

Und die Moral? hatte Tami gefragt, gibt es eine Moral? – Ganz einfach, so der Alte, unsere Leben sind alle falsch ausgerichtet. Die Sekunde, die soeben vergangen ist, ist uns wichtiger als die, in der wir uns gerade befinden. Als dieser Augenblick, dieser Wimpernschlag. Sie können das ausdehnen auf Minuten, Stunden, Tage undsoweiter undsofort. Wir sind immer hinter uns zurück, wir sind nie richtig *anwesend*, und genau darin liegt ein ungeheures Versäumnis.

Nach anderthalb Tagen wacht Nikolai auf. Er hat sogar schon etwas gegessen, als Tami ihn besucht. Sie fragt ihn, was es gegeben hat. Hühnerbrühe, antwortet er, aber so was von fade, scheinbar verwenden sie hier Gewürze nur auf Rezept. Tami lacht laut, sie wiehert fast, und Nikolai wundert sich ein wenig über sie, denn so gut findet er seinen Witz überhaupt nicht.

Rudi kabelt Marlene eine Nachricht über Papotschka und unterzeichnet mit Tamrud. Tami führt das Papier zum Mund und küßt das Wort. Tamrud. Das könnte der Name eines norwegischen Städtchens oder einer indischen Provinz sein. Aber das sind wir. Wir sind das. Rudi hat uns verschmolzen.

Und überhaupt ist er rührend um Papotschka bemüht. Er geht mit ihm in der Rue Daru russische Speisen kaufen und wandert mit ihm durch den Jardin de Luxembourg und sogar durch den Bois de Bologne. Papotschka ist begeistert von ihm, und Tami weiß gar nicht, wem sie zuerst um den Hals fallen soll, wenn die beiden nach Stunden erschöpft – aber nicht so erschöpft, wie sie tun – nach Hause kommen.

Sie spürt, wie sich, wie damals, ihre Brüste und ihre Brustwarzen vergrößern, als würde ihr Milch einschießen. Ihr Leib vergrößert sich über Wochen, und ihre Blutung bleibt aus. Wenn sie sich die Hände an den Bauch hält, meint sie, darin schon Bewegungen zu fühlen. Und am Morgen ist ihr fast immer übel. Sie nimmt sich fest vor, sich diesmal ihr Kind nicht nehmen zu lassen. Sie zieht sich ein zauberhaftes blaues Satinkleid an, das auf der Straße vom Herbstwind gebläht wird, und geht zum Arzt. Graviditas imaginata, sagt er nach der Untersuchung, Sie haben eine Wunschneurose mit schwangerschaftsähnlichen Symptomen. Aber ich bin doch schwanger! ruft Tami, meine Brüste, meine Übelkeit, das alles, Sie müssen sich irren! Er schüttelt seinen Kopf. Leider, ich irre mich nicht. Ihre Einbildung ist sehr stark. Ich kann nur wiederholen, Sie sind nicht schwanger, Fräulein Matul.

Marlene kündigt Rudi an, für längere Zeit nach Europa zu kommen. Als Tami davon hört, fragt sie ihn überrascht, ob Marlene hier dreht, aber er verneint. Sie fragt weiter, und er antwortet, sie hat grad eine Pause drüben. Später, am Tag, als sie mit den Goldamers nach Vichy fliegt, wird Harmony ihr erzählen, Marlene sei in Amerika auf der Liste der beliebtesten weiblichen Stars nach ganz unten gerutscht, auf Rang 126. Hollywood könne partout nichts mehr anfangen mit Sternberg und seinem Geschöpf. Das wär ja doch immer nur die Lola. Minimale Bandbreite des Ausdrucks. Angeblich zahle ihr die Paramount 250 000 Dollar, um sie davon zu überzeugen, daß sie auf den nächsten ihr vertraglich garantierten Film verzichtet. Stell dir vor, wiederholt Harmony, einfach unglaublich, sie kriegt ein Vermögen, nur damit sie verschwindet.

Diesmal bildet sie sich ihre Schwangerschaft nicht nur ein; und Rudi empfindet, als er Marlene darüber informiert, daß es zum zweiten Mal *passiert* sei, eine große Peinlichkeit. Er verweist auf den Spülapparat. Schon gut, sagt Marlene, du kannst nichts dafür, weiß ich doch. Sie macht von Amerika aus eine Klinik in den Alpen ausfindig, und Rudi kauft zwei Fahrkarten und legt sie Tami vor und denkt dabei: Mögen sich bestimmte Dinge auch wiederholen, die Reden bei der Wiederholung kann man sich schenken, denn alles ist doch schon gesagt; wir fahren dorthin, Tamara, und basta. Und so fahren sie, in den Schnee hinein, der unter der erstaunlich gelben Sonne dieses Wintertages blendet wie die Sonne selber. Tami muß die Augen schließen. Sie hat erst rote und dann violette Funken unter den Lidern, die vom Zentrum nach außen stieben und nach und nach endlich dem besänftigenden, beruhigenden Schwarz weichen, das sie kennt.

Beim Putzen der Wohnung nimmt sie ein Apothekenglas nach dem anderen, erst das mit der Leber, dann das mit der Niere, dann Herz, dann Hirn, öffnet es und schüttet den Inhalt so gleichgültig und mechanisch in die Toilette, als handle es sich um verfaulte eingeweckte Birnen, Pflaumen, Stachelbeeren, Kirschen. Als sie aber die vier leeren Gläser auf dem Fußboden sieht, erschrickt sie. Sie möchte sie jetzt wieder füllen, doch natürlich ist alles, was sich darin befunden hat, längst verschwunden, ist heruntergeflutscht in die Pariser Kanalisation zu den Exkrementen, Giften, Essensresten und den lebendigen und den toten Ratten.

Serjoscha! Sie juchzt auf, als er unangemeldet vor der Tür steht. Beim Begrüßungstee fragt sie ihn, wie lange er bleiben will. Das weiß ich noch nicht, antwortet Serjoscha. Er sendet flackernde Blicke zu Rudi, zu ihr, wieder zu Rudi. Er knetet seine Finger und kippt den Tee hinunter, als wäre der nicht heiß und dampfend. Eine hochgradige Spannung geht von ihm aus. Serjoscha lädt den Raum mit Elektrizität. So ist er doch sonst nicht. Was treibt ihn? Woran denkt er? Plötzlich begreift sie es. Sie versucht noch, ihn möglichst ruhig anzuschauen, ihn nur mit ihren gütigen Augen zurückzuhalten, aber zu spät, er sagt zu Rudi, ich möchte dich sprechen, und zwar allein. Rudi zündet sich eine Zigarette an. Serjoscha steht schon. Rudi nimmt zwei Züge, ehe auch er sich erhebt. Sie gehen in das Kloster, und nach knapp zehn Minuten, in denen kein Wort durch die Tür dringt, hört Tami Rudi halblaut sagen, könntest du das bitte wiederholen?

Serjoschas unverständliche Antwort.

Und jetzt wird er richtig laut, Rudi. Du scheinst nicht zu wissen, was ich alles für deine Schwester getan habe, oder du scheinst es vergessen zu haben, wie willst du eigentlich Kellner sein, wenn du das Einfachste vergißt? paß auf, daß ich dich nicht rausschmeiße aus diesem Lokal hier, das geht ganz schnell.

Die auffliegende Tür. Rudi, der Serjoscha mit einer Hand aus dem Kloster drängt. In der anderen Hand hält er seine heruntergebrannte Zigarette.

Serjoschas hinter dem Rücken verschlungene Arme. Er will nicht handgreiflich werden, das ist offensichtlich, er ruft, halb sich verteidigend, halb Rudi attackierend: Was hast du denn für sie getan? Auf ihr herumgetrampelt bist du! Und nur aus Selbsthaß. Nur, weil du dich dafür haßt, daß du nicht dein eigener Herr bist und dich aushalten läßt von einer Frau. Und soll ich dir was sagen? In deinem Herzen weißt du das ganz genau. Du weißt, daß du ein Feigling bist.

Schönen Gruß vom Feigling, Sergej! Der glimmende Zigarettenstummel, auf seine Stirn gestempelt.

Serjoschas habichtartiges Vorschnellen. Seine Stirn für den Bruchteil einer Sekunde hart auf der Rudis, dieser knochige Gong, der Rudi zurücktaumeln läßt und Tami schreien: nichtdochnicht!

Als Serjoscha wieder weg ist, sagt Rudi, dieser Besuch hat die Lage nicht unbedingt verbessert. Mich stört gar nicht einmal so sehr Sergejs Unverschämtheit, sondern, daß er alles gewußt hat. Es gibt Dinge, die gehen ihn einfach nichts an. Deshalb folgendes: Du wirst mir von nun an jeden Brief, den du auf Russisch schreibst, zeigen, bevor du ihn abschickst. Hast du verstanden?

Tamara! Hast du mich verstanden?

Hans und Harmony sind begeistert vom Fliegen wie von nichts sonst. Sie erwägen sogar, sich eine kleine Propellermaschine zu kaufen. Sie überreden Tami: Nur eine Stunde zwölf Minuten nach Vichy, komm schon, wir kuren da, und wenn du sowieso hinmußt, kannst du gleich mit uns fliegen, erstens ist es wahnsinnig schnell, und zweitens gibt es nichts Tolleres, wirst sehen. Aber als die Maschine dröhnend in die Luft steigt, regnet und nebelt es, und Tami verliert binnen Sekunden alle Orte, Felder, Flüsse an ein großes, undurchdringliches Grau. Wie schade, sagt sie und hört von Harmony, so warte doch, das wird noch schön, das wird noch hell. Und tatsächlich, das Flugzeug durchstößt, wie von Riesenhänden hin- und hergeschüttelt, die Wolken und schießt in einen makellosen stahlblauen Himmel, zieht nun einen schrägen Vogelschatten auf der weißen Wolkenoberseite, die sich über den gesamten Planeten zu spannen scheint, was für ein gigantischer Teppich, was für ein grandioses Wattemeer, Tami möchte sich hineinwerfen, brustwärts oder rücklings, egal, sie wünscht, das Flugzeug möge anhalten können wie unten auf der Erde jederzeit eine Eisenbahn, mitten in dieser schwebenden welligen Landschaft, und sie dürfte herausspringen und sich darin wälzen, bis zum Weitertransport, der durch dreimaliges Pfeifen der Lokomotive – nein, ein Flugzeug arbeitet mit allem, aber nicht mit Dampf, also da müssen wir uns überraschen lassen, wodurch bei so einem modernen Verkehrsmittel die Weiterreise angekündigt wird.

Den Einweisungspapieren zufolge ist die Patientin Matul, T., in der Klinik wegen

- eines übernormal empfindlichen und gesenkten Magens
- eines bitteren, salzigen, an ranzige Butter erinnernden Geschmacks in ihrem Mund, der auf eine akute Gallenblasenentzündung hindeutet
- eines Darmkatarrhs
- einer losen rechten Niere.

Doktor Pasquale Durant verordnet ihr Moorpackungen, Wasserbehandlungen und Darmspülungen, das Übliche. Er hat jetzt weniger Zeit für sie, denn er ist auf dem besten Wege, eine Koryphäe zu werden, und jeden Tag nehmen ihn bestimmt ein Dutzend Leute, die ein halbes Vermögen zu zahlen bereit sind, in Beschlag. Aber er mag diese Frau. Er findet sie bezaubernd, noch in dem Trübsinn, der sich in Schüben über sie legt. (Notiz in Durants Tagebuch: Ihr Urzustand, ihre verborgene Magie: Heiterkeit, Lebendigkeit. Ich kann es ganz leicht aus ihr herauslesen. Verrückter Gedanke, aber ich bin mir sicher, daß ich sie *außerhalb* schnell heilen könnte. Ich würde gern! Es wäre gar nicht schwer. Heilung als Nebenaspekt. Aber dazu dürfte sie nicht meine Patientin sein. Wie paradox! Auch künftig: Ich darf sie nicht anrühren, ihr nichts Zweideutiges sagen, darf mir überhaupt nichts anmerken lassen. Frage mich nur, ob dieser Scheißanstand irgend jemandem irgend etwas nützt.) Er geht abends, wenn er alle

Aufgaben in der Klinik erledigt hat, mit ihr in einem der eleganten Restaurants am Rande des Parks essen, was nicht gerade ihrem Diätplan entspricht. Aber draußen herumlaufen wie bei ihrem letzten Aufenthalt können sie nicht, denn es ist Winter und zu dunkel und zu kalt. Er will nur reden, will zu den Gründen ihres Krankheitsgeflechts vordringen. Sie soll zur Not bloß einen Fruchtsaft trinken und ein Croissant essen, soll nicht auf den beleidigten Kellner achten und soll erzählen.

Als er hört, welche Tabletten sie wahllos und ohne Rezept einnimmt, ruft er, stoppen Sie das sofort, schmeißen Sie sie in den Müll.

Als sie ihm berichtet, wie sie Rudis Gläser geleert hat, ohne es zu wissen und zu wollen, und leise fragt, ob denn jetzt ihr Verstand aussetze, antwortet er, ja, das scheint so, aber er ist schon noch da, andererseits.

Als sie endlich alles auspackt und von den Schwangerschaftsabbrüchen berichtet, beschließt er, einen Brief nach Hollywood zu schreiben, auf Klinikpapier, damit Marlene Dietrich, beziehungsweise deren Sekretärin, gleich weiß, daß es ihm um etwas anderes geht als um ein Bild oder ein Autogramm.

Als er Tami an der Garderobe in den Nerz geholfen hat, legt er seine Hände flach auf ihren Kragen und beläßt sie einen Augenblick dort, ihr glänzendes Haar fällt auf sie, aber Tami merkt nichts, sie greift in der Sekunde nach hinten, um den Kragen hochzuschlagen, in der Durant seine Hände wieder nach unten nimmt.

Rudi bucht für den Juni Zimmer im Lancaster in der Rue de Berri für Marlene, für sich, für das Kind, für Tami und erstmals für Boni. Boni ist zwar total impotent, hat Marlene am Telephon gesagt, aber er schreibt mir die romantischsten Briefe, die je auf dieser Welt verfaßt worden sind, er liebt mich wie wahnsinnig, ist das nicht wundervoll?

Also: Scheint dieser dichtende Kandidat der beste zu sein, den sie bislang gehabt hat, denn im Zweifelsfall zieht sie es vor, wortreich verehrt statt zielgerichtet entkleidet zu werden, und Remarque besteht nur aus Begehren. Aus einem haltlosen Sehnen. Er webt es, in vollkommener Selbstaufgabe, wie ein Kleid um sie. Er feiert diese Frau, und sie feiert sich auch, in diesem Kleid, in diesem Geschenk, für das sie nichts hingeben und nicht viel tun muß, bloß ein bißchen schön reden, bloß ein bißchen was andeuten. Sie weiß, das funktioniert mit keinem Schwanz. Mach einem Schwanz eine kleine Andeutung, und schon wird er zu einer Anmaßung, zu einer befremdlich sich aufpumpenden und, noch befremdlicher, schnell wieder in sich zusammenfallenden Forderung, zu einem Ausfluß billiger Gier. Nein, da ist ihr jemand wie der arme Remarque in seiner katzenhaften Schmiegsamkeit, in seiner wortsprühenden Leidenschaft, man muß sagen: in seinem edlen Drang, sie zu vergöttern, wirklich lieber.

Papi, dieser Doktor Durant aus Vichy hat mir geschrieben, wir sollten schonend und freundlich mit Tami umgehen. Schonend und freundlich – als ob wir das nicht wären! Überhaupt ist sein ganzer Brief sehr seltsam. Es steht kein Wort über ihre Magen- und Darmsachen darin, nur über, ich zitiere, ihre Melancholie, die sich mehr und mehr zu einer Depression ausweitet. Er tut so, als wäre es an mir, das zu ändern. Dieser Brief ist ein versteckter Vorwurf, Papilein, und letzten Endes eine Frechheit. Natürlich ist Durant zu vorsichtig, um alles direkt hinzuschreiben, aber ich bin ja nicht dumm, ich kann es ganz gut herauslesen. Wie soll ich denn Tami ihre Undiszipliniertheiten austreiben! Ich habe das wahrlich oft genug versucht. Davon hat er natürlich keine Ahnung. Nachdem ich diesen Brief gelesen habe, frage ich mich, warum ich ausgerechnet einen solchen Mann bezahle. Wenn er es nicht schafft, sie zu heilen, soll er es mir sagen und nicht auch noch jemand anderem die Schuld in die Schuhe schieben und schon gar nicht mir. Aber ich weiß, das wird er nicht zugeben. Eher wird er sich die Zunge abbeißen. In dieser Hinsicht sind doch alle Ärzte gleich. Wahrscheinlich ist es das beste, wir suchen für Tami eine neue Klinik. Es ist nutzlos, sie noch einmal zu Durant zu schicken, meinst du nicht auch?

Das Lancaster gefällt ihr. Sie erinnert sich mit Unbehagen an das hallengroße Prince de Galles, wo der Fahrstuhl wie eine Bibliothek gestaltet war. Sobald man ihn betrat, war man auf drei Seiten von lauter alten Büchern mit Goldbuchstaben auf dem Rücken umgeben; sie hatte nach einem dieser Bücher gegriffen, doch es hatte sich nicht herausziehen lassen, alles war nur bemalte Pappe gewesen, ein dummer blitzender Bluff. Hier im Lancaster ist es anders. Die Rezeption wohnzimmerklein. Die Decken nicht weltraumhoch. Die Gemälderahmen angenehm streng. Und im Innenhof mehr Pflanzen als Putten.

Als sie aber eines Abends das Haus verläßt, um den anderen zum Essen ins Korniloff zu folgen, krempelt sie sich, ohne darüber nachzudenken, was sie tut, oder ohne sich eines Nachdenkens bewußt zu werden, den rechten Ärmel ihrer Bluse hoch und beginnt im Gehen, mit ihrem Unterarm auf die scharfen Spitzen der goldenen Tulpen zu hämmern, die den Abschluß der Zaunstreben vor der Hotelfront bilden. Sie registriert, daß Blut tatsächlich wie eine Fontäne spritzen kann (was sie bis jetzt für eine dichterische Übertreibung gehalten hat). Es geschieht zum Beispiel dann, wenn zufällig oder absichtlich eine Ader geschlitzt wird. Sie drückt die Ader an den Körper und verfolgt, wiederum, ohne etwas zu denken, und ohne einen Schmerz zu fühlen, wie das Blut die Bluse herunterläuft.

Wie sie Boni mag (auch wenn der sie kaum wahrzunehmen scheint). Seine Eleganz in der Traurigkeit. Sein Stolz beim Verlust des Stolzes. Sein Satz, vor einer Batterie leerer Weinflaschen im Maxims gesprochen: Ein ausgeleiertes Herz ist noch lange kein weites Herz.

Sag bitte dem Herrn Sieber, ich habe nur am ersten Tag um einen Scheck gebeten, nicht alle drei Tage um einen. Mein Geld ist lange eingetroffen. Und er soll nicht so tun, als seien es seine Schecks. Wie wäre es eigentlich, wenn er es selber mal wieder mit Arbeit versuchen würde? Dann könntest du das Leben führen, das du verdient hast (ebenfalls Boni, zu Marlene, beim Treppabsteigen zum Meer in Antibes).

Maria ist glänzend naß vom Baden. Sie nimmt Tamis Hand, legt sie mit dem Rücken auf den sonnenheißen

Stein, sagt, weißt du noch? und tippt wie das kleine Kind, das sie vor acht, neun Jahren gewesen ist, der Reihe nach auf jeden einzelnen Finger: Das ist der Daumen – der schüttelt die Pflaumen – der sammelt sie auf – der trägt sie nach Hause – und der Kleine, der ißt sie ganz alleine. Sie sieht die rosarote Narbe am Handgelenk und tippt nun darauf.

Die ist neu.

Ja, das ist sie.

Und wodurch?

Durch einen Hund.

Hat bestimmt weh getan.

Es ging, Kater.

11

Bald würde der Krieg beginnen, daran hatte Rudi keinen Zweifel. Und er hatte nicht die Absicht, jetzt noch irgend etwas dem Zufall zu überlassen. Er nahm Englischunterricht und bat Hans Goldamer in Den Haag, für ihn in Holland ein Konto zu eröffnen: Er wolle dort unbedingt ein wenig Geld zur Verfügung haben, falls er mit Tami und dem Kind, das mittlerweile in einem Schweizer Internat untergebracht war, von einem Tag zum anderen nach Amerika reisen müsse. Er erwäge, zur Not einen holländischen Dampfer zu nehmen, denn niemand könne sicher sein, daß die Nazis französische und englische Schiffe auf dem Atlantik nicht sofort bombardieren würden.

Eine Woche nach ihrem Gespräch erhielt Rudi einen Brief der Amsterdamschen Bank, in dem ihm seine Kontonummer genannt wurde. Er überwies sofort 1000 Dollar dorthin, verzichtete aber darauf, Tami eine Vollmacht auszustellen, obwohl Goldamer ihm dazu geraten hatte.

Und noch etwas organisierte ihm sein Freund: eine Klinik für Tami für die Zeit, die ihnen allen auf ihrem Kontinent noch blieb, direkt vor seiner und Harmonys Haustür, in Scheveningen; da hat sie das Meer zu ihren Füßen, Rudi, sie mag es doch so sehr, hast du mir erzählt, und Rudi, soll ich dir mal was beichten? Ich mag das Meer jetzt auch. Oder sagen wir so: Es interessiert mich. Und du weißt, wie ich in Berlin gelästert hab, wenn Marlene und die anderen immer nach Sylt gedampft sind. Fahrt ihr nur, fahrt und glotzt aufs Wasser, ich bleib hier, hab ich gesagt.

Wie kommt's denn jetzt?

Rudi, ganz einfach, du bist kein Jude, du mußt nicht unbedingt aus Europa flüchten, doch ich werd es tun müssen, und seitdem ich das weiß, stell ich mich einfach ans Meer und schau es an, stundenlang. Verrückt, nicht wahr?

Du solltest lieber nachsehen, wann die Schiffe gehen.

Keine Sorge, das tu ich. Ich trag die Abfahrtszeiten immer bei mir. Aber weißt du, ich komm mir dabei so abhängig vor. Es ist eine vorgestellte Erniedrigung. Ich seh mich manchmal nach einem dieser Schiffe rennen, ich renn mir die Lunge aus dem Leib, nur um es zu kriegen, die Koffergriffe schneiden mir ins Fleisch, ich bin ganz naß vor lauter Angst und Anstrengung, ich renn wie ein Idiot, oder wie ein Verbrecher, ich bin diesem verdammten Schiff und seinem Personal ausgeliefert, noch dem letzten Matrosen, der den Steg hochzieht, gerade dem ... das Meer dagegen ... das Meer ist immer da ... du kannst irgendwie gelassen sein in seiner Gegenwart, mußt dich nie schämen ... du wirst so ruhig ... und so mutig ... obwohl du so klein bist ... ja ... so winzig bist du, daß es dich schon wieder erhebt ... was war der Ausgangspunkt?

Die Klinik. Tami.

Richtig. Tami hat in Scheveningen das Meer, und sie hat uns, wir geben auf sie acht, sie kann bei uns wohnen, es wird besser laufen als in Vichy, verlaß dich drauf.

Hans und Harmony stritten sich oft. Meist regte sich Harmony über Kleinigkeiten auf, über eine Erledigung, die Hans vergessen hatte, oder über ein gedankenlos dahingesprochenes Wort. Sie fiel dann regelrecht über ihn her. Einmal hörte Tami sie rufen: So ist es jetzt nun mal, dahin hast du mich gebracht, das hast du alles dir selber zu verdanken! Tami fühlte sich in der Nähe der beiden beschwerter, als sie vorher gewesen war. Nach fünf Tagen packte sie ihre Koffer, unter dem Vorwand, es sei ihr zu umständlich, jeden Tag vom Zentrum Den Haags hinaus zu den Behandlungen nach Scheveningen zu fahren. Verstehe, sagte Harmony. Hans lächelte verlegen. Beide brachten sie vor die Haustür, wo es schon dämmerte. Aber es war noch schwül. Die hitzigen, stickigen Tage Ende Juli, die den Blättern das Grün wegbrennen.

In einem Taxi ließ Tami sich nach Scheveningen fahren, vor ein Hotel am hinteren Ende einer Seitenstraße der Kurpromenade, das Harmony ihr empfohlen hatte. Dort fragte sie den Portier, ob es wohl ein Zimmer gäbe, von dem aus man das Meer sehen könne. Der Portier reichte ihr wortlos einen Schlüssel. Sie stieg die Treppe nach oben, öffnete die Tür, trat auf den Balkon und sah am anderen Ende der Straße einen blauschwarzen Vorhang, der sich in gestochen grader Linie von Hauswand zu Hauswand zu spannen schien. Sogleich stieg sie wieder treppab. Sie lief auf den Vorhang zu, und mit jedem Schritt, den sie tat, wurde er ein wenig breiter. Als sie die Promenade erreicht hatte, sog sie so tief Luft ein, daß ihre Schultern sich hoben. Sie wußte nicht, was sie erwartet hatte, aber daß dann gar nichts geschah, fand sie enttäuschend. Sie lief weiter zum stetig schwappenden, sich nie überschlagenden Wasser hin. Der Sand, in dem sie nun mit ihren Sandalen versank, war nicht kalt und nicht warm, war lau wie Gries in einer Dose. Sie hockte sich nieder, nahm eine Handvoll und ließ die Körner in einem schmalen Strahl auf ihre nackten Knie rieseln. Sie merkte, daß sie nicht kitzelten, und warf den restlichen Sand mit einer heftigen Geste weg. Auf einmal zog es sie wieder zu Hans und Harmony. Die Bedrückung, die sie bei ihnen empfunden hatte, erschien ihr nun geringfügig. Doch war es ihr peinlich, sich ihre Rückkehr, sich ihr Bitten um das alte Quartier auch nur vorzustellen. Sie drehte sich um und sah die Lichter am Portal des Palace Hotels vor sich. In den meisten Zimmern hingegen war es dunkel; die Gäste saßen noch in den Freiluftrestaurants. Metallisch hell klirrten ihre Unterhaltungen zu Tami herüber. Sie betrat wieder die Promenade und entdeckte ein Plakat in deutscher Sprache:

Theater der Prominenten
4. Revue 1939
Tempo! Tempo!
Revue in 22 Bildern
Text und Musik
von
Willy Rosen

Sie erkundigte sich an der Rezeption des Hotels nach diesem Theater.

In der Lutine, sagte der Portier.

Wo ist die Lutine? fragte sie.

Eigentlich auf dem Meeresgrund, gesunken, sie liegt vor Terschelling. Wir haben unser Kellercasino nach ihr benannt. Wollen Sie noch rein in unser Unterseeboot? Dann schnell.

Tami eilte in den kleinen Saal, als Rosen gerade sein erstes Lied ankündigte: »Der Doktor hat gesagt, Sie brauchen Wein«. Er entdeckte sie, lächelte kurz und rief, Text und Musik, und Tami setzte in Gedanken seinen bekannten Berliner Spruch fort, von mir. Doch dann hörte sie, wie er, in ihre Richtung blickend, sagte, für Fräulein Tamara. Das Publikum wandte sich nun ebenfalls ihr zu, es applaudierte, und während sie errötend Platz nahm, fuhr Rosen so fort, wie sie es von ihm gewohnt war, er schleuderte mit einer Hand seinen Jackettzipfel beiseite, rammte sich auf den Klavierschemel und schlug den ersten Akkord.

In den folgenden Minuten schob er ihr seine lustig-sentimentalen Berliner Geschichten hin; da, Tami, rieche, koste, was für ein Duft, was für ein Geschmack, erinnerst du dich? Ja. Wie schön. Gib mir mehr, Rosen, mach weiter. Je länger aber das Programm dauerte, um so mehr schwand ihre Heiterkeit, und Tami wurde traurig, nicht, weil die Zeit, die Rosen auferstehen ließ, unwiederbringlich verloren war, sondern, weil sie sich erinnerte, wie sie einst mit Serjoscha im Blauen Vogel gesessen hatte: ebenso heiter, ebenso zurückversetzt in ein früheres Leben. Damals in Berlin hatte sie an Moskau gedacht, und jetzt in Scheveningen dachte sie an Berlin, sie murmelte: Als ob eine Schicht Heimat sich nun auf die andere gelegt hätte. Wie schrecklich, ich sehne mich nach einer Heimat, in der ich mich in Wirklichkeit schon nach einer anderen Heimat gesehnt habe, ich bin immer weiter weggetrieben, jetzt begreife ich es, inmitten all dieser deutschen Emigranten in diesem Kabarett, ich bin eine doppelte Emigrantin, ich will meine erste Heimat zurück, die fast schon unkenntliche Schicht, nur in der Erinnerung, ich will, daß sie nicht immer weiter übermalt wird.

Als ein Pianist ein Jazzstück spielte, verließ Tami die Lutine. Sie setzte sich auf die Mauer, die Strand und Promenade trennte, und wartete. Rosen würde sie suchen, ohne Zweifel, sie hatten eine unausgesprochene Abmachung, sich nach der Aufführung zu sehen, seit er sie begrüßt hatte. Und schon erschien er, mit den ersten seiner Gäste, sich durch sie, die erst einmal stehenblieben, um nach Luft zu schnappen, hindurchkämpfend. Sein Schweiß und seine Schminke glänzten, als er bei Tami anlangte. Er verkniff sich die Frage, warum ihr Stuhl auf einmal leer gewesen war (obzwar ihm dieser Anblick einen Stich gegeben, ihm kurzzeitig sogar seinen Schwung geraubt hatte – Rosen brachte sich dann wieder in Fahrt, indem er an jenen Artikel in »Het Volk« dachte, in dem sein Kabarett als das beste in

Scheveningen bezeichnet worden war, eine Auszeichnung insbesondere deshalb, weil nebenan im Kurhaus gerade Rudolf Nelson gastierte). Er lud sie zum Essen ein, und sie hakte sich bei ihm unter. Rosen war kleiner als sie, er mußte sogar noch kleiner als Sternberg sein. Nie zuvor war Tami Arm in Arm mit einem so kleinen Mann gelaufen. Sie verkürzte ihre Schritte, um einen Rhythmus mit Rosen zu finden, aber da er nun weiter ausholte, als sie ihm hatte zutrauen können, stießen sie mit ihren Becken und ihren Oberkörpern aneinander. Moment, sagte Rosen, und blieb stehen. Dann lief er von neuem los. Besser? fragte er.

Besser.

In dem Freiluftrestaurant, in dem sie Platz genommen hatten, spielte eine Kapelle amerikanische Tanzmusik. Das vielleicht 200 Meter entfernte Meer lieferte ein Hintergrundrauschen, das klang, als käme es von einem riesigen Grammophon, und aus der anderen Richtung, aus der, wo die Tannen und Kiefern standen, ertönte dazu manchmal ein Knacken, wie wenn eine Nadel über einen Plattenkratzer wischte.

Rosen entschuldigte sich für einen Moment: Er wolle sich die Schminke aus dem Gesicht waschen, denn er könne doch nicht den ganzen Abend so zugekleistert vor ihr sitzen bleiben. Tami legte, während er fort war, ihre Strickjacke über die Stuhllehne.

Als er, mit hochgekrempelten Hemdsärmeln, zurückkam, fragte sie ihn sogleich, wie es ihm in den vergangenen Jahren ergangen sei; das war es, was sie wissen wollte, also schob sie keine Nebensächlichkeiten vor. Rosen erzählte ihr, er habe von 1933 an drei Jahre nur noch auf der Kleinkunstbühne des Jüdischen Kulturvereins stehen dürfen, nirgendwo sonst in der Öffentlichkeit. Dann sei er ausgereist – und doch immer mal wieder in Berlin gewesen, heimlich, um alte Kabarettkollegen zu treffen, ja sogar, um mit ihnen zu proben.

Gott, das war lebensgefährlich! rief Tami.

Rosen aber winkte ab: Mir ist ja nichts passiert.

Sie fragte sich, ob dieser schmächtige Mann wohl verwegen war oder naiv, und wußte in diesem Moment keine Antwort. Sie verstand nur eines: Rosen mußte ihr, warum auch immer, ein Urvertrauen entgegenbringen. Wie sonst hätte er ihr, zumal nach wenigen Minuten des Zusammensitzens, von jener Waghalsigkeit berichten können?

Tami erklärte ihm, warum sie seine Aufführung verlassen hatte, verriet ihm ihre schwermütigen Gedanken über die Heimat, und was als Entschuldigung gedacht war, endete, ohne daß nun sie es bemerkt hätte, in einer freimütigen Beschreibung ihres Lebens, in einer großen Offenheit.

Rosen fragte sie leise, was sie am meisten vermisse an Rußland. Sie antwortete, sie habe lange Zeit gar nichts vermißt, und auch jetzt könne sie nicht sagen, das Birkenwäldchen da vor der Stadt oder die eingelegten Gurken der Großmutter oder den eigenen beerenblauen Handteller. Und doch müsse sie jetzt immerzu an irgendwelche Begebenheiten denken, die ihr widerfahren seien, sogar schreckliche Dinge würden in ein mildes Licht getaucht, zum Beispiel, erzählte sie, froren mir einmal in Sekundenschnelle die Finger an der Eisenstrebe des schweren Schlittens an, den ich nach einer Fahrt hatte ins Haus tragen wollen, ich schrie wie am Spieß, bis Mamotschka kam, sie schob mich schnell vor den geheizten Herd und hielt den großen Schlitten und die kleine Hand, die an ihm festklebte, über die glühende Platte, ich sehe noch genau, wie in der Sekunde, in der ich von dem Eisen getrennt wurde, ein Fetzen roter Haut auf die Platte fiel und sich dort zischend zusammenzog, ein häßlicher verkohlter Krümel.

Tami beendete ihre Geschichte mit einer hervorgestoßenen Frage: Warum, in Teufels Namen, erzähle ich Ihnen soviel (soviel, dachte sie, wie nur Rudi nur früher)? Dabei bewegte sie heftig ihren Oberarm, und ihre Jacke fiel in den Kies. Rosen, der auf der Bühne immer so linkisch und zappelig wirkte, ein Mann, durch den alle fünf Sekunden ein Stromstoß zu jagen schien, hob sie ruhig auf, drückte Tami mit seinen Händen leicht nach vorn und hängte die Jacke wieder über die Lehne.

Im Laufe des Abends erfuhr sie, daß Willy Rosen Proust im Original las, in jeder Gemäldegalerie die alten Flamen suchte, Bruckner verehrte, vor allem die 7. und die 9.; wie weiträumig, schwärmte er, wie gemessen, das öffnet alles in Ihnen, das hebt Sie und trägt Sie fort. Und nachdem er so geredet hatte, hörte sie auf, einen Sketch von ihm zu erwarten, oder genauer, zu fürchten, denn ein Sketch, das ahnte sie, hätte ihn ihr nur entfremdet. Sie wußte nun endgültig, daß er kein Possenreißer war, sondern ein Melancholiker, einer, der sich immer und immer aufputschen mußte, bevor er auf die Bühne trat.

Wie sie außerdem erfuhr, verschwendete er keinen Gedanken daran, Europa zu verlassen. Seine Frau dagegen war schon auf dem Weg nach Südamerika.

Vom Wasser her kam eine leichte Brise auf, die das Rauschen des Meeres verstärkte; oder das Rauschen wurde, in diesen Minuten vor Mitternacht, nur deutlicher, weil die Kapelle gerade ihr Konzert beendet hatte.

Rosen krempelte sich seine Hemdsärmel herunter, Tami zog sich ihre Jacke über. Sie zahlten. Ohne mit einem Wort oder einem Armdruck sich die Richtung anzuzeigen, liefen beide zugleich zum Strand, und weiter zum Ufer, und als sie es erreicht hatten, sagte Rosen, wissen Sie, ich würde in jedem Fall hier mit Ihnen stehen, nicht, daß Sie glauben, dies geschehe nur, weil ich von meiner Frau getrennt …

Ich möchte jetzt aber endlich aufhören, dich zu siezen, unterbrach sie ihn. Er flüsterte, ja, bei mir bist du schon du, seit ich dich da unten im Saal habe sitzen sehen, und sie rief, so abwehrend und so anfeuernd, daß die Schauspielerin Marlene, wenn sie sie hätte sehen können, stolz auf sie gewesen wäre: Warum denn das, ich habe doch gar nichts getan?

Er ging zwei Schritte um sie herum, damit sie näher am Wasser, also ein wenig tiefer als er stand, und beugte sich zu ihr, zuerst spürte sie seine kühlen Lippen, dann seinen knochigen Körper, dann mußte sie aufpassen, daß er sie nicht ins Nasse drängte in seiner ungestümen Begierde.

Vormittags hatte Rosen seine Proben und Tami ihre Behandlungen, so trafen sie sich jeden Mittag. Sie aßen gemeinsam unter surrenden Ventilatoren, die ihnen keine frische Luft zufächelten, sondern, durch die sichtbare und hörbare Rotation der Blätter, ihnen nur eine Vorstellung von Frische lieferten. Tami, Rosen und die anderen Gäste wischten sich mit Leinenservietten den Schweiß von der Stirn. Einige tröpfelten sich in Momenten, da sie sich unbeobachtet glaubten, aus ihren Gläsern Wasser auf die Handgelenke. Die meisten Gäste gingen bald auf ihre Zimmer. Tami und Rosen indessen blieben redend sitzen bis zum späten Nachmittag. Dann machten sie sich auf zum Strand, wo der Sand noch immer so heiß war, daß er wie Glut unter den Fußsohlen brannte. Tami hüpfte auf Zehenspitzen herum. Rosen hob sie hoch und trug sie zum Wasser, und dabei knickten seine Beine nach außen, und seine Arme zitterten. Zum Dank küßte sie ihn, aber nur auf die Stirn. Sein halbnackter Körper war ihr noch immer fremd. An Rudi hatte sie den Körper sofort geliebt, schnell, und immer wieder, hatte sie nach ihm verlangt. Sie konnte das nicht verdrängen, sie war in einem ständigen Vergleichen: Wenn Rosen sie berührte, so verlor er, wenn sie sich mit ihm unterhielt, so gewann er. Rosen fragte wahrhaft nach ihr, er trieb sie, und sei es nur mit einem Blick, zum Erzählen an. Erst erstaunte er sie – daß er mich meint! – dann genoß sie ihn. Je länger aber Rosen mit der Wißbegierde des Liebenden um sie war, um so mehr Zorn über sich und über Rudi stieg in ihr auf. Wie ich mich von ihm benutzen lasse, dachte sie jetzt. Wie schlapp ich bin. Manchmal kamen ihr unvermittelt die Tränen, abends auf ihrem Zimmer, in dem sie nackt und bei offenem Fenster lag, in Erwartung der großen kühlen Hand, die irgendwann vom Balkon aus über sie streichen würde.

Nach vier oder fünf Tagen erschien am späten Vormittag Harmony in dem kleinen Seitenstraßenhotel. Tami stotterte, sie sei gleich zum Essen verabredet, fing sich aber wieder und sagte, mit Willy Rosen, den kennst du doch auch von Berlin her, komm einfach mit, ja?

Rosen ließ, als er Harmony erblickte, kein großes Erstaunen erkennen. Zwar rief er: So eine Überraschung auch! Aber er klang ruhig dabei, fast gelangweilt. Am Tisch wandte er sich vorwiegend an Harmony. Er erzählte ihr belanglose Geschichten, zum Beispiel, wie er zu Beginn seiner Laufbahn von Robitscheks Kabarett der Komiker am Kurfürstendamm, wo er unter Vertrag gestanden hatte, immer in die Außenbezirke gefahren war, mindestens 15 Kilometer weit weg, in die Lichtburg am Wedding oder in den Mercedes-Palast in Neukölln, um dort bei zusätzlichen Auftritten noch etwas Geld zu verdienen. Und wissen Sie, Harmony, warum mindestens 15 Kilometer? Weil Robitschek eine Bannmeile gezogen hatte. Es sollte ja keiner seiner Stammgäste auf die Idee kommen, mir zu folgen. Ich habe es selber kaum vom Kadeko in die Kinos da in der Prärie geschafft. Ich habe einen Fahrer gebraucht, so knapp war die Zeit bemessen. Der Mann hat mich die Hälfte meiner Zusatzgagen gekostet; tja.

Nach dem Essen verabschiedete sich Rosen mit der Begründung, er müsse nun endlich zur Probe. Und kaum war er verschwunden, stützte Harmony sich mit den Ellbogen auf den Tisch und rief: Das hat aber geknistert, meine Liebe!

Tami zog ihre Stirn kraus. Was hat geknistert?

Harmony lehnte sich zurück. Schon gut, du mußt vor mir nichts verbergen. Ich erzähle es bestimmt nicht Rudi. Schlaft ihr miteinander?

Tami kratzte mit einer Hand auf der Tischplatte.

Heißt das Ja oder Nein?

Nein. Ich muß immer viel zu sehr an Rudi denken.

Und doch hast du dich in Rosen verliebt, oder?

Tami drehte ihre Hand kurz nach außen, ließ die Finger wieder auf die Platte fallen. Vielleicht. Ein wenig.

Na bitte, rief Harmony.

Nun beugte sich Tami vor. Was soll das! Harmony, *ich bitte dich.*

So, sagte Harmony, paß auf, ich erzähl dir mal was: Wenn es *mich* nur ein wenig erwischen würde, und wenn der Kerl mich so anschauen würde wie dieser Rosen eben dich, wenn es halbwegs passen würde, dann würde ich mich nicht zieren, im Gegenteil, ich würde an ihm lutschen …

Wie du redest!

… lutschen und danach dafür sorgen, daß Hans Goldamer bemerkt, was geschehen ist, darauf kommt es an, sie sollen es merken, auch dein Rudi, das ist kein Heimzahlen, falls du das einwerfen willst, soviel kann man ihnen gar nicht heimzahlen …

Was soll es denn sonst sein?

… die Rückgewinnung von Selbständigkeit, es geht einfach darum, wieder an den Ausgangspunkt zu finden, die Uhr zurückzudrehen bis zu der Minute, in der sie noch nicht wußten, wie wir ihnen verfallen sind. Nur dieses Wissen macht sie doch zu Schweinen. Wir müssen es ihnen nehmen, verstehst du?

Tami sagte nichts. Sie wehrte sich gegen die Vorstellung, wie sie mit den Spuren eines Aktes, vielleicht sogar am Mund, vor Rudi treten würde, gegen dieses Bild voller Klebrigkeit. Sie versuchte, gleichmäßig zu atmen. Nach ein paar Sekunden erhob sie sich und sagte zu Harmony, entschuldige mich kurz, diese Hitze hier ist tödlich. Sie lief vor die Tür, meinte, gegen die Sonne zu prallen, und kehrte wieder um.

Erster Brief: Liebes Rudilein, Du hast mich gestern abend am Telephon gebeten, daß ich keine Entscheidung treffen soll, bevor wir uns nicht gesehen haben. Ich verspreche es Dir. Rudilein, sowieso muß ich doch alles genau überlegen, um nicht etwas furchtbar falsch zu machen. Ich weiß, wenn ich von Dir weggehe, so wird es kein Zurück mehr geben. Du hast es gut, Rudi, Du bist niemals verwirrt, Du denkst immer klar. Aber ich bin im Moment mehr als verwirrt, Du hast es gemerkt gestern. Ich kämpfe so mit mir. Einerseits habe ich Angst, Dich zu verlieren, andererseits kann ich mein Leben nicht so weiterführen wie bisher. Ich muß Dir ausführlicher schreiben. Aber ich muß dazu ganz ruhig werden. Hab noch ein bißchen Geduld, ja? Ich umarme Dich und danke Dir.

Zweiter Brief: Liebes Rudilein, ich muß Dir soviel erklären, die ganze Wahrheit. Wie es um mich steht, was ich denke und was ich fühle. Und Rudilein, sage danach bitte nicht wieder, daß es alles nur meine russische Seele ist. Man kann doch nicht immer alles darauf schieben. Wenn ich auch eine russische Seele habe, so ist sie nicht die Ursache unseres Unglücks. Und der Mann, von dem ich Dir am Telephon erzählt habe, ist es ebenfalls nicht. Und Harmony schon gar nicht. Wie es mich kränkt, Rudi, daß Du immer glaubst, ich sei von anderen beeinflußt. Du kannst Dir wohl gar nicht vorstellen, daß ich meine eigenen Gedanken habe und selbst weiß, was ich will und was nicht? Vielleicht war das einmal anders. Vielleicht mußte ich früher nichts wollen. Alles geschah so zwangsläufig. Ich war berauscht von dem Leben, welches ich mit Dir und Marlene geführt habe. Es war so neu und interessant. Aber Rudi, jetzt ist es schon lange unausgefüllt. Es ist vollkommen leer (und nochmal, Rudi, vergiß die russische Seele). Ich habe kein Kind, keine Familie, nichts. Nicht einmal Dich habe ich richtig. Und ich habe so eine Sehnsucht nach alldem. Nie habe ich geklagt, immer habe ich geschwiegen, niemandem stand ich im Wege, alles, was von mir verlangt wurde, habe ich getan. Ich war sehr bequem für Dich und Marlene. Vielleicht war das ein Fehler von mir. Ihr habt Euch daran gewöhnt, daß ich nicht rebelliere. Und wenn ich es jetzt doch tue, wollt Ihr es trotzdem weiter bequem haben. Wie sagtest Du gestern? Meine Liebe zu Dir muß so groß sein, daß ich auf all das verzichten kann. Aber Rudi, das kann ich heute auch Dir sagen: Deine Liebe zu mir muß so groß sein, daß Du einmal was für mich machen kannst. Rudilein, habe ich nicht recht??? Einmal. Ich will wissen, Du bist mein, egal was passiert, ich will nicht mehr die alte Reihenfolge Marlene, das Kind, ich.

Dritter Brief: Rudilein, Du fragst mich, ob ich ein Kind von Dir möchte, ohne daß Du mich heiratest. Wenn Du mich das vor zwei oder drei Jahren gefragt hättest, dann hätte ich, ohne eine Sekunde nachzudenken, ja gesagt und wäre glücklich gewesen. Aber jetzt ist es anders. Ich mag nicht mehr solche halb erfüllten Wünsche. Sie sind die schrecklichsten. Du kränkst mich, und obwohl es vielleicht unlogisch klingt, kränkst Du auch das Kind, das nicht auf die Welt kommen wird. Ich will Dir das erklären, anhand Deines Kindes. Du sagst, Du kannst Dich nicht scheiden lassen wegen der Dicken, Du willst ihr nicht die Illusion Deiner Ehe mit Marlene nehmen. Mein Kind aber soll ohne rechten Namen sein, ohne Vater, ohne erzählbare Geschichte? Rudilein, dafür ist es zu spät. Lieber verzichte ich. Und Rudi, meine Sehnsucht ist nicht kleinlich und bürgerlich, sage sowas nicht. Es ist ein ganz normales Verlangen. Marlene und Du, Ihr habt es doch früher auch gehabt. Ihr habt geheiratet und die Dicke bekommen. Wenn zwei Menschen sich lieben, so sollen sie richtig zusammensein, das ist ganz normal, und das ist schön. Ich umarme Dich, mein Herz.

Vierter Brief: Liebes Rudilein, verzeih, es ist fürchterlich von mir, Dich so lange im unklaren zu lassen. Du wirst wissen wollen, wie ich zu dem Mann stehe, den ich näher kennengelernt habe. Ich will Dich auch gar nicht belügen – er ist mir nicht gleichgültig. Vielleicht ist es nur eine vorübergehende Verliebtheit. Aber Rudilein, ich flehe Dich an, gehe deswegen nicht weg von mir. Ich habe Sehnsucht nach Dir, nach Dir allein. Wie Du sagtest: Die Jahre, in denen wir zusammen waren, sind nicht zu vergessen und nicht aus dem Herz zu reißen. Es tut mir so weh, Dich unglücklich zu wissen. Ich belaste Dich. Aber ich wiederhole, glaube nicht, bei mir wäre alles einfach so über Nacht gekommen. Es liegt viel tiefer. Jetzt ist es einfach nur ausgebrochen. Ich muß mich entscheiden, und ich habe das Gefühl, daß, egal, was ich machen werde, es falsch sein wird und ich nie mehr Ruhe finden werde und Du auch nicht. Verzeih mir, für alles.

Rudi erholte sich, wie ein Jahr zuvor, mit Marlene, dem Kind und Boni in Antibes. Nachdem er jenen vierten Brief erhalten hatte, sagte er Marlene, er werde sich noch heute auf den Weg zu Tami machen: Ich muß ihr helfen, eine richtige Entscheidung zu treffen. Er fuhr mit dem Auto nach Paris, langte tief in der Nacht in ihrer Wohnung am Boulevard Pereire an und setzte seine Reise am nächsten Mittag fort. Es war schon dunkel, als er in dem kleinen Hotel in Scheveningen ankam, aber Tami war nicht auf ihrem Zimmer. Rudi suchte sich ein unscheinbares Restaurant in einer anderen Seitenstraße. Er wollte nicht von ihr gesehen werden, wollte den Überraschungseffekt, den er sich ausmalte, nicht aufs Spiel setzen. Während er dasaß und eine Karaffe Bordeaux trank, steigerte sich die Erregung noch, in der er während der Fahrt gewesen war. Er war, aus einer Angst heraus, die weder gewaltig war noch nichtig, versessen darauf, schnell zu handeln. Nach zwei Stunden ging Rudi erneut ins Hotel. Und jetzt war Tami da, jetzt schlief sie schon. Jedenfalls hörte er sie gleichmäßig atmen. Er blieb einige Sekunden stehen, um sich an die Dunkelheit in ihrem Zimmer zu gewöhnen, und entkleidete sich dann leise. Er schlug ihr Laken zurück, nahm ihre Hand, küßte sie und führte den Mittelfinger der Hand in seinen gespitzten Mund. Tami öffnete ihre Lider und schloß sie; öffnete und schloß sie abermals; ließ sie endlich geschlossen. Lag nun da wie ein beim Vorlesen einschlafendes Kind. Rudi führte den Finger wieder heraus, langsam zwischen seinen Lippen hindurch, und wieder hinein, und wieder, und wieder, nie war er sicherer gewesen, und sie trotz ihrer Blicklosigkeit nie wissender, sie spürte, daß er ihren Rhythmus gleich verdoppeln würde, obwohl er das noch nie getan hatte, es war neu, aber sie genoß es schon, unter Tränen, und da war er, da waren sie, in synchronem Gleiten, jeder im andern, Schoß, oben, Finger, unten, Mund, Glied, kein Unterschied mehr, keine letzte Fremdheit des Geschlechts, seltsam, es muß erst haarscharf auf der Kippe stehen, dachte Rudi später, nur dann löst sich alles so wundervoll auf, oder hat es sich je im Glück so gefügt, und Tami weinte noch immer.

Während Rudi frühstückte, sagte sie ihre restlichen Behandlungen ab und schrieb ein paar Zeilen an Rosen, und wenig später saßen beide im Auto und fuhren nach Antibes. Wo sie bis Ende August blieben. Dann drängte Rudi plötzlich zur Eile. Ein letzter Aufenthalt in Paris, nur zum Buchen der Schiffspassage im Büro der Cunard Line in der Rue Scribe und zum überstürzten Kofferpacken. Und weiter nach Norden, hoch nach Cherbourg, wo schon die Queen Mary unter Dampf stand. Als der Krieg begann, schwammen sie mitten auf dem Atlantik, zweieinhalb Tage von Europa und zweieinhalb von Amerika entfernt.

Ab 1939

12

Sie sucht das Wasser. Nicht irgendein Ufer, von dem aus sie es sehen kann, nein, sie will auf das Wasser, will von ihm angefunkelt, geschaukelt und mit feinster Gischt überzogen werden, also entert sie die South Ferry und fährt zwischen Manhattan und Staten Island hin und her. Dabei stellt oder setzt sie sich nie so, daß sie Staten Island vor sich hat; nichts gegen Staten Island, aber dies könnte genausogut die bretonische oder die niederländische oder die irische Küste sein. Manhattan dagegen, das sie immer anschaut, rauszu vom Heck, reinzu vom Bug, ist einmalig, oder nenne ihr mal einer eine andere bebaute Länderei, die, sobald man ein paar Meter Abstand zu ihr gewinnt, voll und ganz ihre Ufer verliert, jedesmal staunt sie darüber, wie die Wolkenkratzer, ohne jegliche Umrandung aus Bäumen, Gebüsch, Rasen, direkt aus dem Wasser zu wachsen scheinen, sie ragen so hoch, daß alles vor ihnen nichtig wird, ja, diese Häuser sind direkt auf dem Grund des Meeres gebaut, welches sie umspült, ein Wunder, das zu betrachten Tami nie langweilig wird; sie muß sich immer nur umsetzen am Pier vor Staten

Island, etwas, das sie als einzige tut, denn alle anderen steigen aus. Heute doch nicht als einzige! Auch eine Mutter und ihre Tochter setzen sich um, das heißt, es nimmt, die »New York Times« unterm Arm, nur die Mutter Platz, und ihre Tochter, ein Mädchen von vielleicht zehn Jahren mit kugligem Kopf und weizenhellen Zöpfen, turnt herum. Sie zeigt nach halblinks, in Richtung Ellis Island. Dschisain, ruft sie zu ihrer Mutter, Dschisain! Diese aber liest längst. Da wedeln die Zöpfe herbei und rufen tadelnd: Gesine! Die Mutter blickt auf und lächelt erst ihre Tochter und dann, verlegen, Tami an. Und Tami? Schweigt. An anderer Stelle hätte sie, vielleicht, etwas auf Deutsch gesagt, und ein Gespräch hätte sich entsponnen, aber nicht hier auf dieser Fähre, auf der sie allein bleiben mag, auf der sie, selbst während des Stopps, nicht abgelenkt werden will vom Blicken –

Ihre und Rudis Adresse ist 12 East 86. Street, Hotel Croydon. Das Haus ist aus den üblichen dunkelgelben Backsteinen gebaut und besteht aus drei miteinander verbundenen, vierzehnstöckigen Blöcken. Hier haben sie ein kleines, karg möbliertes Apartment gemietet. Besteck, Geschirr und Elektrokocher haben sie bei Woolworth hinzugekauft. Einen Telephonanschluß haben sie beantragt. Wenn sie aus dem Fenster sehen, sehen sie die Fenster und die Wände eines anderen Blocks. Boni wohnt ähnlich, 320 East 57. Street, nur, daß sein Haus aus braunen Steinen gebaut ist und über ein Stockwerk mehr verfügt –

Es ist nicht ganz das, was sie sich vorgestellt hatte, oder? Das stimmt nicht, aus einem einfachen Grund: Sie hatte sich gar nichts vorgestellt. Sie nimmt jetzt alles nur zur Kenntnis. Als ob diese letzte Ankunft eine zuviel gewesen wäre –

Aber das wiederholte kindliche Staunen über die Wolkenkratzer? Es kommt, wie gesagt, auf dem Wasser über sie. Auf eine geheimnisvolle Weise veredelt es alles. Von der South Ferry aus gesehen wird die Stadt zu einem geschlossenen Kunstwerk, auf das jeder, auch sie, mit klopfendem Herzen sieht. Doch sobald Tami, zurück von Bord, Lower Manhattan betritt, sobald sie die Stadt mit ihrer Fußspitze öffnet, schwindet ihr Interesse beziehungsweise wird ihr fehlendes Interesse offenbar. Sie müßte sich jetzt die Einzelheiten erobern, müßte zum Beispiel einmal hoch aufs Empire State Building und müßte dort ihre Augen schließen und sich in das beständige Dröhnen stellen, zu dem sich auf dem langen Weg von der Tiefe herauf die spitzen Rufe der Passanten, das quietschende Bremsen der Autos, der dumpfe Aufprall eines Zeitungsstapels, ein Schuß, ein Lachen, das kreischende Sägen von Metall, das schmatzende Auftippen eines Balles, das helle Klimpern von Quartern und Dimes, Kindergetrappel, eine Arie, ein Weinen, ein Türknallen, ein Schulterklopfen, ein Scheibenklirren verdichten, irgendwo, egalwo müßte sie beginnen, ganz oben auf diesem Gebäude oder weit unten an einem rostigen Gleis, in einem überfüllten Geschäft, neben einem ausladenden Brunnen, doch genau das ist ihr nicht möglich. Sie will nicht schon wieder lauter neue Einzelheiten –

Jeden Morgen verabschiedet sie im Croydon Rudi, der zur Arbeit geht. Erst ist er Angestellter bei Universal, dann bei der Fox, was er, in gewisser Weise, Marlene zu verdanken hat. Sie hat ihn immer wieder aufgefordert, sich einen Job zu suchen, sie hat ihn nicht vergessen, obwohl sie in Hollywood vollauf mit Gabin beschäftigt ist, dem halsstarrigsten Kerl, der ihr je in die Hände fiel. Papilein, hat sie gesagt, sogar Jeans Diener hat es geschafft, hier eine Stelle beim Synchronisieren zu finden, er war nie Schauspieler und verdient jetzt 50 Dollar am Tag, da will es mir nicht in den Kopf, warum du, der du so eine gewaltige Erfahrung in diesem Job hast, nicht auch was finden solltest. Bemüh dich! Besorg dir Informationen, wo Plätze frei sind! Es dauert nur ein paar Stunden! Und du hast doch genug Zeit –

Außer an fünf aufeinanderfolgenden Morgen, da kann Tami ihn nicht verabschieden, da ist sie nicht im Croydon, sondern in der kleinen Klinik von Dr. Salmon in Brooklyn, der etwas behebt. Wie hieß noch der letzte Doktor, der in den Alpen? Sie erinnert sich nicht mehr. Sie weiß nur, jetzt hier in New York lautet der Name Salmon, und außerdem weiß sie, sie wird Blumen vorfinden, wenn sie nach ihrem Aufenthalt in der Klinik von Doktor Salmon zurück ins Apartment kommen wird. Das hat sich so eingebürgert, das ist mittlerweile eine selbstverständliche Geste von Rudi, über die er Buch führt wie über alles andere, was mit Geld verbunden ist, black shoes $ 6,10, cinema 2 x –,60, membership red cross $ 1,–, er listet jede Ausgabe in seinem Tagesplaner auf, der auf seinem Schreibtisch liegt. Und nun ist sie zurück. Die Wohnung leer, denn Rudi kann es sich nicht leisten, seiner Arbeit fernzubleiben, und so wirft sie einen kurzen, nicht neugierigen, eher stoischen Blick auf die letzte Seite jenes Planers und erfährt, daß der Rosenstrauß, den er ihr geschenkt hat, weil sie Doktor Salmon seinen Job hatte erledigen lassen, $ 1,25 gekostet hat (und –,96 der Lippenstift, der diesmal mit in der Vase steckte) –

Allerdings: Es gibt einen Ort, an dem sie sich – fast – wie auf dem Wasser fühlt, das ist die Zentrale der Cunard Reederei, Broadway 25, gar nicht weit weg vom Pier der South Ferry. Sie war das erste Mal gleich nach ihrer Ankunft aus Europa mit Rudi dort gewesen, um anzuzeigen, daß er im Nachtschränkchen in ihrer Kabine auf der Queen Mary zwei brokatbesetzte Manschettenknöpfe hatte liegenlassen, und seitdem hat es sie in unregelmäßigen Abständen immer wieder in dieses Gebäude gezogen, das einzige, das sie aufsucht. Ein kirchenähnlicher Kuppelsaal. Kaum Fenster. Äußerst dunkel für ein Haus mit regem Publikumsverkehr. Auch jetzt wieder steht sie, mit nach oben gerichtetem Blick, erst eine Weile und erkennt nicht viel. Aber dann kann sie die Dinge *kommen* sehen. Es treten, als würde gerade erst gemalt, als würde sie einem unsichtbaren Künstler zuschauen, der hier am Werk ist, Schlangen, Sirenen, Boote, Fahnen hervor, zunächst die einzelnen Teile, dann ganze Gemälde. Sie stellt sich so, daß sie, ohne ihren Kopf zu verrenken, das größte Bild betrachten kann: ein Schiff mit kastanienbraunem Rumpf, welches auf weißen Wellen reitet. Auf seinem geblähten Segel ein schwarzes, sich aufbäumendes Pferd, dessen Vorderhufe in den Himmel greifen. Sie starrt zu diesem Schiff hinauf, so lange, bis es zwischen ihren Lidern zu zittern beginnt, und nun fängt auch sie an, sich zu bewegen, ruckartig sich zu strecken, sich auf die Zehenspitzen zu stellen, das ist kein Tanz, sie nimmt die vielen Kunden der Reederei nur noch schemenhaft wahr, fremde Wesen, die vor und an den Schaltern herumwuseln, Tami ist nicht länger eines von ihnen, sie reißt ihre Arme empor wie das Tier über ihr seine Hufe, trommelt in die Luft wie ein Boxer an die Lederbirne, schneller, immer schneller, eine Wilde, die es in die heilige Zivilisation dieses Saals verschlagen hat. Plötzlich wird sie umfaßt von zwei anderen Armen, die ihr die Luft abschnüren, und so langsam, wie die ausgeschalteten Propeller eines Flugzeugs zum Stillstand kommen, hört sie auf zu trommeln. Jene fremden Arme lösen sich von ihr. Der Wachmann, dem sie gehören, fragt Tami, ob sie sich nicht schäme, sich so zu betrinken. Sie braucht ein paar Sekunden, ihn zu begreifen: wer er ist und was er will. Endlich nähert sie ihr Gesicht dem seinen und haucht ihn an –

Einmal angenommen, Doktor Pasquale Durant erführe von jener irrationalen Geste. Dann könnte er vielleicht einen seiner mittlerweile berühmten Quervergleiche ziehen. Ihm ist kürzlich ein Patient zugeführt worden, der, ohne sich dessen bewußt gewesen zu sein, tatsächlich einen Arm ins Kaminfeuer gelegt hat, zum Zeichen seiner brennenden Liebe. Eine unglückliche Patientin wiederum hat, ohne sich später auch nur im geringsten daran erinnern zu können, sämtlichen Blumen in ihrem hektargroßen Garten die Köpfe abgeschnitten. Und beide Male, und das ist für den Mediziner das Interessanteste, ist derjenige abwesend gewesen, dem die selbstvergessenen Handlungen ganz offenkundig gegolten hatten. Aber Durant ist weit weg, Durant wird Frankreich nicht verlassen –

Außer von Doktor Salmon wird sie behandelt von Doktor Kongsberg, der ihr regelmäßig den Magen aushebt; von Doktor Dressel, zu dem sie wegen ihrer Gallenschmerzen geht; von Doktor Blumenauer, der ihr Injektionen zur Beruhigung verabreicht; von Doktor Isenstein, dem Mann für die Psychoanalyse; von Doktor Koslov, der ihr schon mehrere Zähne hat ziehen müssen; von Koslovs Partner Ragulin, von dem sie Kalkspritzen gesetzt bekommt; und von Doktor Sakic, der Pillen in der Schublade hat, die es nirgendwo zu kaufen gibt, weil die Gesundheitsbehörde ihnen den Stempel »investigational use only« aufgedrückt hat –

An warmen Sommerwochenenden flüchten sie aus dem Croydon und überhaupt aus New York und fahren mit Rudis Ford an die Nordostspitze von Long Island, nach Peconic, wo sie ein Sommerhäuschen aus Holz gemietet haben. Sie überqueren den East River auf der Triborough Bridge (toll –,25), lassen Queens hinter sich, bei Ronkonkoma wird es schon grüner, dann die Sümpfe, und endlich die fein geschwungenen, saftigen Hügel und das blaue Meer. Manchmal ist Maria, das schon erwachsene Kind, das nun auch in Manhattan lebt, mit ihnen. Dann gehen die beiden Frauen allein an den Strand. Sie haben eine Lieblingsstelle dort, eine sandige Landzunge, die so schmal wird, daß man an manchen Tagen bald nur noch wie auf einem Seil auf ihr laufen kann, sofern man nicht naß werden will. Aber die beiden wollen ja naß werden! Sie spritzen sich mit den Füßen mit Wasser voll. Tami beginnt damit, in der Nähe Marias, des unbescholtenen, aber nicht naiven Mädchens, fängt sie an herumzutollen. Mit durchgedrückten Beinen rennt sie durchs flache Meer, bis sie mit ihrem Fuß an etwas Hartes stößt. Sie schreit auf, stellt sich auf ein Bein, hält und beguckt sich ihren großen Zeh. Nix passiert. Dann gräbt sie das Ding, das

Harte aus dem Sand. Im ersten Moment denkt sie, es sei ein Stahlhelm. Es hat die entsprechende Größe, Form und Farbe. Aber es faßt sich anders an, wie poliertes Holz. Der Panzer eines riesigen Krebses. Auch Maria findet gleich so einen. Und beide im selben Moment sehen sie später einen Krebs, der nicht ausgehöhlt ist, sondern noch alle zehn Beine hat und einen gewaltigen, bestimmt 20 Zentimeter langen Stachel. Maria tippt das Tier mit dem Fuß an, und es bewegt seinen Stachel, sein Schwert wehrhaft hin und her. Sie schnappt es sich, macht ein grimmiges Gesicht und richtet das Schwert wie eine Kriegerin auf Tami. Die kreischend davonrennt, in gespieltem Grauen. Endlich, als beide müde genug sind, setzen sie sich die ausgehöhlten Krebspanzer auf ihre Köpfe. So marschieren sie bei Rudi ein. Erst tippt er sich mit dem Zeigefinger an die Stirn und sagt, ihr habt sie ja nicht alle, aber dann muß er doch lachen, und Tami läuft hin zu ihm, stülpt ihm den Helm über, klopft mit dem angewinkelten Zeigefinger darauf und legt dabei ihren Kopf schief und guckt fürchterlich ernst und wissend; sie verhält sich genauso wie Rudi beim Obsthändler, wenn er auf eine Melone nach der anderen pocht, um herauszufinden, welche wohl die beste sei.

13

Das Gejohle, Gepfeife und Getrampel der GIs, wenn Marlene in ihrem engen, glitzernden Kleid die Bühne enterte. Jean Gabins Barett, das sie schiefer trug als jeder Franzose. Der hinter ihrem Rücken geflüsterte Spruch eines Soldaten: This woman must have been parachuted from haven. Das klappernde Geräusch ihrer Lippenstifte in den offenen Handschuhfächern der Kübelwagen. Der durchdringende Blick eines romantisch-verwegenen Generals (und seine Narbe an der Lende). Ein anderer Soldat, der plötzlich in ihrem Zelt stand und dem sie zuflüsterte, ich könnte deine Mutter sein, aber pfeif drauf, du hast Mut. Staubige Blumen, die zu ihr hochgeflogen kamen. Eine Art stolze Gewöhnung an kaltes Wasser in Emailleschüsseln. Die Idee, für Jean, für Jean und immer nur für Jean auf ihre Spülungen zu verzichten. Das unumstößliche Wissen, sie würde nie wieder etwas Besseres tun als das alles hier. Ab und an eine flüchtige Erinnerung an das ferne, kalte Edward-Hopper-Neonlicht, unter dem Rudi saß.

Er war für Marlene jetzt mehr ein verschwommenes Abbild als jemand aus Fleisch und Blut. Eine Reliquie, geduldig und stumm, die sie hinterm Ozean stehen- oder liegengelassen hatte und die sich nicht bewegte.

Tatsächlich wußte Rudi nichts mit sich anzufangen. Er hatte all seine Beschäftigungen verloren. Der schlechten Auftragslage wegen war er von der 20. Century Fox entlassen worden wie zuvor von der Universal, nur, daß ihm diesmal keine Marlene mehr hatte gut zureden können, sich nach einer neuen Stelle umzusehen. Und da sie, Marlene, jetzt in einer ihm fremden Welt mit eigenen Anforderungen, Pflichten und Gesetzen lebte, durfte er auch nicht länger alle möglichen und unmöglichen Kleinigkeiten für sie regeln.

Er saß im Croydon und las die »New York Times«, seit anderthalb Stunden schon. Er ließ sie sinken, schloß die Augen und sah ein Flugzeug vor sich, funktionstüchtig und vollgetankt, das auf der Startbahn hin- und herrollte und nie abhob. So ähnlich ist es mit mir, murmelte er vor sich hin, letztlich komme ich gar nicht mehr richtig vom Fleck. Auf einmal wünschte er sich, noch einmal eine große Filmproduktion aufzuziehen. Wie einst in Berlin! Mit Pauken und Trompeten zurück ins Geschäft! Alte Bündnisse schmieden! Sich einen aufregenden Stoff angeln! Und zur Premiere ins Rivoli Theatre! Und sogleich verwarf er seine Idee wieder. Er wußte genau, in Europa war auf unabsehbare Zeit an Filmen nicht zu denken, und in Amerika war er ein Nobody. Wer kannte, wer brauchte denn hier einen Rudi Sieber?

Er schaute herüber zu Tami, auf deren Schoß eine Schüssel lag. Sie schälte mit einer eckigen, unbegründeten Hast Kartoffeln und rutschte dabei immer wieder mit dem Messer ab. Um den Daumen und den Mittelfinger ihrer rechten Hand trug sie schon Heftpflaster, auf denen trockene braune Linien durchgesickerten alten Blutes zu sehen waren, Umrisse, die Rudi an die Länder- und die Stadtgrenzen auf einer Landkarte erinnerten. *Sie* braucht mich, dachte er bitter. Er wurde von Mitleid – etwas Warmem, sich langsam wie Quecksilber Bewegendem – erfaßt, ohne daß er jetzt auseinanderhalten konnte oder wollte, wem es galt, Tami, ihm selber oder ihnen beiden.

Er nahm wieder die Zeitung zur Hand und stieß auf einen Artikel, in dem stand, die Industrie sei neuerdings in der Lage, eine Menge Material einzusparen, einfach, weil die Amerikaner ihre Blechdosen nicht mehr in den Müll warfen, sondern bei Sammelstellen abgaben. Nachdem Rudi den Text gelesen hatte, fragte er sich, warum man das Gleiche nicht auch mit Flaschen tat, mehr noch: Wie es eigentlich wäre, wenn man jede Flasche mit einem Pfand belegte, diesen aber bei Rückgabe des Glases nicht an den Kunden auszahlte, sondern für die Finanzierung des Krieges gegen Hitler verwendete. Rudi war wie elektrisiert von seinem Einfall. Dies war keine Petitesse, und wenn doch, so war es eine mit einem großartigen Nutzen. Rudi sprang auf, stürmte an Tami vorbei an seinen Schreibtisch und begann zu rechnen: Amerika hat zur Zeit 130 Millionen Einwohner. Angenommen, nur die Hälfte von denen nutzte Flaschen, so wären das? 65 Millionen Menschen. Wieviel Flaschen pro Nase? Sagen wir, zwei pro Woche, eine große und eine kleine. Wieviel Pfand? Drei beziehungsweise zwei, insgesamt fünf Cent.

65 000 000 x 0,05 = $ 3 250 000 in der Woche

$ 3 250 000 x 52 = $ 169 000 000 im Jahr

Rudi fiel auf, daß er eben nur an die schon in Umlauf befindlichen Flaschen gedacht hatte. Und was ist mit den neuen? Könnte auf sie nicht automatisch ein Pfand erhoben werden? Aber natürlich! Wie viele neue werden produziert? Er lief in die Bibliothek und fand in einem statistischen Jahrbuch eine Zahl, die ihm weiterhelfen würde: 1939 waren in Amerika 1 232 422 272 Milch-, Bier- und Softdrinkflaschen hergestellt worden. Jetzt dürften es noch weitaus mehr sein, er schätzte, mindestens 1,5 Milliarden. Was für ein gewaltiges Potential! Rudi lief zurück ins Croydon und tippte einen Brief an den National War Funds. Darin erläuterte er nicht nur die finanziellen Aspekte seines Vorschlags, sondern ebenso die ideellen. Es handle sich, und dies sei ein nicht zu unterschätzender Vorteil, um eine Spende, welche von zahlreichen Menschen geleistet werden könnte, die aufgrund ihres geringen Einkommens bisher sicher nicht einmal erwogen hätten, sich je an irgendeiner nationalen Geldsammlung zu beteiligen. Am Ende gewinne das Land, und der einzelne gewinne auch.

Rudis Vorschlag war absolut einleuchtend, doch eine Antwort ließ auf sich warten. Er hatte keine Ahnung, warum, und wurde immer mürrischer. Als Tami ihn schließlich fragte, was los mit ihm sei, winkte er ab. Er hatte ihr am Tag, da ihm seine Idee gekommen war, nichts erzählt, und auch jetzt war er nicht dazu aufgelegt. Tami aber wiederholte ihre Frage. Rudi antwortete schroff, das hat dich nicht zu interessieren. Er hoffte, sie möge sich abwenden – sie soll von mir ablassen, formulierte er für sich –, und ahnte zugleich, sie würde, wie schon mehrmals, wenn er sie seine Härte hatte spüren lassen, doch erst recht an ihn herantreten, ganz wie ein verängstigtes Tier nach langer, perfekter Dressur. Und das tat sie. Sie schlang ihre Arme um ihn und strich mit ihren flachen Händen über seine Seiten, endlos, wie ihm schien. Sie hörte nicht auf damit. Plötzlich schrie er, du bist mir so ein Klotz am Bein. Sie hielt inne, war nun starr in ihn vergraben. Rudi spürte, wie sie zu schluchzen anfing, und rief, nicht schon wieder! nicht schon wieder! Er stieß sie von sich, griff mit seinen ausgestreckten Händen ihren Hals und drückte zu. Tamis geöffnetem Mund entrang sich ein helles Krächzen, der Laut einer in einem entfernten Schilf sitzenden Ente, und jenes unmenschliche Geräusch war es, das Rudi wieder zur Besinnung brachte. Kein Wunder, sagte er im Abdrehen, das hast du dir selber zuzuschreiben, Tamara. Da du mich dauernd erdrückst, mußte auch ich dich endlich einmal erdrücken.

Rudi stürmte hinaus. Tami hatte keine Ahnung, wohin er ging, und es war ihr auch egal. Sie war jetzt in einem scharfen Erkennen, war in der Klarheit derjenigen, der alles schon mehrmals widerfahren ist. Wie eine Außenstehende konnte sie auf den Mechanismus ihres Lebens schauen. Ihr Hals war zwar noch heiß und rot und ein wenig faltig von Rudis Würgen, doch tat er gerade – wer weiß, wie lange – nicht weh; und wenn sie wollte, würde sie die Haut abziehen und zum Kühlen und Glätten aufs Fensterbrett legen. Sie dachte: Wie weit wir uns vom Ursprung entfernt haben, Rudi, und ich ebenso. Und mit welch kleinen Schritten. Und weil sie so klein gewesen sind, haben wir die Distanz, die wir zurückgelegt haben, nicht bemerkt. Aber heute, das war ein größerer Schritt. Vielleicht handelt es sich auch gar nicht um eine horizontale, sondern um eine vertikale Bewegung. Immer weiter hinunter, spiralförmig, immer tiefer. Ja, eher das. Ich hätte alles beenden, hätte nicht mit Rudi nach Amerika gehen sollen. Mit Rosen hätte ich etwas anderes probieren können, egal, was in Europa geschieht. Ich hätte ihn schon richtig lieben gelernt! Aber nun bin ich hier, und nun ist es zu spät. Ich kann jetzt nicht mehr aussteigen, und auch umkehren kann ich nichts mehr in meinem Verhältnis zu Rudi. Es ist unmöglich nach so vielen Jahren. Wie für alles, so gibt es auch fürs Widerstandleisten einen letzten Termin, und der ist verstrichen. In Rudis Gehirn sind schon zu viele Bilder meiner Schwäche eingebrannt. Ja. Dieses Gehirn (und dieses Herz) absorbiert meine mögliche Stärke. Das will ich mir merken. Ich muß mir das alles merken, für später, wenn die schöne kalte Klarheit verschwunden sein wird, seltsam, zu ihr gehört auch, daß ich genau weiß, sie wird einmalig bleiben. Vielleicht werde ich mich eines Tages nicht einmal mehr an sie erinnern können; dann wird es sie nie gegeben haben.

Ich treibe in der Südsee … oder was immer das für eine See ist … türkisfarbenes, kristallklares Wasser … mit atmenden Korallen direkt unter der Oberfläche … Entschuldigung, aber ich kann es nicht anders sagen, die Korallen hatten alle ein rundes Loch und eine lange Scheide … riesengroße Organe … bevor ich an sie herantrieb, hatten sie sie weit geöffnet, aber dann haben sie sie blitzschnell geschlossen, wahrscheinlich wegen des veränderten Lichts, wegen meines Schattens … und wenn ich an ihnen vorbei war, haben sie sie langsam wieder aufgetan … ich habe mich extra immer umgedreht … ein wunderschöner Anblick … unvergleichlich … aber der Strand dann … ich weiß nicht, wie ich dahin gekommen bin … womöglich war ich eine Zeitlang bewußtlos … wie gesagt, das letzte davor waren die Korallen … und dieser Strand nun, an den es mich verschlagen hat, ist schwarz … an manchen Stellen auch silbrig … silbrigschwarz … wenn jemand darauf läuft, so knirscht es nicht, sondern es knistert, als würde auf Baumrinde getreten … das passiert knapp über mir, denn ich … ich liege in einer Vertiefung, in einer Kuhle, in einer Art Grab … über mich beugen sich ein paar Männer und Frauen mit breiten Nasen und breiten Becken … sie hat ja ihre Augen offen, sagt einer … ja, hauche ich … da macht er psst und verschließt mir mit seinem Finger den Mund … er wird ganz trocken und staubig … also mein Mund … und ich muß husten und muß mir danach mit der Zunge über meine Lippen fahren, und … und als ich sie einziehe, habe ich einen Geschmack von Holzkohle im Mund, ich spucke, aber es stieben nur feine Rußpartikel in die Luft … sie fallen langsam auf meinen Leib, den weißen … weiß gewesenen … sie ist jetzt soweit … das murmelt eine Frau aus dieser Gruppe der Polynesier oder was immer sie sind … Doba? Dodu? … ich meine, sie heißen so ähnlich … bei mir jedenfalls … ich weiß nicht genau … ich drehe meinen Kopf in ihre Richtung und beobachte, wie ein Mann zwei Äste in den schwarzen Untergrund treibt und sie aneinander reibt … unablässig … bis eine Flamme zu züngeln beginnt … die sind ganz ernst, diese Eingeborenen, wie in einem Ritual, in einer Zeremonie … weiter … der Älteste tritt hervor … ein ganz faltiger Mann … er beugt sich über mich und sagt, wir verfügen natürlich lange schon über Streichhölzer, aber Sie stehen doch Hollywood nahe, da wollten wir Ihnen ein Schauspiel bieten … alle lachen … nur er nicht … er legt mir das Feuer auf den Leib, über den Bauchnabel … unheimlich sanft, als wäre es eine Blüte … und dann tat es plötzlich weh … mir war heiß, als wäre wirklich … ja, so war es, Doktor … Doktor Isenstein. Ich bin dann aufgestanden und habe meinen Kopf unter den Wasserhahn gehalten. Sehen Sie, heute habe ich mir tatsächlich eine Menge gemerkt. Es stimmt, was Sie sagten: Wenn man es erstmal bis zum Morgen behält, dann vergißt man es wirklich nicht mehr.

14

Rudi schlich alle fünf Minuten in die Küche, wo Tami ein russisches Menü vorbereitete, und langte hierhin und dahin. Er naschte von dem Himbeer-Warenje. Von der Soljanka. Ließ sich von Tami auf die Finger klopfen. Und noch einmal von dem Himbeer-Warenje. Von der Sauerrahm-Leber. Jetzt untersage ich dir das, Ruditsch. Von den Kohlbratlingen. Und abermals von dem Warenje, das Tami nun versteckte.

Appetit, der in Wirklichkeit Vorfreude war. Vor drei Wochen waren die kriegsbedingten Lebensmittelrationierungen aufgehoben worden, und um zu feiern, daß es tatsächlich alles wieder reichlich zu kaufen gab, hatte Rudi eine kleine Emigrantenschar – Boni, Polgar und dessen Frau, Alma Werfel, Fritzi Massary und Lili Darvas – ins Croydon eingeladen: Endlich wieder einmal Leute um sich wissen! Endlich einmal Tamis Abstürze vergessen! Endlich wie früher ein paar Stunden unbeschwert feiern! Und wahrhaft, trotz der Probleme, die jeder von ihnen hatte (Polgar zum Beispiel war gerade mitgeteilt worden, daß das Projekt einer deutschen »Times«, an dem er voller Eifer mitgearbeitet hatte, eingestellt werde), sollte es einer jener funkelnden Abende werden, an denen sich alles wie von selbst fügt; wer weiß, weshalb.

Vielleicht wegen des Wodkas, den Tami vor dem ersten Gang und dann immer wieder eisgekühlt servierte.

Vielleicht, weil Polgars Frau, kaum, daß sie den ersten Bissen heruntergeschluckt hatte, rief, mein Gott, in diesen Heringssalat möchte ich mich hineinlegen.

Vielleicht, weil Boni nach sieben langen quälenden Jahren sein neues Buch, das für jeden, der halbwegs Bescheid wußte, auch eine Abrechnung mit Marlene war, endlich fertiggestellt hatte und er entspannt zur neben ihm sitzenden Alma flüstern konnte, du, ich möchte gar nicht daran denken, wie lange ich dieser Frau hinterhergelaufen bin, diesem Flittchen, es ist mir peinlich vor mir selber, ich verstehe mich heute überhaupt nicht mehr.

Oder vielleicht, weil Lili Darvas, die seit ein paar Tagen auf dem Broadway im Hamlet eine großartige Gertrude gab, einfach nur Glück ausstrahlte, auf eine stille, ansteckende Art, sie ruhte so in sich, daß es sie nicht eine Minute drängte, irgendeine Rolle zu spielen, sie war aufmerksam gegenüber jedem, auch gegenüber der schwer beschäftigten Tami, sie half ihr beim Abräumen und stellte sich mit ihr in die Küche, und wenn sie sie dort fragte, wieviel Zucker sie für das Warenje verwendet habe (Tami: eine halbe Tüte, oder mehr, es kann gar nicht genug Zucker sein), war das keine steife Höflichkeit, kein billiges Gemeinmachen, sondern wirkliches Interesse und natürliche Zuneigung, Tami spürte es, und bald überkam sie das Gefühl, eine Vertraute vor sich zu haben, und sie hörte sich sagen, wie gern würde ich dich sehen in dieser Rolle, für wie lange ist es denn ausverkauft?

Oder vielleicht auch, weil Rudi nach dem vierten oder fünften Wodka eine Verrücktheit erzählte, nämlich seinen Plan, in Europa einen großen Film produzieren zu wollen, mit all den Stars von früher, ein Riesending, ein Epos über die Zeit, die hinter ihnen lag; ja lacht ruhig, rief er, ich fahre dahin, und dann werdet ihr schon sehn.

Alle starrten ihn an. Versuchten herauszubekommen, wie ernst es ihm war mit seiner aus dem Schnapsglas getropften Idee.

Auch mit Marlene? fragte Fritzi.

Wenn sie es einrichten kann, sagte Rudi, aber seine Antwort erschien Fritzi ein wenig nebulös. Sie hakte nach: Weiß sie schon davon?

Rudi rollte mit den Augen, und die Runde lachte. Polgar rief, wir können ihr ja ein Telegramm schicken: bitte nächste zwölf monate freihalten für sieber production familienunternehmen mit tradition.

Sie erhoben die Gläser auf Polgar und sein Telegramm, und als sie sie wieder abgesetzt hatten, fragte Lili: Was macht sie eigentlich gerade? Ruht sie sich aus nach dem ganzen Gehetze im Krieg oder arbeitet sie? Ist sie noch in Paris bei Gabin? Ist sie glücklich mit ihm?

Rudi stöhnte und hob die Hände. Mein Gott, Lili, so viele Fragen auf einmal, und das jetzt, wie soll ich mir die alle merken!

Lili lächelte und schwieg, aber Fritzi ließ nicht locker. Dann eben eine einzige Frage, rief sie.

Rudi wischte bedeutungsvoll wie ein Theaterdirektor mit einer Hand durch die Luft: Genehmigt.

Gut. Die … die, ob sie glücklich ist mit ihrem Franzosen. Fritzi klatschte wie ein Schulmädchen in die Hände. Und erzähl uns dazu eine Geschichte von den beiden, bitte, ja?

Rudi lehnte sich zurück und nickte. Ist sie. Er machte eine Pause, kam aber nicht mehr recht in Fahrt. Was soll ich euch schon für Geschichten erzählen. Ich bin doch nicht dort. Ich erfahre auch nicht so viel, wie ihr vielleicht denkt. Marlene hat dauernd zu tun. Ihr kennt sie doch. Immer irgendwohin auf dem Sprung, und kaum Zeit zum Briefeschreiben.

Ein Moment der Stille, wie immer, wenn jemand gerade etwas Abschließendes gesagt, wenn er eine Tür hinter sich zugezogen hat. Polgar und Fritzi spielten mit den Händen an ihren Gläsern. Lili ließ ihre Blicke über die Tischdecke wandern. Tami schob im Aufstehen mit ihren Unterschenkeln ihren Stuhl nach hinten und lief in die Küche.

Sie kochte schwarzen Tee und verteilte das Warenje auf acht Metalltellerchen. Währenddessen mußte sie an die vielen Briefe denken, die Marlene Rudi in den letzten Wochen geschickt hatte und die nun bei ihm, zu einem Packen gefügt, in der Schreibtischschublade lagen. Wie er lügen konnte, wenn es darauf ankam! Für einen Moment wünschte sie sich, das auch zu können: Dann wäre vielleicht alles Unangenehme von einer Sekunde zur anderen nicht mehr existent, einfach, indem man es so und nicht anders behauptete. Letztlich, dachte sie, ist die Lüge doch nur Ausdruck eines starken Wunsches nach einer angenehmen Wahrheit. Sogleich aber wußte sie, daß sie es nicht mehr lernen würde. Die wenigen Male, da sie zu lügen versucht hatte, war sie schmählich gescheitert; war errötet oder hatte sich beim Reden verhaspelt oder hatte dem Blick ihres Gegenübers nicht standhalten können. Sie erinnerte sich einer Episode aus ihrer Kindheit. Ein Pferdefuhrwerk mit Fässern voller Kwaß. Und kein Kutscher zu sehen. Sie und ihre Freundinnen Mascha und Olga stopfen sich, kichernd, Sand in ihre Taschen. Übermütig entern sie den Wagen. Eine jede von ihnen öffnet ein Faß und schüttet ein paar Hände voll Sand hinein. Hastig schließen sie die Fässer wieder. Als sie aber herunterspringen, steht plötzlich der Kutscher vor ihnen, wie ein Fels, wie eine Wand. Er fragt sie, was sie da oben zu suchen gehabt hätten. Mascha: Nix. Olga: Nur mal gucken, was in den Fässern ist. Aber sie, Tami, nachdem er sie durch ein kurzes Heben seines Kopfes aufgefordert hat, auch etwas zu sagen: Das ist Sand gewesen. Wir haben Sand da hineingeschüttet. Sie schaut zu Boden und spürt, wie Mascha und Olga sie wütend anstarren, zwei kleine Teufel, die in einem ihrer Augenwinkel tanzen. Der Kutscher befiehlt: Ihr bleibt hier stehn! Ihr bewegt euch nicht vom Fleck, bis ich fertig bin, habt ihr verstanden? Er springt nach oben, läßt sich die verunreinigten Fässer zeigen, bugsiert sie heran, öffnet sie. Und kippt, ohne noch ein Wort zu verlieren, jeweils ein Faß über jeder von ihnen aus. Tami mußte lächeln: Wie wir dagestanden haben, wie begossene Pudel. Und wie wir gestunken haben.

Auf einmal zerfetzte eine andere Erinnerung ihre Heiterkeit, und Hitze stieg in Tami auf, das entsetzliche Brenneisen einer dauerhaften Blamage. Sie sah sich Rudi gegenübersitzen, an dem Tag, an dem sie den ersten Brief an Serjoscha geschrieben hatte nach Rudis Verfügung, sie solle ihm alles, was an ihren Bruder ging, vorlegen. Mit Absicht hatte sie ihre russischen Worte schief hingekrakelt. Rudi sollte nichts entziffern können, vor allem nicht die Passage, in der es geheißen hatte: Serjoscha, auch wenn Du es immer weniger verstehst, ich liebe ihn – ich kann ja meinem Herzen nicht befehlen, ihn nicht zu lieben. Und so wird es wohl immer bleiben. Aber ich möchte Dir etwas beichten. Als

Du ihn mit dem Kopf gestoßen hast, da hat dasselbe Herz gejubelt. Ich habe »nicht doch« oder so ähnlich gerufen, weil ich erschrocken gewesen bin, aber schon eine Sekunde später habe ich gewünscht, Du mögest ihn richtig schlagen. Mit Deiner Faust. Ich weiß, das hätte verheerend geendet, vor allem für mich. Ich hätte es ja ausbaden müssen. Und dennoch wollte ich es. Ich habe mir in den Nächten danach sogar ausgemalt, wie es vor sich gegangen wäre. Und wie Rudi am Ende ausgesehen hätte. Da merkst Du, wie verwirrt ich bin, Serjoscha. Sag mir, kleiner, großer, starker, neunmalkluger Bruder: Wie kann man denn einen Menschen aufrichtig lieben und im gleichen Atemzug wollen, daß ihm Schmerzen zugefügt werden? Wie geht denn das? Erklär es mir, Serjoscha.

Rudi verlangt diesen Brief, freundlich und wie nebenbei; als ob er sie bitten würde, ihm kurz einmal die Zeitung herüberzureichen. Er schaut darauf, stutzt, gibt ihn ihr zurück. Lies ihn mir bitte vor, Tami. Und das ist genau das, was sie geahnt und worauf sie sich vorbereitet hat. Sie hat eine Ersatzpassage im Kopf. Sie hat sie auswendig gelernt. Aber als sie an der Stelle angelangt ist, an der sie beginnen muß, diesen Text aufzusagen (stolperfrei! und möglichst gleichmütig! oder nein: besser mit zwei, drei eingebauten Stolperern!), meint sie, rot wie eine Tomate zu werden. Ihre Stimme verrutscht, ihre Lider blinkern wie die Flügel eines gerade gefangenen Schmetterlings. Nach ein paar Worten verstummt sie. Sie schaut zu Rudi, zerknüllt den Brief, hält ihn mit ihren Händen umschlossen. Sie meint, immer und immer noch röter zu werden. Und nie nie mehr wird sie hochkommen aus dem Sessel, in dem sie kauert, vor Rudi, der ebenfalls nicht aufsteht, der sie anstarrt wie eine Außerirdische.

Die Wahrheit war: Marlene fühlte sich hundeelend wegen ihres Franzosen. Wegen ihrer alten Angewohnheit, sich immer mal wieder von noch jemandem verführen zu lassen, die er, dickschädelig, wie er war, nicht verstehen wollte. Gabin hatte die neuesten, ellenlangen Liebesbriefe des Generals, der sich im Krieg um sie gekümmert hatte, entdeckt und ihr den Laufpaß gegeben. Sie hatte wie ein Mantra aufgesagt, jener General bedeute ihr gar nichts, und nach schier unendlichen Mühen war sie von Gabin wieder aufgenommen worden. Und über alles hatte sie Rudi haarklein berichtet. Er war der einzig mögliche Adressat ihrer Version der Geschehnisse, eine loyale, verständnisvolle Seele. Natürlich las er zwischen den Zeilen, daß sie, erstmals, soweit er sich erinnern konnte, von einem schlechten Gewissen geplagt wurde – und sich durch eben jene Zeilen davon zu befreien suchte. Deshalb gab er ihr keine Ratschläge. Er antwortete selten. Er fügte einfach einen Brief nach dem anderen dem von einem Gummi zusammengehaltenen Packen in seiner Schublade hinzu.

Wenige Tage nach der Party flatterte ihm der neueste Bericht Marlenes ins Haus. Als er das Papier auseinanderfaltete, ertappte er sich dabei, nicht mehr in der Sorge eines – wenn auch nur noch nominellen – Ehemannes zu sein, sondern in der Vorfreude eines Lektors. Wie würde die Story voller Zerwürfnisse, Kniefälle und Auferstehungen, an der sie mit Gabin schrieb, weitergehen?

So: Abermals hatten die beiden sich in die Wolle gekriegt, abermals hatten sie sich zusammengerauft. Zur Feier des Tages wusch sie sein Haar, doch kaum hatte sie es gespült, sprang er auf und sagte, er müsse für eine Minute weg. Als er zurück war, fragte sie, ob er *mit dieser Frau* telephoniert habe. Er bejahte; er habe ihr etwas erklären müssen. Nun rief Marlene, das wundere sie sehr. Sie habe gedacht, er sei, da er sich während ihrer beider zeitweiligen Trennung so allein gefühlt habe, mit ihr ausgegangen, nicht mehr und nicht weniger, aber wenn es jetzt einer großen Erklärung am Telephon bedürfe, sei es wohl mehr gewesen, und das erscheine ihr, Marlene, etwas unlogisch: Behauptete er nicht immer, er könne ohne sie nicht sein? Warum, zum Teufel, beginne er dann eine Romanze mit einem fremden Mädchen? Und schon war ein neuer Streit entbrannt. Der von Gabin in dem Restaurant fortgesetzt wurde, in dem sie sich mit einigen seiner Bekannten zum Mittagessen verabredet hatten. Marlene versuchte, Gabin mit einem freundschaftlichen Klaps auf die Wange zur Ruhe zu bringen. Da verlor er die Beherrschung und schlug ihr mit roher Gewalt einmal links, einmal rechts ins Gesicht. Ihr Kopf kippte hin und her. Die anderen Frauen am Tisch schrien auf. Marlene verließ wortlos das Restaurant. Auf ihrem Weg drinnen unterdrückte sie den Impuls, sich an ihre Ohren zu fassen, draußen gab sie ihm nach (angeblich brannten die Ohren noch, als sie ihren Brief an Rudi schrieb).

Und Marlene, das war der zweite Teil der Wahrheit, meldete sich auch deshalb so ungewohnt häufig, weil es im Nachkriegsparis an vielem mangelte, was das Leben lebenswert macht. Sie bat Rudi, ihr Päckchen zu schicken mit Schweinefett, Gänseschmalz, Reis, Kaffee, Zucker, Tee, Zigaretten, Öl, Melba Toast, Gemüsesuppe, Hühnersuppe, Zwiebelsuppe, roter und grüner Wolle, Holzhäkelhaken. Im Gegenzug fragte sie ihn, was mit den Schränken aus seiner nun endlich aufgelösten Wohnung am Boulevard Pereire geschehen solle, die sie alle bei sich untergestellt hatte; Papilein, schrieb sie, ich habe Dich schonmal gebeten, Dich zu erklären, ich brauche endlich eine Entscheidung, ich kann das Zeug nicht ewig hier herumstehen lassen. Jenem Brief fügte sie eine Liste mit den Kleidungsstücken bei, die er damals bei ihrer überstürzten Abreise aus Paris nicht hatte mitnehmen können (eine khakifarbene Windjacke, ein grüner Regenmantel, ein gelber Bademantel, ein silbergrauer Schlafanzug, braune Schuhe), und bot ihm an, die Sachen zu schicken.

Rudi aber ließ sich mit seinen Antworten Zeit. Manchmal hörte Marlene wochenlang nichts von ihm, und auch nicht von Maria, und schon gar nicht von Tami, und so schrieb sie ihm eines Tages, das fände sie aber nicht sehr lustig, in den internationalen Zeitungsredaktionen dächten sie, die ganze Welt sei verrückt nach ihr, doch in Wirklichkeit hätten zumindest ein paar Menschen sie wohl vergessen, und deshalb könne sie sich gut vorstellen, daß Rudi von jetzt an folgendes tue: ein Blatt Papier nehme, es auf den Wohnzimmertisch lege und, wann immer er an diesem Tisch frühstücke, zu Mittag oder Abend esse, ein paar Zeilen für sie schriebe und das Papier, wenn es denn voll sei, umgehend zu ihr sende.

Und endlich begriff er. Marlenes an Gabin gekoppelter Schmerz war das eine, ihre grundsätzliche Verlorenheit aber war das andere, sie klammerte sich an ihn, Rudi, weil sie nach dem Ende der Truppenbetreuung ohne Beschäftigung war, weil sie erstmals in ihrem aufregenden Leben keine Aufgabe mehr hatte, abgesehen von der, Schränke und Bademäntel an den eigenen Mann zu bringen. Also erfüllte er ihr den Wunsch und beendete jede Mahlzeit, indem er ein paar Worte an sie richtete. Er erledigte das akribisch, doch ohne Begeisterung, und er erinnerte sich, daß in seiner Beziehung zu Marlene jahrelang er derjenige gewesen war, der gebeten hatte, nicht vergessen zu werden, und jetzt verstand er, wie das Warten und Wartenlassen funktionierte, wie eine Art Naturgesetz, wie eine Gleichung: Reziprok zur Gewißheit, daß jemand auf dich wartet, sinkt dein *Bedürfnis*, sein schreckliches Warten zu beenden; mach was dagegen.

Ab und an schob er auch Tami das Papier hin, aber sie konnte nichts beitragen zu seiner Wohlfühlaktion. Sie schüttelte immer nur den Kopf, und dies nicht etwa, weil ihr Bedürfnis noch geringer als seines gewesen wäre, sondern, weil sie in jener Zeit jeden zweiten oder dritten Tag sich bei Doktor Blumenauer eine Beruhigungsspritze abholte und außerdem jeden Morgen und jeden Abend eine bunte Pillenmischung von Doktor Sakic konsumierte und sich Spritzen und Tabletten nicht vertrugen. Entweder zitterte Tami, oder sie war wie gelähmt, wenn sie an den Essentisch trat.

Rudi reiste nach Europa. Tami, die ihn liebend gern begleitet hätte, schon, um endlich Papotschka, Sergej und Hella wiederzusehen, ließ er nach einigem Hin und Her mit der Begründung in New York, sie würde eine monatelange Reise nicht durchstehen, sie brauche ihre gewohnten ärztlichen Behandlungen, sonst verlöre sie vollends ihr Gleichgewicht.

In Paris verhandelte er mit einer französischen Filmgesellschaft über sein Projekt. Die Franzosen aber wichen aus, und schnell wurde ihm klar, daß die Produktion, die er sich wünschte, mit ihnen nicht zustande kommen würde. Rudi fühlte, wie ihn wieder die alte Mutlosigkeit ergriff. Zwar redete er Marlene und Gabin gegenüber davon, es noch bei anderen Gesellschaften probieren zu wollen, doch die beiden spürten ebenso wie er, daß er es nicht tun würde. Er war einfach aus dem Geschäft. Er begann, wie ein gelangweilter, versnobter Tourist kreuz und quer über den Kontinent zu reisen, traf dabei alte Freunde und stieg mit nicht ganz so alten Freundinnen ins Bett.

Als er einmal einen Stopp in Paris einlegte, sagte er lachend zu Marlene, wenigstens in *der* Hinsicht bin ich noch voll auf der Höhe, Mutti, das ist ja auch nicht zu verachten.

Das glaube ich dir gern, antwortete Marlene.

Und ich hatte schon Angst gehabt.

Sie schaute ihn fragend an.

Weißt du, in New York ist es zuletzt so gewesen: Immer, wenn ich etwas von Tami wollte, hat sie mich abblitzen lassen, nicht aus Ärger, sondern aus Gefühllosigkeit. Sie war erotisch vollkommen leblos. Und diese Gefühllosigkeit hat sich langsam auf mich übertragen. Ich mochte Tami schon gar nicht mehr berühren. Eine Zeitlang dachte ich, das müsse ihr auffallen, aber es fiel ihr nicht auf. Es war mir, als ob ich gar keinen Schwanz mehr gehabt hätte.

Du hast ihn wiederentdeckt, sagte Marlene so stolz, als wäre sie dafür verantwortlich.

Ja, und das war eine große Erleichterung, sagte Rudi. Was meinst du, wie es einen befreit, wenn man erfährt, daß etwas Derartiges nicht an einem selber liegt.

Das hab ich doch gleich gesagt, rief Marlene.

Was hast du gesagt?

Na, daß es besser ist, wenn du dich mal von Tami und all ihren Verrücktheiten erholst. Am Ende wirst du selber noch verrückt. Das habe ich dir doch schon gesagt, als du noch in New York warst und sie mitkommen wollte, oder etwa nicht?

Richtig, hast du.

Tami erhielt nun jede Woche einen Brief von Rudi, aus Berlin, London, Locarno, Zürich und immer wieder aus Paris. In jedem dritten oder vierten Brief steckte ein Scheck. Manchmal hatte Rudi auch Photos beigelegt: Er in putziger Alpentracht. Er vor dem Koloß Matterhorn. Er zwischen Passanten auf dem Boulevard Saint Germain. Er vor der zerstörten Kaiser-Wilhelm-Kirche. Er am Ufer der bleiernen Themse. Er vor dem neuen Little Hungary.

Sie schob die Photos in dem Holzhaus draußen in Peconic mit einer traurigen Geste zu Lili Darvas hin. Es war Frühling, und helles, durch das Fensterkreuz gebrochenes Licht fiel auf den Tisch in der kleinen Küche, in der sie saßen. Lili warf einen kurzen Blick auf die Bilder, raffte sie sogleich zusammen und klopfte sie wie Skatkarten zu einem Stoß zurecht. Sie war nicht der Typ, der Trübsal blies, und sie hatte eine unaufdringliche Art, jemanden in eine bestimmte Richtung zu lenken. Ja, Europa … hob sie an und fragte unvermittelt, als sei es ihr gerade eingefallen (und vielleicht war es so): Der Rosen, von dem du mir erzählt hast, was ist eigentlich mit dem? Weißt du, wie es ihm ergangen ist?

Tami schüttelte den Kopf.

Ich kenne Kurt Robitschek, seinen früheren Chef. Er lebt hier, er ist schon zeitig geflüchtet. Wenn jemand etwas gehört hat, dann er. Vielleicht ist Rosen gar auch in New York, oder er ist anderswo in Amerika, warum nicht?

Ich denke nicht so oft an Rosen, Lili. Tami fuhr mit ihrem Zeigefinger an dem schräg auf den Tisch fallenden Schattenkreuz entlang.

Vielleicht willst du es trotzdem wissen?

Sie wartete die Antwort nicht ab und rief, ich werde mich einmal umhören.

Dann aber erwähnte sie, erst zu Tamis Überraschung, schließlich zu Tamis Verdruß, die Angelegenheit anderthalb Monate nicht mehr. Es war längst warm geworden in Peconic, jedenfalls zur Mittagsstunde. Die Zeit der Inbesitznahme des Strandes, die Zeit des Staunens über das helle Blau, das sich über ihnen wölbte, und über das weiche Weiß, in das sie sich graben konnten. Lili ließ Sand auf ihre Füße rieseln. Er türmte sich jeweils in der Mitte auf wie ein Berggrat und rutschte an den Seiten fortwährend herunter. Tami spielte mit einem handtellergroßen Stein, der mit kleinen Muscheln übersät war. Sie versuchte, erst diese Muschel von dem Stein zu lösen, dann jene, und fragte plötzlich, was ist denn nun mit Rosen? Lili warf den Rest des Sandes, den sie in der Hand gehalten hatte, zur Seite und schüttelte ihre Füße wie unter einem Stromstoß. Also gut, sagte sie. Es ist tatsächlich so, wie ich mir gedacht hatte. Sie schaute zu Tami, die an einer Muschel herumfingerte. Mit Robitschek, meine ich. Er wußte ziemlich genau, wie es Rosen ergangen ist. Er hatte vor dem Krieg in New York sogar eine Benefizveranstaltung für ihn organisiert, und dabei war genügend Geld für eine Schiffspassage zusammengekommen. Robitschek sorgte auch für die nötigen Bürgschaften. Er wollte ihn herüberholen. Aber stell dir vor, Rosen hat ihn gefragt, was er in Amerika solle. Er fühlte sich sicher in Holland. Robitschek sagte zu mir, er habe in seinem Leben nicht noch einmal einen so gebildeten und gleichzeitig so naiven Menschen wie Rosen getroffen. Als die Deutschen dann Holland überfielen, was ja absehbar gewesen war, saß Rosen in der Falle. Er wurde, wie alle jüdischen Künstler, von den Nazis nach Amsterdam gebracht. Dort spielte er weiter Theater, in der Shouwburg, mit Nelson, Camilla Spira und anderen, die du kennst. Sie versuchten, sich in ihrer kleinen jüdischen Gemeinde zu verhalten, als wären sie im großen Berlin. Wenn sie zum Beispiel eine neue Revue herausbrachten, warteten sie auf die einzige Kritik in der einzigen jüdischen Zeitung, sie rissen sich die Zeitung aus den Händen, als habe der Kerr da geschrieben. So ging das fast zwei Jahre. Dann aber wurde die Shouwburg von einem Tag zum anderen zum Sammelpunkt für alle Juden Hollands vor ihrem Gang in die Vernichtungslager. Rosen und die meisten anderen Kabarettisten kamen von hier erst einmal ins Durchgangslager nach Westerbork. Und auch dort spielten sie fast jeden Abend weiter Kabarett, für die SS-Leute und für die

Menschen, denen man schon ihre Zivilkleidung abgenommen hatte, weil sie am nächsten Morgen abtransportiert werden sollten. Camilla Spira, die glücklicherweise alles überlebt hat …

Also hat Rosen nicht überlebt! rief Tami. Lili sah, daß sie sich an den Muscheln einen Zeigefingernagel eingerissen hatte, und schwieg.

Du kannst es ruhig sagen!

Lili legte einen Arm um sie und sagte zum Wasser hin, ja, er ist tot. Auschwitz.

Tami starrte auf den Stein in ihrer Hand. Lili sah, daß um den Stein herum auf dem Handteller Schweiß glänzte. Sie redete, zunächst stockend, weiter. Camilla … Camilla Spira hat Robitschek geschrieben, sie hätten sich alle etwas vorgemacht. … Sie hatten ja durch geschmuggelte Kassiber erfahren, daß sie vergast werden sollten. Aber sie redeten sich ein, das sei vielleicht nur Propaganda.

Das versteh ich gut, warf Tami ein.

Ja … ja, so ist die menschliche Natur. Ein Tier, das lange genug gequält wird, dreht sich irgendwann zur Seite und will sterben. Und der Mensch will nicht wahrhaben, wenn er sterben muß. Rosen soll noch in der Nacht vor seiner Deportation einen Liedtext geschrieben haben, »Abschied von Westerbork«.

Tami zog mit dem Stein eine Spur durch den Sand um ihre Füße herum. Sie sagte, ich möchte diesen Text gern lesen. Ob er auffindbar ist?

Das werden wir sehen, antwortete Lili matt. Jetzt, da sie es hinter sich gebracht hatte, Tami zu berichten, spürte sie keine Erleichterung. Bloß ein wachsendes Unbehagen. Zwar hatte Tami Rosens Tod gefaßt aufgenommen, so, als habe sie damit gerechnet, doch was bedeutete das schon? Gar nichts. Lili dachte, daß sie unvorsichtig gewesen war. Oder zu euphorisch. Nur, weil sich bei ihr in letzter Zeit alles gefügt hatte, war sie davon ausgegangen, es müßte auch anderen so ergehen. Wie töricht! Bei manchem fügt sich überhaupt nichts. Sie hätte, das ahnte sie nun, gar nicht erst anfangen dürfen, Rosen ins Spiel zu bringen, das wäre wohl besser gewesen für Tami.

Lili ließ sich nach hinten fallen. Ein paar Sekunden später auch Tami. So lagen sie noch eine Weile, Handrücken an Handrücken, jede ihren Gedanken nachhängend, jede nach oben in das Blau schauend, das langsam dunkler wurde und sich stetig zu senken schien.

15

dushinka trying phone yesterday unsuccessful wanted tell you personally i'll get divorce are you happy

Ich weiß nicht. Es kommt so überraschend. Schon klar, warum das jetzt so ist. Ich kann es mir leicht ausrechnen. Marlene will Gabin heiraten. Wahrscheinlich hat er ihr ein Ultimatum gestellt, und sie hat Ja gesagt, und Rudi ist frei geworden. Und das, das stört mich. Rudi, werde ich ihm sagen, du verletzt mich sehr. Ja, wenn er sich selber frei gemacht hätte. Aber er ist nur frei geworden. Marlene hält ihn nicht mehr, und schon kommt er. Ein Leibeigener, der keinen Aufstand gewagt hat. Er wird einfach nur von der Herrschaft entlassen. Aber warum denke ich nur so schlecht von ihm? Wie sollte er sich denn wehren? Er ist mit der stärksten Frau der Welt verheiratet. Mit der stärksten Frau der Welt. Gegen Marlene ist kein Kraut gewachsen, das sieht man doch an Gabin. Auch der kommt nicht von ihr los. Und Gabin ist ein elender Sturkopf. Das ist Rudi nicht. Und außerdem: Er hat ja gleich versucht, mich zu erreichen. Er freut sich riesig, das merkt man doch. Das steht doch in dem Telegramm. Er will die Gelegenheit nutzen. Das ist schön. Ich finde es schön. Vor einer halben Stunde, das gebe ich zu, habe ich mich noch nicht gefreut. Aber jetzt so langsam. Rudi, werde ich ihm schreiben, ich brauchte einen Moment, es zu begreifen, aber dann war ich sehr, sehr froh. Ich küsse dich, Ruditschka. Ich werde von nun an glücklich sein mit dir, und du sollst es auch sein und sollst keinen Ärger mehr mit mir haben, versprochen, Ruditschka, ja?

dushinka beg you dont tell anyone yet about divorce wait for explaining letter more

Warum denn nicht? Was hat sich denn geändert seit gestern? Gestern ist doch alles eindeutig gewesen, und heute soll ich darüber schweigen. Ich kenne Rudi. Er fängt an, zurückzurudern. Irgend etwas ist dazwischengekommen. Aber was? Ja was, da kommt ja nur eines in Frage: Marlene will Gabin nun doch wieder nicht heiraten. Oder Gabin nicht Marlene. So wird es sein. Das muß es sein. Aber davon dürfte Rudi sich jetzt nicht mehr abhalten lassen! Er müßte jetzt standhaft bleiben! Es ist doch schon eine eindeutige Zusage gewesen! Und es ist keine 24 Stunden her! Man schreibt das doch nicht heute hin und widerruft es morgen! Rudi, wenn du mir mehr erzählst in deinem Brief, dann erzähl mir alles, aber nicht, daß du dich nicht scheiden lassen willst. Das geht jetzt nicht mehr, hörst du, Ruditsch? Ich beschwöre dich, das darfst du nicht tun!

tamula forgive if did you wrong never spoke divorce is shure its your fault anyhow all my love as ever

Nach fast einem Jahr kehrte Rudi aus Europa zurück. Er erinnerte sich des wundervollen Abends mit Boni, Lili und den anderen und lud, zur Feier seiner Ankunft, die ganze Schar wieder ein. Alles sollte werden wie damals, einschließlich des russischen Essens natürlich, das Tami zubereiten würde.

Sie stand in der Küche und schüttete einen Korb Steinpilze auf ein großes Holzbrett. Sie war schlank wie vor Rudis Reise, aber ihr Gesicht war aufgedunsen von all den Medikamenten, die sie die ganze Zeit eingenommen hatte. Während sie die Pilze putzte und schnitt, meinte sie zu spüren, daß ihre Wangen nach jeder Handbewegung zitterten. Wie Pudding, den jemand angestoßen hat, dachte sie, aber zugleich war sie sich nicht sicher, ob jenes Wackeln ihres gefühllosen Fleisches nicht eine Einbildung war.

Rudi erschien in der Küche, schaute sie ein paar Sekunden von der Seite an und fragte, kommst du klar?

Sie nickte und machte sich weiter an den Pilzen zu schaffen.

Dann kann ich also loslegen?

Und wieder ihr Nicken.

In einem Krämerladen in Greenwich Village hatte er, als kleine Besonderheit für die Feier, acht lindgrüne, mit Blumen bedruckte Menükarten gekauft, und jetzt begann er, die Namen der Gerichte, um die Tami sich kümmerte, in großen, kunstvoll geschwungenen Buchstaben in Deutsch und in Russisch daraufzupinseln.

1. Gang
Gedämpfte Pilze / Griby Tuschonyje
2. Gang
Salzig-saure Hühnersuppe / Rasolnik Kurinyj
3. Gang
Geschmorter Zander in Kartoffelhülle / Sudak, sapetschonnyj s kartoffelem
4. Gang
Piroggen mit Quarkfüllung / Pirogi, Natschinka tworoschnaja

Als Rudi mit der ersten Karte fertig war, sprang er kurzentschlossen auf und eilte in die Küche, um sie Tami zu zeigen, denn obwohl er im Laufe der Jahre ein wenig Russisch gelernt hatte, wollte er doch sichergehen, daß ihm kein Fehler unterlaufen war. Er fand Tami auf dem Boden sitzend. Neben ihr ein Nähkästchen, das entdeckte er als erstes, und dann das Dutzend Nadeln, das in Tamis linker Wange steckte. Drei oder vier Nadeln hingen leicht nach unten, die anderen standen waagerecht, wie die Stacheln eines aufgeschreckten Igels, von ihr ab. Abwesend starrte sie vor sich hin.

Verdammt noch mal, rief Rudi, was soll das bloß wieder!

Keine Reaktion.

Er verspürte den dringenden Wunsch, ihr eine Ohrfeige auf die freie, glatte Wange zu geben. Mit dem nächsten Atemzug aber dachte er an den gefährdeten Abend. Er hockte sich vor sie hin und sagte, nicht doch, Tamara. Tamulinka. Ausgerechnet heute. Da hast du dir ja einen schönen Tag ausgesucht. Unsere Gäste sind doch schon unterwegs. Komm. Er griff nach der ersten Nadel. Ich zieh dir das raus. Tut es weh? Dann ist es in Ordnung, wenn es nicht weh tut. Und die nächste. Und noch eine. Warte, gleich bin ich fertig. Siehst du, ich hab sie schon alle in meiner Hand. Hier, guck. Tamarotschka, mach das nicht nochmal. Er lachte kurz auf. Laß das mal die Chinesen machen. Versprichst du mir, sowas nicht nochmal zu machen?

Sie nickte, und gleichzeitig zuckte sie mit den Schultern, zwei einander zuwiderlaufende Bewegungen, doch Rudi war fest entschlossen, jetzt nur die eine, die ihn beruhigende Antwort anzuerkennen.

Gut, sagte er leise. Er setzte sich neben sie, zeigte ihr die Karte und fragte sie, ob das Russische alles stimme.

Sie bohrte mit ihrem Blick ein Loch durch den Karton.

Tamarotschka, liest du?

Sie wandte ihren Kopf hin zu ihm und schaute ihn an wie früher manchmal am Morgen, im Erwachen. Erstaunt über das, was sie vorfand. Als ob es ihr völlig neu war. Als ob die Nacht alles ausgelöscht hatte. Dann drehte sie den Kopf zurück und begann zu lesen. Sie tippte mit ihrem Zeigefinger auf das Wort Rasolnik und sagte, da fehlt noch ein s, wanderte mit dem Finger weiter herunter bis zu kartoffelem und sagte, dafür ist hier ein f zuviel, das sind doch keine deutschen Kartoffeln.

Nach einer Pause fügte sie tonlos hinzu, aber sonst ist es gelungen.

War ich also auf dem richtigen Dampfer, sagte Rudi.

Wie? fragte Tami, als sei sie gar nicht aufgewacht, als sei die Karte, die er nun von ihr wegzog, nur ein flüchtiger Gegenstand aus irgendeinem Traum.

Nun, daß ich dich gefragt habe.

Ach so. … Ja. … Das war sehr gut, ja.

Nachdem Tami zu apathisch gewesen war, um das Essen hereinzubringen, und Lili die Einstiche in der Wange aufgefallen waren und sie Tami zum Bett geführt und sich eine Stunde neben sie gelegt und sie gestreichelt und aufmunternd auf sie eingeredet hatte, nachdem Polgar besorgt gefragt hatte, was denn mit Tami geschehen sei, und Rudi als Antwort nur mit dem Zeigefinger an seine Schläfe getippt hatte, nachdem der ganze Abend verpfuscht, ein Gast nach dem anderen wieder gegangen und Rudi in seinem Zorn zur reglos daliegenden Tami getreten war und die Speisekarten zerrissen und ihr die Schnipsel ins Gesicht geworfen hatte, da, da und da, da hast du's, das ist das Resultat, telephonierte er, noch immer wütend, vor allem jedoch hilflos, mit Marlene und schilderte ihr den traurigen Vorfall, und Marlene rief, noch bevor er geendet hatte, Papi, das Faß ist übergelaufen, ich schaue mir das nicht länger an, sie macht dir ja das Leben zur Hölle, ich werde etwas unternehmen, das euch beide rettet, warte auf meine Anweisungen, ich melde mich umgehend. Und das tat sie, und so kam es, daß Tami zwei Tage später in der Praxis von Doktor Brewster stand. Sie steckte in einem weißen Flügelhemd. Vor ihr glänzte eine Metalliege. Hinter der Liege thronte ein massiges, schrankähnliches Gerät mit Knöpfen und Zeigern. Brewster winkte Tami unbewegten Gesichts auf die Liege. Die eiskalt war. Tami schnellte nach oben, aber Brewsters Hand drückte sie nieder. Brewster zog abgewetzte Lederschlaufen erst um ihre Knöchel, dann um ihre Handgelenke. Danach fixierte er ihren Körper mit zwei handbreiten Gurten. Tami zitterte, obwohl ihre Haut jetzt das Metall erwärmt hatte. Die Fußschlaufen scheuerten. Brewster stülpte einen Bügel, an dem zwei runde Elektroden hingen, über Tamis Kopf. Er befestigte die Elektroden an beiden Hirnhälften. Brewster griff in eine Schublade, holte einen Holzkeil hervor, öffnete mit der einen Hand Tamis Mund und steckte mit der anderen Hand den Keil hinein. Das Holz fühlte sich riffelig an und schmeckte bitter, wie mit galligem Speichel bestrichen. Brewster warf einen letzten Blick auf seine Patientin. Dann ging er zu dem Schrank und schaltete den Strom ein. Tamis Augen flammten auf. Ein klagender Schrei entfuhr ihrem Rachen. Sie zuckte wie ein Tier im Todeskrampf, aber nur kurz. Dann fiel sie ins schwarze Nichts hinein.

Sie wachte auf und kannte Dr. Brewster nicht mehr. Er, der Fremde, fragte sie nach ihrem Namen. Sie wußte ihn nicht. Auch hatte sie keine Erinnerung daran, wie sie in diesen Raum mit dieser Liege geraten war. Sie flüsterte, ich weiß ja gar nichts mehr, und begann zu weinen. Der Mann, den sie nicht kannte, sagte gleichmütig, als habe er das schon tausendmal erlebt, alles in Ordnung, Sie können jetzt aufstehen. Stehen Sie auf, ich sehe Sie übermorgen wieder. Als sie den Raum verließ, wandte er ihr seinen Rücken zu; das war das erste, was sie nach ihrem Aufwachen bewußt registrierte, die grausame Ignoranz jenes Mannes, den sie nie zuvor gesehen zu haben glaubte und der doch irgend etwas mit ihr angestellt hatte. Was? Was war es gewesen?

Rudi erklärte es ihr. Er wiederholte die Worte, die er ihr vor der Behandlung gesagt hatte. Tamara, du kriegst von Doktor Brewster, genau, der Mann heißt Brewster, eine Serie von Elektroschocks. Damit kann man heutzutage bestimmte Dinge im Kopf auslöschen, Dinge, die für manche Verrücktheit verantwortlich sind. Die Schocks schneiden sie sozusagen heraus wie ein Messer ein verdorbenes Fleischstück, nur, daß es nicht weh tut. Oder hat es dir weh getan?

Sie überlegte, schüttelte den Kopf.

Siehst du.

Vor dem ersten Mal hatte sie nur ahnen können, was sie erwartete. Aber nun *wußte* sie es. Stück für Stück war die Erinnerung an die Minuten vor dem Schock (nicht an den Schock selber) zurückgekehrt, und jene Erinnerung bereitete ihr Scham und machte ihr angst: Dieses Flügelhemd, in dem sie sich so nackt und ungeschützt vorkam: Diese Metalliege, die sich kälter anfühlte als Permafrosterde: Dieser Doktor, der sie wie ein Stück Vieh behandelte. Am Tag der zweiten Behandlung begann sie schon am Morgen, im Croydon, zu zittern. Rudi mußte sie am Oberarm greifen und den ganzen Weg bis zur Praxis vor sich herschieben wie ein Polizist eine gerade gefaßte Kleinkriminelle. Je näher sie ihrem Ziel kamen, desto stärker lehnte Tami sich im Laufen nach hinten.

Rudi rief, nun zier dich doch nicht so.

Tami schaute ihn mit flackerndem Blick an und murmelte, und das Allerschlimmste ist die Entwürdigung.

Sie hatte zu leise gesprochen. Rudi hatte sie nicht verstanden. Wie bitte? fragte er ungeduldig.

Aber sie schüttelte nur den Kopf. Sie war nicht mehr imstande, noch irgend etwas zu sagen. Was an diesem Tag an Kraft in ihr gesteckt hatte, war verbraucht. Sie ließ sich jetzt von Rudi weiterführen wie ein gehorsames Maultier. In der Praxis wurde sie von einer Schwester übernommen. Diese musterte sie kurz. Sie verzichtete darauf, ihr eine Anweisung zu geben. Sie streckte Tamis Arme in die Waagerechte, als seien es zwei Maschinenhebel, und streifte das Hemd in einem Zug über sie.

Nach dem Aufwachen wieder jene Leere. Aber dieses Mal wurde sie sofort und vollständig gefüllt. Während der ersten Bewegung, die Tami vollführte, zuckte ein Schmerz durch ihre Schulter, der sie aufschreien ließ. Sie vergaß, was sie alles vergessen hatte, und drehte hilfesuchend ihren Kopf, doch jene Drehung verursachte nur einen weiteren Schmerz an derselben Stelle. Sie stöhnte. Aus dem Nebenraum kamen Doktor Brewster und die Schwester gelaufen, und aus dem Wartesaal eilte Rudi herbei. Brewster fragte Tami, wo es ihr weh tue. Er tastete die Schulter ab und sagte, eine Luxation, wir müssen reponieren. Rudi wollte wissen, was das zu bedeuten habe. Brewster antwortete, nun, sie hat sich das Gelenk ausgekugelt. Rudi giftete, das weiß ich, ich bin nicht dumm, Sie müssen mir nicht übersetzen, was Luxation heißt. Ich hatte Sie gefragt, was das zu bedeuten hat! Brewster schaute an ihm vorbei und sagte, so gut wie nichts. Das passiert. Die initiale Kraft, die beim Auslösen des Stroms wirkt. Mitunter kommt es auch zu Knochenbrüchen. Er zog einen Stuhl heran und forderte Tami auf, sich rittlings darauf zu setzen. Die Schwester half ihr beim Aufrichten. Tami hievte sich mit verzerrtem Gesicht auf den Stuhl, und die Schwester legte ihr den Arm über die Lehne. Brewster zog ihn mit einem Ruck nach unten. Es knackte. So, sagte er, das dürfte es schon gewesen sein. Zur Probe schlenkerte er Tamis Arm, führte ihn nach oben und drehte ihn. Brewster nickte ihr zu: Sie können sich jetzt langsam wieder bewegen. Der Schmerz wird nachlassen. Und zu Rudi: Wie gesagt, das passiert.

In Paris speiste Marlene mit einem Mann, der nicht Jean Gabin war, im Fouquets. Sie sah verführerisch aus wie immer, wenngleich sie jetzt noch einiges mehr dafür tun mußte als früher. Vor Filmaufnahmen liftete sie ihr Gesicht unter den Haaren mit Klebeband, und hier im Restaurant verschlang sie zwischen den einzelnen Gängen Zitronenscheiben, um ihre Wangenmuskeln zu straffen.

Und dennoch war sie an diesem Abend nicht die Attraktion im Saal, war sie nicht diejenige, der die verstohlenen Blicke der übrigen Gäste galten. Die Attraktion saß etwa zehn Meter von ihr entfernt, eine junge Frau mit feinster Alabasterhaut und schulterlangen, glänzenden, blauschwarzen Haaren. Sie trug ein enges, schwarzes, ärmelloses Kleid und keinerlei Schmuck, nicht einmal einen Ring am Finger. Sie schien nur aus diesen beiden Farben zu bestehen, Schwarz und Alabasterweiß, und ohne daß Marlene es wollte, begann die

Frau, der heimliche Mittelpunkt des Saals, auch sie gefangenzunehmen. Diese bleiche Haut, dachte sie, ist gewöhnlich kombiniert mit roten oder hellblonden Haaren. Wieso nur hat diese Frau hier, dieses Geschöpf, die Mähne einer Indianerin? Welcher Laune der Natur entsprang sie denn? Marlene redete sich ein, es könne ihr egal sein. Doch je länger sie das tat, um so ärgerlicher wurde sie. Um so stärker machte sich in ihr das unbekannte – oder perfekt verdrängte – Gefühl breit, eine Unterlegene, eine von der Zeit Benachteiligte zu sein. Sie war jetzt 50, und erstmals begriff sie, daß es einen gravierenden Unterschied machte, ob man, wie sie, 20 Jahre jünger *aussah*, oder ob man, wie die weiße Indianerin da drüben, 20 Jahre jünger *war*. Das eine ist nur eine stolze Behauptung. Das andere ist der Stolz selber.

Und doch! Sie war Marlene Dietrich! Sie würde sich nicht so leicht geschlagen geben. Sie wandte jäh ihren Kopf zu dem Mann an ihrer Seite, auch er 20 Jahre jünger als sie, auch er im Banne der Fremden, wie sie sofort sah, und flüsterte ihm etwas ins Ohr, das ihn erröten ließ. Außerdem schaute sie, aus sportlichen Gründen, immer wieder unverblümt zum Begleiter der Frau, zu dem ebenso hinreißend aussehenden Mann an ihrem Tisch; dies, meine Schöne, ist eine Art Duell, das wir jetzt austragen wollen, dein Pech, wenn du es noch nicht weißt, wenn du noch Zeit benötigst, es zu verstehn. Und erwiderte er jetzt nicht schon ihren, Marlenes Blick? Ja. Und tat er es nicht ohne Rücksicht auf Verluste? Sicher. Eben noch hatte er vertraut mit seinem Mädchen geredet, und jetzt starrte er hierher, als wäre es Luft. Und plötzlich, ohne noch einmal zu ihm zu schauen, erhob er sich und kam herbei.

Er fragte, ob er sie – sie beide – störe.

Marlene hob ihr Kinn und senkte ihre Lider, fixierte ihn aus ihren berühmten Augenschlitzen. Und wenn? fragte sie mit ihrer ebenso berühmten Mischung aus Neugier und Langeweile.

Der Mann deutete eine Verbeugung an und sagte, dann würde ich Sie – er nickte Marlene zu – um ein Treffen zu einem anderen Zeitpunkt bitten.

Es war genau die elegante Offensive, die sie liebte. Sie winkte einem Kellner und ließ ihn einen Stuhl heranbringen. Sie beschloß, den Mann noch ein wenig herauszufordern, ihn auf seine *Festigkeit* zu prüfen, und fragte, ob er seine hübsche Freundin des öfteren so düpiere.

Er lächelte. Sie ist meine Frau, und sie versteht, daß ich zu Ihnen gehen mußte.

Marlene zupfte ihm langsam einen Fussel von seinem Jackett. So, Sie mußten also zu mir kommen. … Sie rieb den Fussel ein paar Sekunden zwischen Daumen und Zeigefinger, ließ ihn endlich fallen, hielt, solange er fiel, ihre Finger unverändert in einer Position.

Ja, sagte der Mann, ich mußte die Gelegenheit nutzen. Mein Name ist Durant. Pasquale Durant.

Sie neigte den Kopf, und er begriff, sie erinnerte sich nicht.

Doktor Pasquale Durant. Mehr sagte er nicht. Er wollte ihr nicht zu weit entgegenkommen, wollte, daß die Dinge zwischen ihnen beiden im Gleichgewicht blieben, deshalb schwieg er.

Wie auch sie. Aber an ihren Gesichtszügen konnte er ablesen, daß sie nun wußte, wer er war. Sie waren mit einemmal hart geworden.

Endlich brach Durant das Schweigen. Er sagte, ich würde gern erfahren, was aus Mademoiselle Tamara geworden ist. Wenn Sie es wissen.

Was geht Sie das an? fragte Marlene. Ohne Durants Antwort abzuwarten, rief sie, erst schreiben Sie mir einen unverschämten Brief, das haben Sie doch getan, nicht? und nun kreuzen Sie hier auf und stehlen mir die Zeit.

Durant erinnerte sich ihrer damaligen abschätzigen Erwiderung. Er war mittlerweile Professor, das hatte er eben bei der Vorstellung verschwiegen, er hatte seine eigene Klinik und lehrte an der Sorbonne. Er biß sich auf die Zunge. Dann sagte er, ich möchte nicht mit Ihnen streiten. Wissen Sie, es ist einfach so: Mir hat damals die Genesung Ihrer Freundin sehr am Herzen gelegen. Ich habe noch mitunter an sie gedacht. Es kommen und gehen viele Patienten, aber manche bleiben einem besonders in Erinnerung.

Marlene schwieg abermals.

Mademoiselle Tamara hatte ein wunderbares Wesen …, sagte Durant.

Wunderbares Wesen! stieß Marlene aus.

Durant zwang sich, nicht auf ihren Ton einzugehen. Wenn ich mich getäuscht haben sollte, dann klären Sie mich bitte auf.

Sie winkte ab, aber dann konnte sie doch nicht an sich halten und rief, Ihr wunderbares Wesen spielt mittlerweile verrückt. Zum Beispiel sticht sie sich Nähnadeln ins Gesicht! Oder sie steht bei 15 Grad minus und verdammt scharfem Wind so lange auf dem Deck der South Ferry, bis sie ein Eisklumpen ist, sie fährt stundenlang mit diesem Schiff vor Manhattan herum und bewegt sich nicht von der Stelle, so daß die Matrosen sie mit Gewalt an Land bringen müssen! Nun, was sagen Sie dazu? Sehen Sie! Jetzt sind Sie stumm!

Durant schüttelte den Kopf. Sie reden von ihr, als sei das alles eine Verfehlung ihres Charakters.

Was denn sonst! rief Marlene.

Durant dachte, Unkenntnis und Eigenliebe mögen, jeweils für sich genommen, unangenehm sein; beides zusammen ist verheerend. Er fragte sich, wie lange es ihm gelingen würde, seinen Zorn über diese Frau zu unterdrücken. Es handelt sich ohne Zweifel um eine Krankheit, sagte er.

Marlene lachte auf. So, holt man sich das vielleicht wie einen Schnupfen, ja?

Durant studierte die Decke. Dann erklärte er: Es gibt viele Ursachen. Es ist meistens ein Geflecht von Gründen.

Genauer geht's wohl nicht?

Er starrte Marlene ein paar Sekunden an, mit einem Blick, den sie nicht zu deuten wußte, und sagte schließlich mit leiser, schneidender Schärfe: Aber natürlich. In Mademoiselle Tamaras Fall müssen wir, vereinfacht gesprochen, damit es für Sie verständlich ist, von einem nahezu übermächtigen persönlichen Unglück ausgehen. Die Frage ist, wie und wann dieses Unglück zur Krankheit wurde. Das kann ich leider nicht beantworten, da Sie mir damals das Mandat entzogen hatten. Aber in aller Regel ist so etwas ein langer, schleichender Prozeß.

Marlene lief rot an und rief, ich verbitt …, doch Durant unterbrach sie mit einer Bestimmtheit, die sie sprachlos machte. Fangen Sie nicht an, herumzuwüten. Ich habe Sie nicht beschuldigt, um Sie gleich zu berichtigen. Es stünde mir gar nicht zu. Aber Sie fühlen sich beschuldigt, nicht wahr?

Durant spürte, wie er auf dem schmalen Grat zwischen Selbstsicherheit und Arroganz wandelte. Er konnte sich zusehen dabei. Er würde nicht abstürzen. Er wußte, daß er immer dann, wenn ihn jemand reizte, am besten war, und er wunderte sich nur, warum Madame Dietrich nichts mehr entgegnete.

Er sagte, aber lassen wir das jetzt und kommen wir auf Mademoiselle Tamara zurück. Ich möchte gern wissen, wie sie zur Zeit behandelt wird.

Marlene schwieg, störrisch jetzt.

Bitte!

Sie kriegt das Modernste, was es gibt.

Er schaute sie fragend an. Dadurch, daß er keine Ahnung zu haben schien, was sie gemeint hatte, fand sie zu ihrer alten Schnoddrigkeit zurück: Das müssen Sie doch wissen, was das Modernste ist.

Jeder hält etwas anderes für modern.

Elektroschocks.

Wie viele? In welchem Zeitraum?

Das weiß ich doch nicht. 30? 40? In einem halben Jahr? So viele jedenfalls, wie sie braucht.

40 in einem halben Jahr! rief Durant entsetzt. Ihm war bekannt, daß viele seiner Kollegen die Schocks derart häufig anwandten, weil sie in ihnen ein neues Allheilmittel sahen, doch er selber lehnte das strikt ab, denn es waren bislang kaum seriöse Untersuchungen zu diesem Thema veröffentlicht worden. Nach seinen Erfahrungen trat eine Besserung des Seelenzustandes

der Patienten entweder nach zwölf bis fünfzehn Behandlungen ein oder gar nicht. Im Gegenteil, mehr Schocks schienen nur zu mehr Verwirrung zu führen. Von einem bestimmten Punkt an, das war für ihn offensichtlich, bedeuteten sie eine unberechenbare Gefahr.

Hören Sie! Wie heißt der Kollege in New York? Sie wohnt doch jetzt in New York, habe ich das richtig verstanden?

Gewiß. Aber den Namen kriegen Sie nicht.

Wieso nicht?

Marlene schaute Durant herausfordernd an. In dem Spiel, das sie ohne Zweifel verloren hatte, war der Moment gekommen, da sie wenigstens den letzten Punkt machen konnte. Weil dieser Arzt eine Koryphäe ist. Weil er mir von meinen amerikanischen Freunden empfohlen wurde und weil ich keine Lust habe, in ein paar Tagen von ihnen gefragt zu werden, ob ich diesen aufgeplusterten französischen Kontrolleur auf ihren Mann gehetzt hätte. So, und damit dürfte unser Gespräch beendet sein.

Durant begriff, wie vergeblich seine Bemühungen gewesen waren. Er konnte nichts mehr für Mademoiselle Tamara tun. Wahrscheinlich war es vermessen gewesen, daß er sich eingebildet hatte, die Dinge überhaupt beeinflussen zu können.

Also, wenn Sie auf dem Stuhl festgewachsen sind, sollten Sie ihn einfach mitnehmen, spottete Marlene.

Durant erhob sich, ging schwerfällig zu seinem Tisch und nahm Platz. Er stützte seine Unterarme auf die Platte und verknotete seine Finger, bis eine Alabasterhand sich auf seinen Nacken legte, ein Alabasterdaumen unter sein Ohrläppchen fuhr und er Gänsehaut bekam und sich lächelnd schüttelte.

16

Du siehst schon wieder gut aus, Rudi.

Hör auf, ja.

Okay, das war eine Übertreibung. Aber nur eine leichte. Wie geht's dir?

Stell dir einen Pfannkuchen vor, in dem zuviel Marmelade ist. Seltsam: Die nehmen einem den halben Magen raus, und man fühlt sich voller als zuvor.

Lauter dickes, warmes Blut, das ist normal.

Nett, daß du das normal findest.

Es *ist* normal.

Nichts ist normal. Erst dieser Herzinfarkt, und jetzt das. Ein Defekt nach dem anderen, falls du es noch nicht bemerkt haben solltest. Wenn ich mich überarbeitet hätte. Aber das hab ich nicht. Ich hab ja nichts getan. Ich hab keinen Finger krumm gemacht. Hat eine Weile gedauert.

Was?

Das zu erkennen. Jeder normale Mensch, der einen Infarkt kriegt, kriegt ihn, weil er sich überanstrengt hat. Ich aber krieg einen wegen Unteranstrengung, das ist schauerlich.

Werd nicht wehleidig, Rudi. Männer, die so sind, sind nicht zu ertragen. Höchstens fünf Minuten, und die sind gleich um.

Ich bin nicht wehleidig. Darüber bin ich hinaus. Ich war es mal, zugegeben, aber als ich es war, ist es keinem aufgefallen. War ja niemand in der Nähe, bis auf Tami, und die war nicht aufnahmefähig. Jetzt siehst du hier einen Mann, der sich nichts mehr vormacht. Ich hatte ja auch lange genug Zeit zum Überlegen. Ich stell mich jetzt den Tatsachen, und die erschreckendste Tatsache ist, daß ich nichts erreicht hab in meinem Leben, gar nichts. Was hätt ich erreichen können! Marlene, ja, die hat immer weitergemacht, immer vorwärts, vorwärts, vorwärts. Ich aber hab irgendwann aufgehört und hab es gar nicht gemerkt. Sie ist eine Göttin geworden und ich ihr *forgotten man*, das ist die Wahrheit, Hans, da kannst du sagen, was du willst.

Ich sag nichts dagegen.

Weil du es schon lange weißt. Hättest mir ruhig mal einen Wink geben können. Hast dich nicht getraut, stimmt's?

Ich hatte lange nicht den Eindruck, daß du's mir abgenommen hättest. Aber stimmt schon, vielleicht hab ich mich auch nur nicht getraut. Rudi?

Ich höre.

Du solltest raus aus der finanziellen Abhängigkeit von Marlene. Die tut dir am wenigsten gut.

Weiß ich. Marlene schickt mir jetzt schon Schecks ohne irgendein Wort. Solange sie was dazugeschrieben hat, war es akzeptabel. Mehr als das. Aber die Schecks pur sind demütigend. Dabei meint sie es nicht so. Sie meint es wirklich nur gut.

Ja, einerseits, … aber andrerseits … guck mich nicht so an, reden wir ehrlich, oder nicht?

Doch.

Sie meint es gut, sicher. Aber ich denk, tief in ihrer Seele genießt sie es auch. Sie reibt sich, unbewußt sozusagen, die Hände. Glaub ich jedenfalls. Und zwar genießt sie zweierlei: die Wohltat ihrer Gaben und deine Fügsamkeit, die sie sich mit genau diesen Gaben erkauft. Hängt beides zusammen. Wie gesagt, tief in ihrer Seele passiert's. Eine Berechnung, gegen die niemand ankommt. Man kann nicht mit ihr darüber reden. Sie würd nur zornig werden. Sie würd reinsten Gewissens abstreiten, daß …

… Hans, zum Praktischen: Wenn ich was finde, das ich anfangen kann, und ich brauche Startkapital, krieg ich das von dir?

Ich war eigentlich noch nicht fertig, aber ich versteh, wenn es dir reicht. Ist auch genug. Natürlich kriegst du das Geld – sofern du nicht gleich General Motors aufkaufen willst. Und sofern du bereit bist, Marlenes Flüche auszuhalten. Sie wird dich nämlich nicht gern aus ihrer Fürsorge entlassen, das ist dir hoffentlich klar?

Ich werd es ihr beibringen. Vielleicht sag ich ihr, du hättest mich überredet, kurz nach der Operation, als ich völlig wirr im Kopf war.

Kein Problem, schick sie zu mir.

Großmaul.

Selber.

21. März: Zu dritt fahren sie durchs Hinterland von Los Angeles, Hardy H. Henderson, Nachbar von Hans Goldamer in Beverly Hills, sowie Hans und Rudi. In Hendersons Wagen, einem weißen Cadillac, klappern sie Grundstücke ab, und Hans wundert sich noch immer die ganze Zeit: Daß Rudi *das* versucht! Es gibt doch Dutzende einfachere Möglichkeiten, und er will ausgerechnet *so etwas* machen! Aber Hans denkt es voller Hochachtung: Ich könnte das nie und nimmer. Der Dreck. Der Krach. Das frühe Aufstehn. Und ohne Erfahrung. Dreimal winkt Rudi, kaum, daß er ausgestiegen ist und einen Blick auf das Land geworfen hat, mit einer Hand ab, bei der vierten Station bittet er Henderson um die Schlüssel. Es handelt sich um ein mit einem schlichten pinkfarbenen Haus sowie mit einem Ziegenstall bebautes Eckgrundstück. Der Anstrich des Hauses gefällt ihm zwar nicht, er erinnert ihn an wässriges Himbeereis. Doch einerlei, sofern Rudi sich nicht täuscht, hat das Gelände ungefähr die Größe, die er sucht. Er bittet Henderson, nachzuschauen, und der Makler, erfreut darüber, daß ihre stundenlange Tour endlich von Erfolg gekrönt zu sein scheint, blättert eifrig in seinen Listen. 500 Acres. Rudi nickt. Er betritt das kleine Haus, bereit, es mit großem Wohlwollen zu durchstreifen. Er verliebt sich, da er sich gern in ein Zimmer verlieben will, in das Bad, in dem alles gelb und braun gehalten ist, die Kacheln, die Schränke, die Einfassungen von Wanne und Dusche. Und das Waschbecken befindet sich in einem Erker. Er hat Erker schon immer gemocht, hat sich in ihnen beschützt gefühlt wie in kleinen Festungen. Aber noch nie hat er ein Waschbecken in einem Erker gehabt. Er streicht mit den Händen über das braune Porzellan, schlägt mit der flachen Hand darauf. Nun kommt es nur noch auf den Preis an. Wieviel, fragt er Henderson. 10 000, weil Sie ein Freund meines Freundes sind. – Und wieviel wären es sonst? – Das sollten Sie nicht fragen, Sir. Rudi schaut zu Hans, und der nickt. Okay, sagt Rudi. Alle drei schütteln sich die Hände und gehen zurück zum Auto, doch während die anderen beiden einsteigen, bleibt Rudi stehen und dreht sich langsam, wie ein automatisches Fernrohr, um seine Achse. Jetzt erst nimmt er die Umgebung wahr, prägt sie sich ein: Dies ist ein weites, karges, stoppliges, baumloses, spärlich bebautes Tal mit größtenteils unbefestigten Straßen. Dies hat nichts mit Santa Monica, Malibu oder gar Bel Air zu tun. Dies ist ja fast die Wüste. Schon heute ist es sommerlich warm, schon heute schluckt man Staub. In drei Monaten wird es hier mörderisch heiß und saharatrocken sein. Es kann einen umbringen, denkt Rudi. Noch hat er nicht unterschrieben, noch kann er zurück. Aber das will er nicht. Er mag nicht länger ausweichen, oder nicht schon wieder, er wird das jetzt durchziehen. Er steigt ein und fragt Henderson, wo sie eigentlich sind. – San Fernando Valley, Sir. Die genaue Adresse lautet – er befeuchtet seinen Zeigefinger, blättert in seinen Unterlagen – hier, das ist 14265 Polk Street hier. Henderson lacht schallend. Kann man vielleicht noch umbenennen von Polk in Chicken, was?

25. März: Tami sagt, uich, San Fernando, nie gehört. Dabei strahlt sie wie ein Honigkuchenpferd. Seitdem sie weiß, Rudi will sich mit ihr selbständig machen, seitdem sie spürt, diesmal wird wirklich alles anders werden, denkt sie, es ist doch völlig egal, wo wir hingehen. Und das sagt sie ihm jetzt: Ich gehe mit dir auch direkt in die Wüste. Er lächelt. Sie fügt hinzu: Aber schön, daß das Meer nicht so weit ist. Und daß es ein wärmeres ist als hier. Wir können dort öfter schwimmen. Ich werde mir noch einen Badeanzug kaufen, ja, ich brauche sowieso einen neuen. Rudi antwortet streng, ich werde nicht zum Baden kommen, und du auch nicht, du weißt doch, du mußt immer mithelfen, das haben wir ja wohl zur Genüge besprochen. Es ist vorbei mit dem Faulenzen, Tamula. Aus und vorbei.

26. März: In ihrem Bett, in das sie soeben geschlüpft ist, befindet sich etwas, das da keinesfalls hingehört, eine kleine Rolle. Sie zieht sie unter ihrem Körper hervor und breitet sie aus. Roter Stoff, kaum mehr als ein Fetzen. Sie juchzt, läuft zu Rudi, schwenkt das Stück und ruft, ja was haben wir denn hier? ist das nicht ein Badeanzug? also wer hat denn hier nichts begriffen? da kenn ich aber nur einen.

27. März: Marlene wütet nicht. Nach ein paar Sekunden der stillen Fassungslosigkeit, in denen Rudi ist, als steigere sich das übliche Rauschen in der Leitung zu einem Dröhnen, sagt sie kühl, jegliche Entfremdung, sollte sie einmal eintreten, wird ihren Ursprung darin haben, daß du meinst, wir brauchten einander nicht mehr zu konsultieren, bevor wir Entscheidungen treffen. Du mußt nun tun, was du nicht lassen kannst. Aber erwarte bitte nicht, daß ich auch nur einen Cent in *deine Bude,* in *deine großartige Ranch* pumpe, wenn es mal nicht so läuft. Rudi schlägt das Herz bis zum Halse, aus Angst, es werde tatsächlich alles schiefgehen, und aus Verzweiflung darüber, daß er Marlene beleidigt hat. Er kann ihr das nicht erklären. Er sagt, es tut mir so leid, Mutti, das mußt du mir glauben. Ich liebe dich wie immer. Ich habe dich nicht vergessen. Habe ich nicht und werde ich nie, das weißt du doch. Marlene antwortet, ich meinte es zu wissen, und legt auf. Zehn Minuten später aber meldet sie sich noch einmal und läßt eine Kaskade von Fragen auf ihn niederprasseln, über das Haus, das Grundstück, die Steuern und über all die Anschaffungen, die Rudi und Tami nun werden tätigen müssen. Sie dringt darauf, die 10 000 Dollar sofort abzulösen. Das hat er erwartet, hat er befürchtet. Weder darf er Marlene jetzt ein zweites Mal brüskieren, noch darf er einwilligen. Er antwortet, was er sich in weiser Voraussicht zurechtgelegt hat und was außerdem die reine Wahrheit ist: Ich würde jetzt Hans beleidigen, und das will ich nicht auch noch. Schlimm genug, daß du beleidigt worden bist. Und damit hat er sie. Damit hat er Marlene überzeugt.

15. Juni: Kurz bevor der Möbelwagen kommt, rennt Rudi, einer plötzlichen Idee folgend, ins Bad und hält seinen Kopf unters Wasser. Er tritt in den Flur, greift sich den in zwei graue Decken gewickelten mannshohen Spiegel, legt ihn frei und stellt ihn so an die Wand, daß er darin sein Gesicht betrachten kann. Rudi zieht einen Kamm aus seiner Hosentasche. Er versetzt seinen Scheitel, den er zeit seines Lebens links getragen hatte, nach rechts. Das heißt, er versucht es. Aber die störrischen Haare richten sich trotz ihrer Länge und trotz ihrer Nässe immer wieder auf, als würden Stromwellen durch sie fahren. Rudi kämpft noch eine Weile mit ihnen. Dann ruft er nach Tami, die im ausgeräumten Wohnzimmer eine Zigarette raucht, und bittet sie, nach Pomade zu suchen. Verwundert öffnet sie die Kiste mit dem Kosmetikzeug. Sie fragt sich, warum er sich gestern abend seine Haare gewaschen hat und jetzt schon wieder. Sie findet die Pomade, bringt sie Rudi, schaut ihm zu. Und endlich begreift sie. Obwohl er sein Werk stumm verrichtet, denkt sie, daß sie seit einer Ewigkeit keine so schöne Geschichte mehr von ihm gehört hat. Sie lauscht, wie er sich zu Ende kämmt, dieses leise Schleifen, diese dahinfließende Erzählung, dieses aus einer Laune entstandene und doch völlig ernst gemeinte Versprechen.

16. Juni: Die Maschine, die um 11 p. m. in New York losgeflogen ist, brummt ruhig und kräftig, doch für ihre Passagiere ist jetzt nicht mehr erkennbar, daß sie sich fortbewegt. Sie scheint steckengeblieben in der umfassenden Dunkelheit, die sich über das Land gelegt und draußen jegliche Markierung verdeckt hat. Möglicherweise überquert sie gerade Ohio, oder schon Missouri, oder Kansas, wer weiß. Tami lehnt ihren Kopf an Rudis Schulter. Ich kann hier nicht schlafen, sagt sie, erzählst du mir über die Hühner? Ihre Frage erreicht ihn, der schon geschlummert hat, aus weiter Ferne. Seine Lider geschlossen haltend, zieht er die einzelnen Worte mühsam zu sich heran, bis er sie begreift. Dann versucht er, sich der Dinge zu erinnern, die er auf der Farm drüben in New Jersey erfahren hatte, wo er zwei Wochen, als eine Art Lehrling, zum Beobachten und Einarbeiten gewesen war. Leise erzählt er: Es ist ein großer Unterschied, ob du fünf Hühner auf einem Haufen hast oder 500. Die fünf mögen dich mit ihrem Kopfzucken und überhaupt mit ihren eckigen Bewegungen vielleicht belustigen. Aber die 500, wenn du über so eine Batterie hinwegschaust, flimmern dir regelrecht die Augen vor lauter Hin- und Hergezacke. Und genauso einprägsam ist das Kratzgeräusch, das sie mit ihren Füßen machen. Es klingt wie fortwährendes Wasserplätschern, wie das Schwappen kleiner Wellen. Du denkst ja vorher nur an ihr Gegackere. Und dann hörst du von überall her dieses Plätschern. Wirst es selber erleben. Es hört natürlich auf, wenn die Hennen Eier legen wollen. Sie schmiegen sich dann still aneinander, ist ja klar, sie erhöhen die Temperatur in ihrem unmittelbaren Bereich. Aber du ahnst nicht, um wieviel Grad, es ist unglaublich: um sage und schreibe 18 Grad. Sobald man ihnen zu nahe kommt, tritt einem der Schweiß auf die Stirn. Als ob sie einen in diesen Minuten von sich fernhalten wollten. Rudi stockt, und Tami flüstert sogleich: mehr. – Mehr erzählen? – Sie drückt zur Bestätigung ihren Kopf an seinen Hals. – Ja, was noch? Für uns ist wichtig, daß wir die Chicks erst nehmen sollten, wenn sie 18 Wochen alt sind. Vorher wäre es unsinnig, denn sie beginnen nicht vor der 21. Woche, Eier zu legen, und von da an vergehen nochmal ein paar Wochen, ehe sie ihre Hochform erreicht haben. Hochform bedeutet, sie schaffen 250 Eier pro Jahr. Diese Phase hält allerdings auch nur maximal zwei Jahre an. Danach baut selbst die beste Henne schon wieder ab. Mit ein bißchen Glück kann man sie noch als Suppenhuhn verkaufen, der Preis liegt derzeit bei 20 Cent. Übrigens, Tamula, je älter die Hennen werden, um so größere Eier legen sie. Je größer aber die Eier, um so dünner ihre Schale, das rührt daher, daß die Hennen mit der Zeit immer weniger Kalk produzieren, weshalb wir, eher zu früh als zu spät, ihnen welchen zuführen müssen, und das werden wir tun, indem wir ihrem Futter geschrotete Knochen … Tamula? Tamarotschka?

18. Juni: Rudi hat von Henry H. Henderson einen Jeep erworben, Baujahr 1948, Tachostand 49 750 Meilen, und fährt mit dem Wagen, der, wie sich herausstellt, von Mal zu Mal schwerer anspringt, gleich nach dem Kauf diverse Dinge besorgen:

Gardinenstangen ($ 1,86)
eine Gartenharke (–,44)
eine Bratpfanne (1,25)
Levis Jeans (3,75)
ein blaues Arbeitshemd (1,69)
zehn Eierkartons für jeweils 250 Eier (à 3,18)

Als er wieder in der Polk Street ankommt – es ist früher Nachmittag, und über ihm brutzelt ein riesiges Spiegelei, die gelbe Sonne im weißen Himmel –, sieht er Tami mit einem Korb voller nasser Wäsche und mit einem Dutzend Bügeln im Garten stehen. Er läuft ihr entgegen und bemerkt, daß sie feuchte, rote Augen hat. Rudi starrt sie an. Sie zieht lächelnd ihre Schultern hoch, sagt: Es ist nix, mach dir keine Sorgen, nur diese grauenvolle Hitze. Sie brennt mir fast die Lider weg. Tami nimmt das erste Hemd, zieht es über einen Bügel und hängt den Bügel auf einen der harten, glatten Blätterstummel des Kaktus neben ihnen. Bald hat sie alle Stummel geschmückt. Und ich hatte das Ding in Gedanken schon Kronleuchter getauft, sagt Rudi. Wie dumm, antwortet Tami, das sieht man doch gleich, daß es mehr ein Wäscheständer ist.

22. Juni: Heute fährt Rudi Oleanderbüsche kaufen. Er wird sie in einer langen Reihe direkt vor dem Zaun pflanzen. Darum hat Marlene ihn gebeten. Sie hat angekündigt, im Winter für ein paar Tage zu Besuch zu kommen, denn von Vegas, wo sie für 30 000 Dollar pro Woche singen wird, ist es ja nur ein Katzensprung hierher. Papilein, hör zu: Ich werde mir gern ansehen, wie es *auf deiner tollen Ranch* so zugeht, aber ich will da nicht begafft werden. Mich muß da niemand entdecken, dafür wirst du sorgen, nicht?

23. Juni: Batteriewechsel. Zorn stiebt auf. Man sollte Henderson die neue Batterie in Rechnung stellen! Und die Arbeitszeit! Und die Kernseife und den Bimsstein noch dazu! Und zwar mit geharnischten Worten! Hat er, Rudi, sich früher nicht ganz andere Gelder zurückgeholt? Sicher. Wie einfach das ging. Heute aber, heute erübrigt sich der bloße Gedanke. Du kannst nichts fordern von jemandem, wenn du erstmal auf seine verdammten Freundschaftspreise angewiesen warst. Du kannst nur deine armseligen Körperöffnungen zusammenkneifen, und das und nichts anderes wird Rudi jetzt tun.

24. Juni: Am Vormittag sind die ersten 600 Hühner eingetroffen; der rechte Anlaß für Rudi und Tami, am Abend vor dem Haus eine Rotweinflasche zu leeren. Und noch eine. Beschwipst blickt Rudi auf den Weg, der zum Gartentor führt. Das ist zu kahl alles, ruft er, das muß man verzieren! Er holt eine kleine Schippe, gräbt am Rande des Weges zwei Löcher und steckt die Flaschen mit ihren Hälsen hinein. Rudi drückt mit dem Fuß auf den ersten Flaschenboden, bis er ein Knirschen hört, dann auf den zweiten, und dann nehmen beide sich vor, eine lückenlose Flaschenkette an jeder Wegseite zu knüpfen, und sie schließen eine Wette ab, wie lange sie dafür brauchen werden. Rudi meint, sechs bis sieben Jahre, Tami sagt, ach was, nicht mehr als drei.

30. Juni: Er zimmert ein großes Holzschild und malt darauf:

POULTRY RANCH
ONE BLOCK SOUTH
CORNER OF DRONFIELD

und sie gehen bis zur nächsten Ecke, wo Tami das Schild hält und Rudi es mit einem Gummihammer in den Boden rammt, lauter dumpfe Schläge, die ihr glockenhell erscheinen, die richtige Musik zur dreizeiligen Verkündigung, und als sie zurück sind, malt auch sie etwas, Ruditsch, malt sie auf ein Blatt Papier, das sie gleich in seinen Tagesplaner stecken wird, ich bin so glücklich für dich und mich, daß wir so glücklich sind in unserem neuen Leben.

Im Herbst besaß Rudi schon 1 650 Hühner, die Eier legten, aber das waren weniger, als es Mitte Juli gewesen waren. 150 Tiere waren ihm weggestorben in der sengenden Hitze des Sommers. Im Terrace Grill, einem schäbigen Lokal, dessen einziger Vorteil darin bestand, daß er es zu Fuß erreichen konnte, hatte ihn ein Mann namens Vince zu beruhigen versucht: Passiert so gut wie jedem hier im Umkreis von 500 Meilen, der ein paar Hühner hält, und so gut wie jedes Jahr. Den Viechern geht's wie den Menschen, sie können in der Nacht einfach nicht schlafen. Und dann rennen sie, weil sie's im Gegensatz zu den Menschen nicht anders wissen, wie blöde herum und trocknen aus. Muß man einkalkulieren hier. Jetzt wissen Sie's. Rudi hatte genickt und versucht, die Verluste abzuhaken.

Wenn es nur seine einzige Sorge geblieben wäre! Doch im Laufe der Zeit erwies sich, wie fehlerhaft die finanziellen Berechnungen gewesen waren, die er in New York angestellt hatte. Ihm waren damals ein paar Kleinigkeiten entgangen; nun summierten sie sich. Zum Beispiel mußte jedes der jungen Hühner, die er kaufte, gegen Zahlung geimpft werden. Der Hygieneinspektor, der von Gesetzes wegen zu regelmäßigen Kontrollen auf der Farm verpflichtet war, verlangte, natürlich, für jeden seiner Rundgänge ebenfalls ein Honorar. Und besonders gravierend wirkte sich aus, daß die Kosten fürs Futter unaufhaltsam stiegen, während der Preis für die Eier festgefroren blieb, nämlich bei vier Cent.

Und da war noch etwas Unabänderliches, etwas Schicksalhaftes, dem Tami und Rudi Tribut zu zollen hatten, da waren ihre welkenden, alternden, schon lange nicht mehr grenzenlos belastbaren Körper.

Rudi blickte, wenn er nach dem Waschen seine Handrücken über dem Becken im Erker auf ihre Sauberkeit hin überprüfte, auf einen Teppich brauner Flecken, und Tami sprossen, wie besonders gut abends zu sehen war, wenn sie im Profil vor der untergehenden Sonne stand, am Kinn die ersten fünf oder sechs drahtigen Haare (die ihn, anders als seine Flecken, ärgerten, denn im Unterschied zu diesen konnte man gegen jene etwas unternehmen, man konnte sie einfach herausreißen, sofern man noch etwas auf sich hielt).

Rudi schmerzte, sobald er sich die 25 Kilo schweren Futtersäcke auflud, der Rücken. Und er hatte doch täglich zehn solcher Säcke zu transportieren, damit alle seine Hühner auf ihre Ration von 120 Gramm kamen. Manchmal mußte er, vorgeschädigter Lastenesel, der er war, einen Sack mitten auf dem Weg über die Seite abrollen lassen und seinen Rücken geradebiegen, dann stand er da mit angewinkelten Ellenbogen und versuchte, ins Hohlkreuz zu gehen; aber manchmal hörte der Rücken auch von allein auf zu brennen, das geschah, wenn es vorne im Herzen zu stechen begann, als habe da jemand einen Spieß hineingedreht, die typische Schichtung, ein Schmerz legte sich über den anderen.

Tami wiederum riskierte bei ihren Versuchen, Rudi zu helfen, daß auch sie sich übernahm. Sie hatte, erschreckend für sich selber – denn sie kriegte doch, seit sie in San Fernando lebten, keine sie verwirrenden Elektroschocks und keine sie lähmenden Pillen mehr, sie brauchte das alles hier nicht –, nur noch die Kraft eines Kindes, ihr knickten die Beine weg, als sie, auf der Leiter stehend, mit beiden Armen die Dachrinne stützte, die Rudi anbringen wollte. Was machst du denn, brummte er, halt doch mal still. Und sie rief, ich kann nicht mehr, mir wird schwindlig, Rudi, warte, ich muß runter, so warte doch einen Moment.

Rudi murmelte, worauf habe ich mich da nur eingelassen, andere in meinem Alter setzen sich zur Ruhe, und ich Idiot schufte mich zu Tode.

Und Tami dachte, bei meiner Seele, wir tun hier das Schönste, was wir je getan haben, aber weil wir es so spät tun, ist es vielleicht gar nicht mehr das Schönste, sondern nur noch das Beschwerlichste. Das eine erstickt das andere, und nur, weil soviel Zeit vergangen ist. Nein, das soll nicht stimmen. Ich will nicht, daß das stimmt.

Sie würden die Arbeit niemals alleine schaffen, das erkannten sie bald, und so ging Rudi ins Terrace Grill, um in Erfahrung zu bringen, wo er eine Hilfskraft herbekommen könnte. In dem Restaurant war es an jenem Abend so ruhig, daß er, als er eintrat, die kürbisgroße Wanduhr über dem holzbeschlagenen Tresen ticken hören konnte. Stumm, und jeweils allein, saßen drei

Männer über ihrem Bier. Der einzige, den Rudi kannte, war Vince. Er nahm bei ihm Platz, bestellte ein Bier und fragte ihn, ob er nicht jemanden wüßte, den er einstellen könnte. Vince tippte sich, stumm bleibend, zum Tresen blickend, einmal kurz mit dem Zeigefinger auf die Brust. Zunächst verstand Rudi nicht, dann schüttelte er überrascht und erfreut den Kopf. Sie orderten noch zwei Bier und redeten über Preis und Leistung. Rudi benötigte Vince für sechs Stunden täglich und wollte ihm 30 Dollar pro Woche zahlen, doch Vince sagte mit einem tiefen, fast bedrohlichen Lachen, das die anderen beiden Männer aufschrecken ließ, dafür würde niemand hier – hören Sie, niemand! – auch nur einen Finger krumm machen. Er schlug 40 Dollar heraus. Sie einigten sich per Handschlag und begossen ihre Abmachung mit einem Gin.

Vince war ein Mann mit der Statur eines Modellathleten. Von der Taille aufwärts bildete sein Körper ein straffes, makelloses V. In dem engen weißen Unterhemd, in dem er sogar jetzt, da es auf den Winter zuging, zur Arbeit erschien, ähnelte er den wagemutigen Monteuren, die in Manhattan, auf schmalen Stahlträgern tanzend, die Wolkenkratzer hochzogen. Allerdings tat er etwas, was sich die Jungs dort nie hätten erlauben dürfen: Er trank schon am Vormittag. Eine Zeitlang vermochte Vince das perfekt zu kaschieren. Seine Schritte wirkten fest, seine Handgriffe saßen, und seine Jumbos versteckte er in der Regenrinne, zu der er als einziger hochreichte, und das auch nur, wenn er sich mächtig streckte. Die Sache kam erst heraus, als sich ein wolkenbruchartiges Gewitter über dem Tal entlud und binnen Sekunden die Rinne bis obenhin mit

Wasser füllte. Eine fast leere Ginflasche wurde hochgespült. Ihr roter Verschluß hakte sich über dem Blechrand fest, wackelte noch leicht, ragte nun auffällig, wie eine Clownsnase, hervor. Ehe Vince sie herunterholen konnte, hatte die vor dem Regen ins Haus flüchtende Tami sie entdeckt.

Von da an ging alles sehr schnell. Es dauerte keine vier Wochen, und die Lage in der Polk Street hatte sich für immer geändert.

Vince zeigte sich nach seiner Enttarnung nicht reumütig, sondern angriffslustig. Er weigerte sich, bei Arbeiten zu helfen, die nicht die Hühner betrafen, und er begann, mit Rudi über die sachgerechte Behandlung der Tiere zu streiten, er benahm sich anmaßend, obwohl er wahrlich keinen Grund dazu hatte, denn Rudi hatte rasch gelernt und war ihm schon überlegen. Schick ihn weg, bat Tami; vergeblich. Den back ich mir noch, antwortete Rudi. Tami aber ahnte, daß er sich nur nicht eingestehen wollte, mit der Verpflichtung von Vince einen Fehler begangen zu haben. Er ist einfach der Falsche, sagte sie, komm, das kann passieren, das ist doch wirklich nicht schlimm.

Mit einemmal herrschte Rudi sie an: Du machst mir keine Vorschriften, Tamara! Du bist die letzte, die mir Vorschriften zu machen hat! Wie kommst du eigentlich dazu, so wenig, wie du mir hier eine Hilfe bist!

Der barsche Ton schoß aus der fernsten Vergangenheit zu ihr herauf, bohrte sich in sie hinein, scheuerte in ihrem ganzen Körper. Ihn früher regelmäßig erwartet zu haben war das eine, jetzt unvermittelt von ihm getroffen zu werden das andere. Dennoch, und zu ihrer eigenen Überraschung, mußte sie kaum merklich nicken. Ihr war, als dürfe sie sich plötzlich etwas eingestehen, als dürfe sie etwas zugeben: Je einfacher es Rudi mir gemacht hat, jenen Ton zu vergessen, um so mehr habe ich die Rückkehr des Tons gefürchtet. Ja, das Vergessen und das Erwarten sind letztlich eins gewesen.

Rudi nahm ihr angedeutetes Nicken als Einverständnis und stille Entschuldigung. Und als Startsignal: An den folgenden Tagen wies er Tami erst wegen jeder Kleinigkeit zurecht, dann ließ er ihr gegenüber hämische Bemerkungen fallen, und bald wurde er laut und grob.

Tamara, bitte, die Stalltür hat geschlossen zu sein und das Fenster leicht geöffnet.

Ich hatte gesagt, Olivenöl in die bauchigen Flaschen. Das kann doch nicht so schwer sein, das müßtest selbst du begreifen.

Vielen Dank, daß du so auf Gobbo aufpaßt. Hier, mein Strohhut, den er zerbissen hat, steht dir bestimmt wunderbar. Na los, keine falsche Bescheidenheit, setz ihn dir auf!

Ich ertrage das nicht mehr! Du siehst mittlerweile aus wie Daisy! Die gleichen langen, dreckigen Ziegenhaare! Bald wirst du anfangen, wie sie zu meckern!

Sie rupfte sich mit einer Pinzette die Haare vom Kinn, sie füllte das Öl um und verlor Gobbo nicht mehr aus den Augen, sie versuchte, alles in Ordnung zu bringen, was Rudi kritisiert hatte, in der Hoffnung, er werde sich wieder fangen. Doch je mehr Mühe sie sich gab und je mehr Kraft sie aufwendete, um so hektischer wurde sie. Ihr mißlangen nun die einfachsten Dinge. Sie pflanzte die Stiefmütterchen, die er gekauft hatte, nach dem Graben der Löcher nicht vorsichtig ein, sondern drückte sie fahrig, als schwinge hinter ihr jemand die Peitsche, auf den Boden herunter, sie malträtierte die Blätter, die vor ihren Augen erschlafften, und wurde gleich noch fahriger und holte in der törichten Erwartung, sie würden sich schon wieder aufrichten, wenn sie nur genügend Wasser erhielten, die Gießkanne und ließ einen heftigen Schwall auf sie niederprasseln. Am Ende klebten die Blätter, toten Faltern gleich, an der Erde, die blubberte wie ein kleines Moor.

Sie setzte sich, schrieb Rudi einen neuen Zettel und steckte ihn wie den ersten in seinen Tagesplaner: Rudolf, mir kommt es heute so vor, als hätte ich von unseren letzten glücklichen Monaten nur in einem Märchenbuch gelesen. Haben wir das wirklich erlebt? Jetzt ist unsere Beziehung unmöglich, das siehst Du doch hoffentlich ein. Du kannst nicht dauernd einem Menschen sagen, er sei blöd, dumm und faul. Ich weiß, daß ich meine Fehler habe, und vor allem weiß ich, daß die Behandlungen in all den Jahren mich mitgenommen haben. Das ist Dir doch auch alles bekannt. Und trotzdem drangsalierst Du mich, wo es nur geht. Alles haust Du mir auf den Kopf. Rudolf, ich bin mittlerweile so von Dir eingeschüchtert, daß ich direkt Angst vor Dir habe. Du brauchst mich nicht wie ein rohes Ei zu behandeln. Aber hab bitte, bitte ein bißchen mehr Verständnis. Erinnere Dich einfach nur daran, was wir uns vorgenommen haben, als wir hergekommen sind.

Rudi ging mit keinem Wort und keiner Regung auf ihren Brief ein. Er kündigte Marlenes Besuch an und zog eine Fernsprechleitung vom Haus ins Stallgebäude, und als Tami ihn lächelnd fragte, ob er künftig mit Daisy telephonieren wolle, sagte er, nein, mit ihr, Tami, denn sie werde dort wohnen, solange Marlene zu Gast sei, sie müsse ihr Zimmer für sie räumen, da Marlene bestimmt nicht auf der Couch neben dem Eßtisch schlafen werde. Er führte Daisy hinaus, säuberte den Stall und stellte ein Feldbett hinein.

Und dann war es soweit: Marlene stand im Garten. Sie blickte sich neugierig um und entdeckte als erstes die noch tropfende weiße Wäsche, die Tami an die Blätterstummel des Kaktus gehängt hatte. Marlene seufzte. Sie sagte, so habe ich mir das hier vorgestellt, nahm Hemden, Blusen und Taschentücher ab, warf sich alles über die Schulter und fragte Rudi, ob sie denn keine Wäschepfähle hätten. Rudi wies stumm in Richtung des hinteren Zaunes. Sie lief dorthin, spannte die schlaffe Leine zwischen den Pfählen nach und griff in den Bastkorb mit Holzklammern, der an einem Haken hing. Kopfschüttelnd rief sie, was soll das bloß, ihr habt doch alles. Plötzlich schrie Tami: Das machst du nicht weiter das seh ich mir nicht länger an gib wieder her meine Sache Rudis unser Wäscheständer der Kronleuchter! Sie raste auf Marlene zu, entriß ihr die Wäsche, drehte sich, wollte mit dem Packen zurück zu dem Kaktus. Und noch immer schrie sie, unverständliche Laute jetzt. Marlene schaute mit einem Entsetzen, das sich von all den Entsetzen unterschied, die sie je gespielt hatte. Rudi griff nach einem herunterbaumelnden nassen Hemdsärmel und schlang ihn um Tamis Hinterkopf und um ihren Mund wie ein Seil um einen Pflock. Er sah in ihre aufgerissenen Augen und wartete, bis er nichts mehr hörte außer einem an- und abschwellenden hellen Pfeifen, dem hastigen Einsaugen kalifornischer Dezemberluft durch ihre schrecklich geweiteten, nach oben gezogenen Nasenlöcher.

In der Nacht das metallische Quietschen des Feldbetts. Die kratzenden Strohhalme auf der nach unten gefallenen und wieder aufgehobenen Wolldecke. Die hin- und herschlagende Gardine vor dem geöffneten kleinen Fenster. Das erdrückende Gewicht des Ziegengestanks. Eine vom Sims rutschende Büchse mit Nägeln. Das erlöschende Licht der rostigen Taschenlampe. Die kleinen spitzen Steine unter den bloßen Füßen. Der unter die Fersen sickernde Urin. Katzenaugenkalte Sterne. Am Morgen Rudis Telephonanruf, das Bad sei nun frei.

17

Er saß auf seinem Stammplatz vor der beigefarbenen Wand, an der ein Aquarell mit Kornblumen hing. Links von ihm befand sich ein Fenster, an dessen Rahmen einige Pinselhaare klebten, rechts von ihm die Tür zum Behandlungszimmer, die eine leichte Schleifspur auf dem Parkett hinterlassen hatte. Er las »Time«; Marlene hatte das Magazin, wie auch »Match«, für ihn abonniert. Er hob seinen Kopf und schaute auf das Aquarell an der Wand gegenüber. Es zeigte einen grünen, an seiner Spitze schneebedeckten Berg, von dessen einer Seite ein Fluß herabstürzte. Während Rudis Blick an dem Berg haftenblieb, teilte sich das Grün und das Weiß, und vor seinen Augen tauchte Gianni, der Nachfolger von Vince, auf. Rudi stellte ihn sich mal bei dieser, mal bei jener Tätigkeit vor, und ihn überkam das beunruhigende Gefühl, hier in diesem Raum wichtige Zeit zu vertrödeln. Einmal, an einem anderen Tag, war er plötzlich aufgestanden und hatte, ohne Erfolg, versucht, eines der Haare von dem Rahmen zu pulen; ein andermal war er ebenso überraschend zum Fenster gegangen und hatte probiert, an dem Vierkant zu drehen, von dem der Knauf abmontiert worden war, auch das vergeblich. Rudi sah nun, daß Tami endlich aus dem Behandlungszimmer geschoben wurde. Er rollte sein Magazin zusammen und nahm sie in Empfang. Sie wankte, und so mußte er einige Kraft aufbieten, sie zu halten: Wenn er es nicht täte, schlüge sie hin wie ein Kreisel nach seiner letzten Drehung. Rudi führte sie aus der Klinik heraus auf den belebten Hollywood Boulevard. Er lotste sie in Richtung seines Wagens, wobei er, wie schon oft in letzter Zeit, spürte, sie würde ohne sein Zutun, ohne den punktgenau einsetzenden festen Druck seines Armes, an dem Auto vorübertrotten. Es verwunderte ihn nicht mehr, enttäuschte ihn aber noch leicht. Er öffnete ihr die Tür und schob sie auf den Rücksitz.

Sie kauerte sich in die Ecke, und während er anfuhr, entdeckte sie auf ihrem linken Unterarm eine Buchstaben-Zahlen-Kombination, eine Art Code: CA 3442. Damit wußte sie nichts anzufangen. Weder hatte sie eine Ahnung, was das bedeutete, noch, wer es ihr hingeschrieben hatte. Sie erkannte jetzt nur eines, die blaue Tinte, mit der jener Code aufgetragen worden war. Tami begann zu weinen. Wieder einmal wurde ihr klar, daß lauter Teile aus der Geschichte ihres Lebens herausbröckelten, während jeder Schockbehandlung im Edgemont House ein paar mehr. Einige konnte sie mit etwas Glück nach Stunden, Tagen oder Wochen wiederfinden und noch einmal einfügen, andere aber blieben verschollen, so sehr sie auch nach ihnen fahndete. Es gab für sie nichts Schrecklicheres als jene vergeblichen Versuche, die entstandenen Lücken in ihrem Gedächtnis zu füllen. Sie kreiste minutenlang um die Löcher in sich. Oft meinte sie, dicht am Ziel zu sein, aber dann entzog sich die Information, die sie in Reichweite geglaubt hatte, oder sie wollte partout nicht mehr näherkommen, und ein schwarzer Schmerz schoß aus dem Loch, an dessen Rand sich Tami befand, und ließ sie noch stärker weinen.

Währenddessen wurde sie von Rudi im Rückspiegel beobachtet. Er wartete darauf, daß sie einnickte. Irgendwann war es immer soweit, so auch diesmal; sie schluchzte noch ein wenig, und dann fielen ihr die Augen zu. Für ein paar Minuten, so lange, wie sie schlief, fühlte er sich von einer gewaltigen Last befreit. Er vergaß Tami und genoß, wie kraftvoll der Wagen, der nicht mehr der müde Jeep von Henderson war, sondern ein großes Geschenk von Marlene, über die Hügel aus Los Angeles herauskurvte und nach San Fernando herunterrollte. Wie er in diese Landschaft hineinschnitt. Rudi überlegte, noch eine Ehrenrunde zu drehen, um seine Ankunft zu verzögern und sein Schweigen zu verlängern, dachte aber gleich darauf an die viele Arbeit, die auf ihn wartete, und nahm wie gewohnt den kürzesten Weg. Er stellte den Motor ab.

Tami wachte auf. Sie öffnete auf eine schwerfällige Weise ihren Mund, fast so, als hafte Klebstoff an ihren Kiefern, und versuchte, durch mehrmaliges Zusammenziehen ihrer Wangen ein wenig Speichel zu bilden.

Endlich stieg sie aus dem Auto. Obwohl sie noch ein wenig schwankte, war sie nun imstande, sich allein auf den Beinen zu halten. Gobbo und Nikita kamen angelaufen und sprangen an ihr hoch. Sie stolperte rückwärts und rief: Gobbo, Nikita, nicht doch, nicht! Als sie sich gefangen hatte, schaute sie nach Heini. Sie konnte ihn nicht entdecken, registrierte aber mit Genugtuung, daß ihr auf Anhieb die Namen der drei Hunde eingefallen waren. Sie betrachtete noch einmal ihren Unterarm. Versuchte abermals, den Code zu entschlüsseln. CA 3442. Blaue Tinte. CA 3442. CA 3442. Hinter sich hörte sie Rudi schnaufen, mit einer Kiste Limonade wollte er an ihr vorbei. Er legte im Gehen seinen Kopf schief und las. Dies war eine Kombination, die er in- und auswendig kannte! Rudi stellte die Kiste ab und fragte Tami, warum sie *das* auf ihrer Haut trüge. Was ist es denn? fragte sie verschämt zurück. Er sagte es. Das ist die Nummer unseres Autos, Tamara. Und jetzt dämmerte es ihr. Die Erinnerung: eine Wolke, die langsam herbeitrieb und größer und deutlicher wurde. Heute morgen … heute morgen habe ich mir die Nummer selber aufgemalt. Aber warum? Ich hatte eine Absicht, und die Absicht war … sie war … ja: sie war, beim Verlassen der Klinik nicht wieder an dem Auto vorüberzulaufen. Ich habe es an seiner Nummer erkennen wollen. Verrückt … aber … aber ich weiß jetzt auch wieder, wie ich auf diese Idee gekommen bin. Da war dieser Mann, von dem ich nicht das Gesicht, nur die Haut abwärts seiner Schultern kenne. Das heißt, ich habe vor langer Zeit einmal von ihr gehört. Er hat sie sich vollgeritzt, und dann … dann ist er elend verblutet. … Er ist mir nicht verlorengegangen. … Der elektrische Strom hat ihn nicht auslöschen können. Doch das neue Auto hat er verschwinden lassen, der Strom, und vieles, was gerade passiert ist … ja, immer nur das, und nie das lange Zurückliegende … seltsam … vielleicht frißt er sich von oben nach unten, von der jüngeren zur älteren Geschichte …

Nun? fragte Rudi. Tami erklärte ihm, was sie vorgehabt hatte. Er zog die Augenbrauen hoch, zeigte auf den Wagen und sagte, wie du siehst, haben wir einen grünen Pick-up, davon fahren hier nicht so viele herum, vielleicht merkst du dir einfach das. Ein grüner Pick-up, Tamara.

Es geschah, während er eine Kiste, in der auf zehn Paletten je 25 Eier steckten, auf die Ladefläche des Wagens zu hieven versuchte. Ihm entfuhr ein leiser Schrei, und er mußte die Kiste loslassen. Sie schrammte an seinem Körper herunter. Ein Schwall aus Dotter, Eiweiß und Schalensplittern ergoß sich über seine Oberschenkel und näßte sie, durch die Levis hindurch. Einige Splitter blieben an der Hose hängen und wurden einen Augenblick später weggespült von einem weiteren gelben Schwall, der neue Splitter anschwemmte. Rudi krümmte sich vor Schmerz, so sehr, daß seine Nase fast die feuchte Hose berührte. Er wußte, dies war sein zweiter Infarkt. Erleichtert registrierte er, nicht auf einen Schlag ins Jenseits befördert worden zu sein. Aber gleich könnte es geschehen. Sein durch den ersten Infarkt geschärfter Instinkt sagte ihm, daß es jetzt auf Minuten ankam, vielleicht sogar auf Sekunden. Er stützte seine Hände auf die glitschigen Schenkel, spreizte, um Halt zu finden, seine Finger, stemmte sich ächzend hoch, krallte sich an die seitliche Blechwand des Wagens und zog sich an ihr entlang bis zur Fahrerkabine. Zweimal rutschte er vom Trittbrett ab, zweimal stöhnte er auf, dann endlich glückte es ihm, es zu entern. Er beugte sich durchs geöffnete Fenster und streckte sich. Aber er langte nicht bis zum Lenkrad. Er stieß sich mit den Zehen ab, schwang sich für den Bruchteil einer Sekunde in die Luft, stieß mit den Knien an das Blech. In einer letzten Kraftanstrengung richtete er seinen Oberkörper auf und drückte mit beiden Händen auf die Hupe: von der Sonne erhitztes Metall, das ihm das Fleisch aufzuschneiden schien. Er zählte bis fünf, er zwang sich, seine Hände nicht von dem glühenden Bogen zu nehmen. Dann rutschten sie ins Leere, und er ließ seine Arme baumeln wie seine Beine, und so fanden ihn Tami und Gianni, die beide zugleich herbeigelaufen waren: schlaff über der Fensterkante hängend wie eine Marionette, welche vom Spieler auf einer Kulissenwand abgelegt worden ist.

Im Krankenhaus gaben sich Rudis Frauen die Klinke in die Hand. Beide besuchten ihn fast täglich. Je mehr er aber wieder zu Kräften kam, je klarer er sie, jede für sich, sah, um so erschreckender empfand er die Unterschiede zwischen ihnen, und er spürte einen anderen Verdruß als jenen, der durch den Infarkt hervorgerufen worden war.

Marlene erschien stets mit straffem Gang, in betörender Frische. Mitunter trug sie ein goldenes Collier. Auf dem Besucherstuhl sitzend, legte sie in unvergleichlicher Eleganz abwechselnd ein Bein übers andere. Als würde sie gefilmt, dachte Rudi anerkennend.

Er konnte darauf wetten, daß sie ihm auch immer etwas mitbrachte, mal einen selbstgebackenen Kuchen, mal Belugakaviar, mal ungarische Salami. Einmal hatte sie, wer weiß, woher, sogar zwei Flaschen Berliner Weiße aufgetrieben, die sie dann gemeinsam leerten. Tami hingegen bot einen traurigen Anblick. Ihre Augen lagen tief in den Höhlen, ihre Wangenknochen warfen graue Schatten, an ihren Schläfen trat ein Gewirr blaugrüner Adern hervor. Wenn sie ihre Hände zu Rudi hin auf die weiße Bettdecke schob, konnte er den Dreck unter ihren Fingernägeln sehen. Und das Kleid, das sie trug, war tagelang dasselbe, und in dem Kleid, welches dasselbe war, hockte sie minutenlang auf der Bettkante und faltete die Hände, ohne etwas zu sagen, und auch er sagte nichts.

Zuweilen unterbrach sie die Stille und murmelte: Es tut mir so leid, es tut mir so leid.

Rudi verzog den Mund, ein mehrmaliges leichtes Zucken wie bei einer Folge unangenehmer Berührungen, das war seine Antwort. Tief in seinem Innern spürte er, wie ungerecht er zu Tami war. Er wußte ja genau um ihren anstrengenden Tagesablauf: Erst half sie Gianni, die Hühner zu versorgen, dann kochte sie Essen, dann eilte sie hierher ins Krankenhaus, und zwischendurch hielt sie, so gut es ihr möglich war, noch den Garten in Schuß. Sie tut jeden Tag mehr, als gesund für sie ist, dachte Rudi. Ich sollte ihr das sagen. Aber sogleich ärgerte er sich wieder über ihr verwahrlostes Äußeres, und außerdem erinnerte er sich, daß auch er viel zuviel getan hatte, und wühlte sich in ein großes, bleiernes Bedauern hinein: Ein schlechter Tausch ist das damals gewesen! Wie schwer die eine Frau jetzt auf mir lastet, und wie leicht es doch mit der anderen ist; ja, kaum erscheint Tami, schon ist mir, als sei ich in Ketten geschlagen. Sie hat mich zu ihrem Gefangenen gemacht. Wer hätte gedacht, daß es einmal soweit kommen würde, was?

Eines Tages überraschte er Marlene, noch ehe sie etwas auspacken und sich neben ihn setzen konnte, mit den Worten: Du bist einzigartig! Meine erste und letzte große Liebe! Gott schütze dich!

Vielleicht eine Sekunde war sie bewegungslos, dann beugte sie sich vor, strich mit dem Handrücken über seine Wange und sagte: Ich liebe dich für ewig. Und dann immer noch weiter.

Rudi lächelte. Das letzte Mal, Muttilein, wann ist es gewesen, daß wir uns das gesagt haben?

Marlene zuckte mit den Schultern. Sie stützte sich mit den Unterarmen auf ihre aneinandergedrückten Knie und sagte: Und gerade, weil es so ist, möchte ich, daß du deine Ranch auflöst. Verkauf sie! Sie überfordert dich, das dürfte dir doch wohl klargeworden sein. Wenn alles so weitergeht, kippst du dort ganz schnell tot um, und das würde mich gleich mit umbringen.

Rudi schüttelte den Kopf.

Ich bitte dich inständig!

Mutti, versteh doch, ich kann nicht. Ein Mann, der sein Land weggibt, ist kein Mann mehr.

Marlene spitzte den Mund. Du klingst genauso schrecklich wie John Wayne. Aber wir sind hier nicht im Western, wir sind auf einer Hühnerfarm. *Du* bist dort. Mit 2000 nervenden Hennen. Sag mir, ob es das wirklich wert ist. Sag's mir.

Es sind mittlerweile 4000.

Marlene stöhnte auf. In Ordnung, dann sind es 4 000. Aber ich frage dich noch einmal: Was bringen dir die *viertausend* Hennen? Was werfen sie ab?

Eier, sagte Rudi müde grinsend. Und hob entschuldigend die Hand.

Marlene runzelte die Stirn. Erinnre dich: Ich habe dein Auto bezahlen müssen, ich habe den Kredit von Goldamer abgelöst, weil du mit den Raten nicht hinterhergekommen bist, und ich begleiche fortwährend sämtliche Steuerforderungen für dich. Du hast Mühe, für deinen Lebensunterhalt zu sorgen. Vielleicht machst du sogar in dieser Hinsicht Minus.

Sie schaute ihn fragend an, und er nickte. Mutti, wenn du wüßtest, wie schwer es schon unter normalen Umständen ist, rentabel zu wirtschaften. Mir aber fällt immer wieder Tami als Arbeitskraft aus. Und ich selber falle ebenfalls aus, wenn ich sie zu ihren Behandlungen fahren muß. Und Gianni, der dann meine Arbeit miterledigen muß, wird um nochmal zehn Dollar pro Woche teurer. Das ist ein verdammter Kreislauf, und ich weiß nicht, wie ich ihn durchbrechen soll.

Marlene schwieg. Schließlich sagte sie: Wenn es so ist, dann muß Tami eben im Edgemont House bleiben. Sie haben doch dort Apartments, nicht?

Rudi drückte seinen Hinterkopf ins Kissen.

Papi, denk daran, du bist derjenige, der mir dauernd sein Leid darüber klagt, daß sie immer vergeßlicher und verrückter wird. Also sollte es für alle Beteiligten das beste sein, wenn sie dort einzieht. Sie kriegt ihre Behandlungen, und danach geht sie zum Ausruhen in ihr Zimmer. Sie wird vielleicht wieder gesund, und du sparst Kraft, Zeit und Geld, ist es nicht so?

Theoretisch ja.

Und praktisch?

Ach praktisch, praktisch ..., rief Rudi und preßte seine Lippen zusammen. Nach ein paar Sekunden öffnete er sie wieder, aber er sagte nun nichts mehr, sondern stieß nur etwas Luft aus, und damit war Tamis Einweisung so gut wie beschlossene Sache.

Liebste Lili, heute steht mir keine Behandlung bevor, und ich habe auch keine hinter mir, und so kann ich dir endlich berichten, wie ich untergebracht bin. Alles ist sehr komfortabel. Ich teile mir mit einer anderen Patientin (die nicht alle Tassen im Schrank hat, aber darüber vielleicht das nächste Mal) ein Apartment, das aus einem Wohn- und einem Schlafzimmer sowie einem Bad besteht. Wir haben Fernseher und Radio. Und das sind nicht die einzigen Möglichkeiten der Zerstreuung. Man kann hier malen, modellieren, Fremdsprachenkurse belegen und Tischtennis spielen. Ich frische mein Französisch auf, bei einem richtigen Franzosen. Und so sieht er auch aus. Er hat einen Schnauzbart, der buschig ist wie ein Rasierpinsel, und trägt selbst bei der größten Hitze eine Weste. Er kommt mir immer vor wie ein Weinbauer. Aber er war Chauffeur. Denk einmal, wie klein die Welt ist: Ein paar Jahre hat er fürs Hotel Cap d'Antibes gearbeitet, wo unser Clan immer Urlaub gemacht hat. Nur war er vor unserer Zeit da. Er kennt noch gar nicht das wundervolle Restaurant auf den Klippen – kennst Du es eigentlich? Warst Du jemals dort? Mir ist so wehmütig geworden, als ich ihm erzählt habe. Antibes, Lili! Wie gern würde ich noch einmal in diesem Restaurant sitzen!

Rudi redet jetzt viel mit Nikita, vor allem schimpft er mit ihm. Und dazu hat er allen Grund, denn niemand hat in den letzten Monaten soviel Schaden auf dem Grundstück angerichtet wie dieser Hund. Er stößt Blumentöpfe um und kratzt die Erde heraus, und in der nächsten Sekunde rennt er ins Haus und pflückt mit seinen dreckigen Pfoten die wertvollsten Bücher aus dem Regal. Wenn Rudi ihn dabei erwischt und ihm das beschmutzte Buch vorwurfsvoll vor die Nase hält, haut er einfach ab. Wenigstens zieht er dabei seinen Schwanz ein. Daran sieht Rudi, daß Niki, mag es auch noch so gering ausgeprägt sein, doch ein Schuldempfinden besitzt, und diese Erkenntnis versöhnt ihn jedesmal aufs neue mit dem Tier.

Richtig wütend wird er nie. Allenfalls redet er sich ein, wütend werden zu müssen; das geschieht immer dann, wenn wieder einmal eine seiner Sandalen, die normalerweise vor dem Haus stehen, fehlt. Es ist immer dasselbe: Nikita verbeißt sich in die Sandale und rennt mit ihr los, vielleicht, weil ihm der Geruch, um nicht zu sagen der Gestank, gefällt. Und dann kann man schon darauf warten, daß er plötzlich das Interesse an ihr verliert und sie da fallenläßt, wo er sich gerade aufhält, zum Beispiel unter einem Strauch oder hinter dem Stall. Einmal benötigte Rudi eine geschlagene halbe Stunde, um die Sandale wiederzufinden. Als er sie endlich entdeckte, warf er mit ihr nach dem Hund, und zwar mit Absicht einen Meter daneben.

Nikitas größte Leidenschaft jedoch ist die Zeitung. Über Wochen hatte der Junge sie jeden Tag über den Zaun geworfen, und Nikita hatte sie gleich so zerrissen, daß sie nicht mehr lesbar gewesen war. Deshalb bat

Rudi vor ein paar Tagen den Jungen, er möge sie vor dem Gartentor ablegen. Und das tut er nun. Seitdem steht Nikita jedesmal, wenn der Junge erscheint, am Zaun und bellt und japst in Richtung der Zeitung, an die er nicht heranlangt. Und wird er von Rudi gerufen, so folgt er überhaupt nicht mehr. Noch nicht einmal sein übliches reuevolles Schwanzwedeln zeigt er. Rudi zieht, die Zeitung unter seine Achsel geklemmt, Leine, und murmelt zu sich, tja, das hab ich nun davon.

Liebste Lili, meine Mitpatientin ist jetzt eine andere. Die erste ist verlegt worden. Sie hat sich immer wieder meine Absatzschuhe angezogen. Ihre haben ihr die Schwestern weggenommen, aber sie hat steif und fest behauptet, sie müsse welche benutzen, da ihre Beine hinten kürzer seien als vorne. Als ich ihr verbieten wollte, meine Schuhe zu tragen, ist sie, mit ihnen in der Hand, auf mich losgegangen. Es geschah ganz plötzlich, Lili. Ich weiß jetzt, daß im Ernstfall niemand schneller ist als eine Irre. Ich konnte noch nicht einmal meinen Arm heben, schon hatte ich den ersten Absatz im Gesicht. Wenn Du mich besuchen kommst, wirst Du gleich erkennen, an welcher Stelle, nämlich mitten auf der Stirn. Da ist jetzt eine Einbuchtung. Ganz rund. Rudi sagte, es sehe aus, als habe mir jemand einen Cent in die Haut gedrückt. Insofern bin ich mit meiner jetzigen Zimmergenossin mehr als zufrieden. Ich muß keine Angst vor ihr haben, denn sie ist sehr sanft. Ihr Problem ist, daß sie meint, ihre Hände hätten jeweils sechs Seiten und seien durch und durch kontaminiert. Sie rennt alle Viertelstunde ins Bad. Dort behandelt sie jede einzelne Seite mit Wasser vor, dann folgt die

Hauptprozedur mit Seife. Ich könnte Dir noch endlos davon erzählen, Lili: Weil die Hand, die schon gewaschen ist, noch im Bad wieder kontaminiert wird, muß sie den gesamten Vorgang gleich wiederholen, und das fünfmal, das soll dann den Ausgleich bringen. Ich höre immer nur das Wasser rauschen. Manchmal ertappe ich mich dabei, wie ich es rauschen höre, obwohl in Wirklichkeit Ruhe herrscht. Vielleicht kannst Du Dich ein wenig in mich hineinversetzen und verstehst, warum ich große Bange habe, hier zu verschrullen, zumal auch die anderen Patienten in den anderen Apartments nicht gerade normal sind. Man kann sich mit keinem richtig unterhalten. Am besten geht es noch mit einem gebürtigen Portugiesen, der sich mit Filmen und mit dem Theater auskennt, nur muß ich bei ihm darüber hinwegsehen, daß er immer seinen Arm halbhoch hält. Wirklich immer, Lili. Wie eingegipst. Er sagt, er stütze sich auf jemanden, der stärker sei als er. Das ist seine Macke, und weißt Du was? Mir kommt es so vor, als wäre auch ich, bildlich gesprochen, lange so herumgelaufen, und als wäre das mein größter Fehler gewesen. Man sollte sich auf niemanden verlassen. Aber man will doch so gerne, nicht wahr? Man muß schon fix und fertig sein, um es nicht mehr zu wollen. Man will es immer weiter, und das ist wahrscheinlich schon der nächste Fehler …

In einem Brief berichtet Rudi von Susan, der Haushälterin, die er vor ein paar Tagen eingestellt hat: Ohne sie hätte ich es nicht länger geschafft, Mutti. Ich wußte schon nicht mehr, wo mir der Kopf stand. Sie schmeißt jetzt den gesamten Laden. Sie ist wirklich eine Perle.

Ich glaube, sie ist die zweitbeste Köchin der Welt, vor allem, wenn sie Wiener Schnitzel zubereitet. Und dennoch, wie sehne ich mich nach der erstbesten! Es ist so selten geworden, daß wir uns sehen! Einmal nur im letzten Jahr, stimmt's?

In Fragen verwandelte, durch Fragen verbrämte Melancholie, die Rudi im folgenden auf das Papier fließen läßt, er möchte jetzt, im Juni, wissen, wie Marlenes Osterfeiertage gewesen sind, und möchte wissen, wie viele neue Lieder sie aufgenommen hat, und möchte wissen, ob die Zeitungen in Europa ihre Konzerte rezensieren, und möchte wissen, wann sie wieder nach Vegas kommt, und mit jeder Frage, die er Marlene stellt, spürt er nur um so deutlicher, nun anders als früher, da sie ja auch schon getrennt gewesen waren, so gut wie keine Ahnung mehr davon zu haben, was sie tut und wie sie fühlt. Wie unsere Leben voneinander weggedriftet sind! denkt er. Ihm fällt dazu das Bild zweier Inseln ein, die, obwohl sie einst einmal ein zusammenhängendes Land gebildet hatten, eine unterschiedliche Vegetation aufweisen und unterschiedliche Völker beherbergen. Dann besinnt er sich des eigentlichen Anlasses, diesen Brief zu schreiben. Er braucht mehr Geld von Marlene. Susan, die wirklich jeden Cent wert ist, kostet ihn $ 15,– die Woche, Gianni fordert, ebenfalls völlig zu Recht, für im vergangenen Jahr zusätzlich angefallene Arbeiten wie zum Beispiel die Olivenernte $ 70,–, und die Monatsrate für Tamis Aufenthalt im Edgemont House beträgt $ 80,–, ein Vorzugspreis, den Rudi voller Geschick ausgehandelt hat. Normalerweise müßte er beziehungsweise Marlene $ 258,– bezahlen. Das berichtet er ihr, das hebt er durch Unterstreichung der Zahlen hervor. Marlene soll sehen, daß er in der jetzigen schweren Zeit genauso klug, wie sie es immer von ihm gewohnt war, zu Werke geht. Sie soll spüren, daß er, wenn er sie auch bittet, ihre Unterstützung auszuweiten, die Lage doch beherrscht, und indem er es zu Papier bringt, beruhigt er sich selber und vergißt, wenigstens für diesen Moment des Hinschreibens und Unterstreichens, eine andere in den vergangenen Jahren entstandene Differenz: jene, die sich zwischen der ritterlichen Absicht, mit der er damals Geld von Hans Goldamer geliehen hatte, und seiner neuerlichen entmutigenden Abhängigkeit von Marlene aufgetan hat.

Lili, Lili, ich weiß beim besten Willen nicht, warum ich noch in dieser Klinik bin. Sag selbst, ich bin doch nicht krank!

Rudi erhält ein Paket von Marlene, darin ein Kuchen, der auf dem langen Schiffstransport vollkommen zu Krümeln zerfallen ist. Er überlegt, sie in den Mülleimer zu werfen, schaufelt sie dann jedoch, einer selbst auferlegten Pflicht gehorchend, mit einem Suppenlöffel in sich hinein. Später greift er die grüne Wollweste, die unter dem Kuchen gelegen hatte, schüttelt sie, damit die in ihr verfangenen Krümel herunterfallen, und probiert sie an. Sie schlabbert an ihm herunter, und Rudi kommt sich in ihr winzig und kraftlos vor. Er fragt sich, ob Marlene sich nicht mehr an seine wahre Größe habe erinnern können oder ob er vielleicht eingegangen sei. Der eine Gedanke mißfällt ihm so wie der andere.

An demselben Tag erlebt Rudi eine weitere kleine Enttäuschung. Der Mann, der versprochen hat, ihm

Daisy abzunehmen, ohne Bezahlung zwar, aber immerhin, er würde sie los sein, er konnte ja überhaupt nichts mehr anfangen mit ihr, versetzt ihn zum zweiten Mal. Rudi begreift nun, daß der Mann nie erscheinen wird, mehr noch, er gesteht sich ein, es schon nach dem ersten vergeblichen Warten gewußt zu haben.

Die Ernüchterungen der vergangenen Stunden klumpen sich zu einem großen Unbehagen zusammen, und das Leben erscheint ihm hart und mies. Andererseits mag er es für die Freuden, die es hin und wieder bereithält. Er kennt diesen Rhythmus, er ist alt genug, ihn zu durchschauen: Zwischen all die vorhersehbaren, letztlich sich gleichenden Rückschläge sind Momente einer angenehmen Heiterkeit gestreut, die er um so mehr als Belohnung begreift, da sie stets unvermittelt hervorscheinen. Und so auch diesmal: Plötzlich, am Abend schon, taucht Hans auf, mit einer Flasche Chivas Regal steht er wie aus dem Boden gewachsen vor ihm. Sie köpfen die Flasche und setzen sich auf die Bank vor der Hauswand. Sie reden kaum, höchstes und letztes Stadium von Freundschaft, sie schauen und hören nur in die Gegend, und Rudi läßt in sich ein paar Dinge wirken, die ihm bislang zwar bekannt gewesen waren, ihn aber nie erreicht hatten: wie das Hühnergegacker erstirbt und auf einmal das Rascheln der Blätter an seine Ohren dringt; wie die untergehende Sonne einen violetten Dunst hinterläßt, eine dickflüssige Farbe, die in der Luft zu stehen scheint; wie in dem Dunst ein paar Pappelsamenflusen sich senken und, bevor sie den Boden berühren, noch einmal ein Stück weit nach oben treiben. Gleich am nächsten Tag erzählt Rudi Marlene davon, ein jedes Detail gibt er wieder.

Vielleicht, schreibt er, lachst Du über diese Poesie der alten Männer. Aber ich hoffe nicht. Na, und jedenfalls kannst Du Dir ausmalen, wie besoffen wir irgendwann waren. Hans wollte unbedingt noch die linke Wegbegrenzung verlängern und die leere Whiskeyflasche in den Boden hämmern, aber er hat sie schon unterwegs fallenlassen. Und dann hat er in seinem Leichtsinn den Fehler gemacht, darauf balancieren zu wollen. Natürlich ist er gleich umgekippt. Du hättest Dich bestimmt schiefgelacht über ihn!

Lili, mein liebes Herz, wenn Du wüßtest, wie schwer mir das Schreiben fällt und nicht nur das. Sogar das Reden funktioniert nicht mehr richtig. Ich mußte den Französischkurs aufgeben. Du kannst Dir vielleicht vorstellen, wie leid mir das getan hat, aber es ging einfach nicht mehr. Mein ganzes Gedächtnis ist wie ausgeloschen. Und dauernd bin ich müde. Von der Welt, von mir selber. Ich habe schon überlegt, nach Europa zurückzugehen und bei meinem Bruder Wohnung zu nehmen. Er fehlt mir so sehr. Er hat es mir auch mehrmals angeboten. Aber was soll das für eine Lösung sein? Ich führe mich doch mit. Sei bitte nicht erschrocken, Lili. Vielleicht bin ich heute auch nur besonders traurig und durcheinander. Es ist Sonntag, und meine Vermissenheit ist groß. Alle um mich herum bekommen Besuch, nur ich nicht. Wir wohnen einfach zu weit draußen. Rudi hat soviel zu tun, daß er den weiten Weg nicht zurücklagern kann. Er muß auf das Geschäft beachten. Wie gern würde ich ihm auf der Farm helfen – und wenn es nur ein bißchen Pusseln im Garten ist. Aber im Moment wäre ich ihm nur eine Last, das spüre ich. Drücke mir die Daumen, daß die Behandlungen doch noch einschlagen, Lili, und halte selber die Ohren steif.

Rudi hat Tami, das erste Mal seit Monaten, für ein Wochenende nach Hause geholt. Es ist Vormittag, und er sagt, er müsse sich jetzt um die Hühner kümmern, wenn sie wolle, könne sie ja die Blumen gießen. Sie nickt und greift sich die große Zinkgießkanne, doch statt die Stiefmütterchen und den Oleander zu versorgen, spritzt sie das Wasser auf die staubigen Kakteen in den verschiedenen Ecken des Gartens. Danach will sie Mittagessen kochen. Rudi hat alle erforderlichen Zutaten für einen Gulasch gekauft, wie er ihn noch aus seliger Vergangenheit aus dem Little Hungary kennt. Er hat sie sogar schon auf dem Küchentisch bereitgelegt. Tami greift nach dem Fleisch, berührt es aber nicht. Preßt ihre Finger auf die Tischkante. Es ist ihr, aus unerklärlichen Gründen, verwehrt, jetzt und hier noch irgendeine Arbeit zu beginnen, und so telephoniert Rudi nach Susan, und sie kommt schnell herbei und kocht den Gulasch.

Sie essen wortlos.

Später schreibt Tami ein paar Zeilen an Lili. Als sie den Brief zum Kasten bringen will, fällt Rudi auf, daß sie vergessen hat, eine Marke daraufzukleben. Er weist sie darauf hin, erntet aber nur verständnislose Blicke. Da begreift er, daß ihr Vergessen ein grundsätzlicheres ist: Sie erinnert sich nicht mehr der Notwendigkeit, einen Umschlag überhaupt frankieren zu müssen. Er fragt sich, wie das Versenden der Post wohl im Edgemont House funktioniert. Wahrscheinlich erledigen es dort die Schwestern für sie, und die Kosten werden auf ihre Telephonrechnung draufgeschlagen. Muttilein, schreibt Rudi, als Tami wieder in der Klinik ist, der Brief, den Tami verfaßt hat, spricht übrigens auch Bände. Ich habe ihn überflogen. Er ist voller seltsamer Worte, die Tami vor langer Zeit benutzt hat, als wir sie kennengelernt haben. Erinnerst Du Dich? Damals hat ihr Deutsch noch irgendwie russisch geklungen, das war putzig, und wir haben alle darüber gelächelt. Jetzt dreht sich einem der Magen um, wenn man es liest. Außerdem war ihre Schrift kaum leserlich. Manche Zeilen nur wellenartige Gebilde. Keine Ahnung, wie Lili das entziffern will. Es ist wirklich ein Jammer, aber ich habe den Eindruck, daß Tami sich *in allem* zurückentwickelt und es keine Hoffnung für ihre Gesundung mehr gibt.

Lili, mein Herz, ich habe mir$$ heute eine Schreibmaschine herausgeliehen, damit Du besser lesen kannst. Meine Lage ist nicht verändert. Ich habe wieder eine Serie von zehn Schockbehandlungen mitgemacht, und das beste, was ich sagenn kann, ist das, ich habe es überlebt. Außerdem haben die Ärzte mich erbeten, daß ich Rudi nicht öfter als einmal in einem Monat treffe. Sie sagen, es xxxwürde mich zu nervös und angestrengt machen. Es ist schlimm für mich Lili. So schon bricht es mir jedesmal das Herz, wenn qwir vonneinander scheiden.

Ich glaube, es ist besser, wenn ich jetzt aufhöre. Ich rufe zu viele Fehler hervor. Verzeih mir. Kommst Du wiedermahl her?

Zu Rudis Überraschung läuft Tami bei einem seiner Besuche im Edgemont House in Anstaltskleidung herum. Rudi denkt, aber sie hat doch noch immer genügend eigene Kleider hier! Er fragt sie, warum sie sich nicht was Schöneres anziehe. Sie lächelt ihm, auf eine mechanische Weise, zu, und er könnte in diesem Moment schwören, daß sie nicht weiß, was er von ihr will. Zum Abschied sagt Tami, er möge bitte nur noch einmal im Monat zu ihr kommen. Ihr Tonfall ist ein dringlicher, und er schlußfolgert, sie beschäftige sich wieder in einem der im Hause angebotenen Kurse wie Tanzen, Fremdsprachen, Tischtennis, wahrscheinlich sogar in mehreren, und wolle deswegen von ihm nicht gestört werden. Unten am Wagen wiederholt sie es: Höchstens einmal im Monat, vergiß nicht. Rudi nickt und nimmt sich vor, nun wirklich das zu befolgen, was ihm Marlene schon in einem ihrer letzten Briefe geraten hat: Er wird ins Kino oder zu irgendeiner anderen Vergnügung gehen, anstatt die unerquicklichen Besuche bei Tami zu absolvieren. Er denkt, sie behält doch immer recht, Marlene, so wird es wohl bis ans Ende unserer Tage bleiben!

Lili, es ist erst 8 Uhr früh. Ich wollte sehr, der Abend wäre schon ereicht.

Muttilein, ich hatte hier bei den neu angelaufenen Filmen die Wahl zwischen »Lilith« (mit Fonda!) und »Vier für Texas«, aber da »Lilith« den Rezensionen zufolge in einer Psychiatrie spielt und ich doch ein wenig Zerstreuung suchte, war ich – Dein Held von der Ranch! – in dem Western. Und soll ich Dir was sagen?

Größer als Dean Martin ist dieser Bronson: Noch keine Falte im Gesicht, und trotzdem schon irgendwie eine zerknautschte Visage! Schau ihn Dir an, sofern Du Zeit hast! Eine junge Deutsche war übrigens auch dabei, sie heißt Ursula Andress, kennst Du sie? Wenn nicht, so ist es kein Verlust, Mutti. Sie hat ungefähr die Ausstrahlung meiner Hennen. Vergiß es. Wenn ich es recht bedenke, ist es eine Beleidigung, sie Dir gegenüber zu erwähnen.

Liebste Lili, morgen kommt Rudi mich abholen. Ich werde Weihnachtentage zzuhaus verbringen. Aber ich muß Dir geständnissen, daß ich habe eine große Angst. Ich bin dort so einzeln. Ichg laube, ich habe mich doch sehr an mein Leben hier gewohnt.

P.S. Entschuldige, die Maschine ist wirklich uhralt.

Am ersten Tag nach Weihnachten, an dem Ämter und Geschäfte wieder geöffnet haben, steht Rudi an einem hölzernen Pult auf der Post im Fernando Valley und schreibt: Muttilein, geliebte! Hab tausend Dank für Dein Päckchen, besonders für den weißen Bademantel. Er ist das Flauschigste, was mir jemals ins Haus geschneit ist. Am liebsten würde ich ihn auch nach dem Frühstück noch tragen, aber das geht natürlich nicht, denn ich kann ja mit ihm nicht hinaus in den Hühnerdreck. Was Tami betrifft, so ist sie jetzt knapp eine Woche bei mir. Aber was soll ich Dir schon über die Tage mit ihr erzählen? Am besten nichts. Du kannst Dir leicht denken, wie sie waren, und ich will auch nicht über mein Los klagen. Das habe ich nie getan, und so soll es bleiben.

Eine Bitte jedoch äußert Rudi. Marlene möge Tami in ihren nächsten Briefen wenigstens erwähnen. Sie täte niemandem einen Gefallen, wenn sie sie überginge, auch ihm nicht, denn sie verstärke ja nur Tamis schreckliche Minderwertigkeitskomplexe ihr gegenüber. Rudi bezieht sich dabei auf Marlenes Weihnachtskarte, die kein einziges an Tami gerichtetes Wort enthalten hatte. Deshalb hat er Tami jene Karte auch gar nicht erst gezeigt. Er hat sie, vorsichtshalber, sogar verbrannt. Und deshalb verfaßt er seinen jetzigen Brief ohne Tamis Wissen auf der Post: Weil Tami, wenn er zu Hause in ihrem Beisein schreiben und ihr dann untersagen würde, seine Zeilen zu lesen, doch gleich nur in eine neue Verzweiflung darüber ausbrechen würde, daß er alle seine Freuden, Probleme und Geheimnisse mit Marlene teilte, nicht aber mit ihr.

Und noch etwas hat Rudi ihr verschwiegen, die Tatsache, sie über die Feiertage nicht aus freien Stücken nach Hause geholt zu haben. Vielmehr war ihm ihre zeitweilige Entlassung von der Leitung des Edgemont House ans Herz gelegt worden. Warum, das hatte er gesehen, als er Tami am Morgen des 22. in Empfang genommen hatte. Ihr Bett war zu diesem Zeitpunkt schon wieder neu belegt. Sie brauchten, so wußte Rudi jetzt, jeden Platz in der kleinen Klinik, und da es sich um eine private Einrichtung handelte, fürchtete er, sie könnten Tami, für deren Betreuung er beziehungsweise Marlene so wenig zahlte, bald dauerhaft ausweisen, um an ihrer Statt jemanden aufzunehmen, der den vollen Preis oder zumindest einen höheren als sie beide entrichtete; es sei denn, sie zögen so schnell wie möglich nach, oder, besser noch, sie reichten vorab ein neues Angebot ein. Und das fragt er nun Marlene, an diesem Pult auf der Post, das muß er sie fragen, denn es kann nur ihre Entscheidung sein: Sollen wir die Rate aufstocken? Es wäre sicherer, Muttilein. Allerdings gibt es noch eine andere Variante. Ich habe mit der staatlichen Klinik in Camarillo gesprochen, das ist die, in der zum Beispiel auch der Jazzmusiker Charlie Parker untergebracht war (er hat sogar ein Lied drüber geschrieben). Camarillo wäre in Tamis Fall mit $ 50,– absolut zufrieden. Vielleicht sollten wir darüber nachdenken, sie dahin zu verlegen, was meinst Du?

18

Camarillo war auf seiner hinteren Seite von kahlen, in der Sonne glänzenden, die Hitze speichernden Felsen umgeben. Auf der vorderen Seite lagen, soweit das Auge reichte, leicht abschüssige Felder, auf denen Rüben und Kartoffeln angebaut wurden. Man hatte das Hospital im spanischen Kolonialstil errichtet: Die Wände und die Säulen waren blendend weiß, die Dachziegel, die Kolonnadenböden, die Treppenstufen, die Geländer, die Fensterrahmen und die Eisenstreben vor den Scheiben waren in einem warmen Rot gehalten. Alle Gebäude – Schlafräume, Speisesäle, offene wie geschlossene Behandlungszimmer, Administration, Kirche und Glockenturm – bildeten ein riesiges, von einer hohen Feldsteinmauer umschlossenes Viereck, für dessen Umrundung neugierige Besucher zu Fuß nicht weniger als eine Viertelstunde benötigten.

Innerhalb jener Mauer lebten, als Tami eingeliefert wurde, etwa 5 000 Patienten.

Mit 19 von ihnen teilte sie sich einen Schlafraum. Die Betten waren in zwei Zehnerreihen angeordnet, zwischen denen ein schmaler Gang verlief, in dem sich zwei Frauen nur mit Mühe aneinander vorbeischieben konnten. Der seitliche Abstand zwischen den Betten betrug 50 Zentimeter. Tami schlief, vom Eingang aus gesehen, im dritten Bett der rechten Reihe. Die Nachbarin zu ihrer Linken hieß Laura und war in etwa so alt wie sie. Wie sich herausstellte, meinte Laura, es höbe sich jedesmal, wenn sie einen Atemzug täte, das Firmament. Dies sei ein Zeichen dafür, daß jemand sie vom Himmel auf die Erde entsendet habe. Laura vermied es, bei diesem Jemand von Gott zu sprechen, und benutzte stattdessen das verallgemeinernde *man:* Man hat mir einen Menschennamen gegeben, aber in Wirklichkeit bin ich eine Erlöserin. Meine ganze Familie und alle meine Bekannten – alle! – leben von meinem Blut. Ich spüre, wie sie daran saugen. Ich reproduziere ständig Blut, auch das spüre ich. Es schießt von innen in mich hinein. Ich bin die Quelle und bin das Ufer und bin die Mündung eines heiligen Flusses. Man hat es so eingerichtet, daß mir das geschieht. Ich werde niemals sterben, denn wenn ich stürbe, wären ja sofort auch alle meine Familienmitglieder und meine Bekannten tot.

Zur Rechten Tamis hatte eine etwa 30jährige Frau namens Elżbieta ihren Platz. Es konnte passieren, daß Elżbieta eine Woche, oder länger noch, keinen Mucks von sich gab, plötzlich aber, wie auf einen geheimen Befehl hin, lauter zusammenhangslose Sätze zu rufen oder gar zu schreien begann: Der Schah von Persien bewirft seine Geliebte schon wieder mit Erbsen! Man wiege meine Knochen endlich mit Silber auf! Aus dem Fernseher kullern Kinderaugen! Alle Worte müssen symmetrisch sein! Was für ein schreckliches Kreuz mit den biegsamen Schlüsseln! Man scheißt am besten, solange Autos vor dem Fenster stehn! Ein Husar kennt keine Dachpappe! Und wieder verstummte sie für eine lange Zeit.

Schließlich die Patientin Tami gegenüber, ein gerade mal volljähriges, hageres, verschüchtertes Mädchen, das von den anderen Insassen nur Bällchen gerufen wurde. Es trat alle zwei oder drei Stunden auf den Gang, zählte von 1 bis 7 und hüpfte zu jeder aufgerufenen Zahl einmal in die Höhe. Sofort wiederholte es diesen Vorgang, wobei es nun bis zu einem Vielfachen von 7 zählte: bis 21 oder 35 oder 56, je nachdem, wie es ihm gerade einfiel oder wozu es von der unbekannten Macht, der es sich unterworfen hatte, gezwungen wurde. Es hüpfte so lange, bis irgendeiner anderen Patientin der Kragen platzte und sie Halt! oder Schluß jetzt! oder auch Verpiß dich endlich, du Hure! rief. Ganz wie ein eben noch stoisch dahertrottendes Pferd, dem man plötzlich am Zügel gezogen hat, verharrte Bällchen nun mitten in der Bewegung. Erschrocken blickte es im Raum umher. Manchmal sprang dann noch jemand anderes, tigerartig fauchend, aus Spaß auf es zu und steigerte so sein Erschrecken, und es trippelte, den schmalen Kopf eingezogen, die eckigen Schultern gehoben, zurück auf seinen Platz.

Laura, Elżbieta und Bällchen, das waren auch diejenigen, mit denen Tami während der Mahlzeiten an einem Tisch saß.

Frauen und Männer aßen in gleichartigen Sälen, die Hunderte Meter weit voneinander entfernt lagen. Beide Säle wiesen die Form von Schiffen auf, nur, daß ihre Rümpfe nicht nach unten, sondern nach oben zeigten. Riesige Streben, die von jeweils einem Dutzend Querbalken durchzogen waren, wölbten sich im Abstand von vielleicht zehn, zwölf Metern über den Patienten. An ihren Scheitelpunkten waren Eisenstäbe angebracht, an denen blasse Lampen hingen, und zwischen jeder Strebe befand sich ein kleines Fenster, durch das eine schmale Lichtzunge in die dunklen Räume leckte; alle Lichtzungen zusammen ergaben am Tage, wenn die Lampen nicht eingeschaltet waren, ein scharfes Gitterraster auf dem steinernen Boden. Dort, wie auch an den hohen Wänden, war nichts angebracht oder hingestellt, was das Stimmgewirr und das Schrittgestampfe der Patienten gedämpft hätte, kein Teppich, kein Bild, kein Regal, keine Pflanze. Es hallte.

Tamis Tisch war einer der ruhigsten, wenn nicht der ruhigste im Saal. Nur Laura sprach regelmäßig. Und nur Laura legte Einspruch ein, wenn an Tagen, da es Bananen gab, She-Monkey vom Nachbartisch herbeieilte und sie wortlos einsammelte. Die meisten Frauen hier wußten, was She-Monkey damit tat. Sie aß sie nicht. Sie biß, auf ihrem Bett liegend, die harte Spitze ab, spuckte sie auf den Boden und schob sich dann die Banane in den Leib. Ihr Verschleiß an Bananen war unheimlich, sie masturbierte so häufig, wie Bällchen zählte und hüpfte, doch im Gegensatz zu ihm verrichtete sie ihr

Werk lautlos; nur dann und wann entfuhr ihr ein leiser Seufzer, und so ließ man sie gewähren oder feuerte sie gar an. Mitunter erschienen auch Frauen aus anderen Sälen, führten mit vor Vorfreude zitternden Händen eine Banane in She-Monkey ein, riefen, huah, Jane, Tarzan ist da, heut besorgt er's dir persönlich, paß auf, was er für ein Riesending hat, hier, hier, hier, und weideten sich am Anblick ihrer wie verhext flackernden und doch starr nach oben gerichteten Augen, vibrierende Glasmurmeln, auf die sich für Minuten kein Lid legte.

Einmal war Laura dazwischengegangen. Sie hatte sich vor die Frauen geschoben, hatte die Arme ausgebreitet und gemahnt: Ihr verunreinigt ihr Blut! Das ist verboten! Verboten, habt ihr gehört? Auch jede ärztliche Blutentnahme ist verboten! Man hat doch dafür gesorgt, daß ihr schon jeden Monat eure Blutentnahme habt! Ehret euer Blut! Blut ist unantastbar! Doch wurde sie nur ausgelacht, und als sie um so empörter an der Hand riß, die gerade die Banane umklammerte, zerrte jemand sie weg, und ein Knie bohrte sich in ihre Magengrube, und eine Zange aus Daumen und Zeigefinger riß an ihrem Ohr, und von dem Tag an, da dies geschah, verließ sie wortlos den Raum, sobald wieder ein paar schmutzige, begierige, haltlose Frauen sich über She-Monkey beugten.

An all diesen Verrücktheiten und Handgreiflichkeiten, wahnwitzigen Worten und Spielen in diesem kleinstadtgroßen Kerker beteiligte Tami sich nicht. Sie bemerkte sie gar nicht, oder sie bemerkte sie auf eine absolut folgenlose Art: ohne noch eine Erschütterung oder auch ein Vergnügen zu spüren. Die Zeit der Reaktionen war vorbei.

Bei Tisch saß sie kerzengerade. Wie an ein Brett genagelt. So überragte sie, obwohl sie kleiner war als Laura und Elżbieta, diese beiden, und Bällchen sowieso. Tami schaufelte ihr Essen auf eine seltsame Art in sich hinein: Sie hob Gabel oder Löffel an ihren Mund, ohne ihn, wie es doch jeder tat, währenddessen schon zu öffnen. Sie machte mit dem Besteck vor ihren aufeinandergepreßten Lippen halt (als seien ihre Lippen Schranken, die auf ein bestimmtes Signal warteten). Nun klappte sie ihre Kiefer auseinander. Sie hob den Besteckgriff Zentimeter für Zentimeter und ließ die Nahrung Stück für Stück auf ihre Zunge rutschen (die Bewegung eines Bauarbeiters, der eine Schubkarre ausschüttet). Sie schloß ihren Mund, begann aber nicht zu kauen. Zuvor führte sie noch das Besteck zurück zum Teller. Und jetzt, endlich, kaute sie. Und erst, wenn sie damit fertig war, wenn sie, letzter Schritt, diesen Bissen heruntergeschluckt hatte, begann sie, sich um den nächsten zu kümmern. Meist hatten ihre Tischnachbarinnen schon aufgegessen und waren gegangen, und auch alle anderen Sitze im Bauch der großen Galeere waren längst verwaist, und an der Tür drängelten bereits die Frauen des nächsten Durchgangs, aber Tamis Teller war noch immer halb gefüllt. Jemand vom Personal mußte an sie herantreten und sie auffordern, sofort ihren Platz zu räumen. Sie führte dann die Bewegungsfolge, in der sie gerade war, so abgehackt und ferngesteuert wie all ihre vorherigen Bewegungen zu Ende, trottete zur Anrichte an der Längswand des Saals und stellte ihren Teller, einerseits achtlos, andererseits geräuschlos, auf das schon abgeräumte, aber noch mit Essenspuren bedeckte Blech.

Im Schlafraum hockte Tami stundenlang mit angezogenen Beinen auf ihrem Bett. Sie antwortete – mit Zeitverzögerung – auf Fragen, stellte aber nie selber welche. Zuweilen lachte sie unvermittelt und grundlos. An manchen Tagen polierte sie sich fünfmal die Fingernägel, dafür wurden die Abstände, in denen sie sich Körper und Haare wusch, im Laufe der Zeit immer größer. Regelmäßig nickte sie, egal, wie sie gerade saß, und egal, was um sie herum passierte, am hellichten Tage ein. Für die anderen schien Tami dann nicht weiter zu existieren. Weder nahmen sie Rücksicht auf sie, noch taten sie ihr etwas an – abgesehen davon, daß Bällchen ihr einmal eine Rippe brach, doch das war ein kleiner Unfall, das passierte nur, weil es bei seinem Gehüpfe das Gleichgewicht verloren hatte und auf sie gefallen war.

In der Nacht wachte Tami auf und streunte auf dem Gelände herum, vorbei an eisenbeschlagenen Kellertüren mit der Aufschrift KEEP OUT, vorbei an verschlossenen Quartieren, hinter deren notdürftig beleuchteten Fenstergittern sich die eine oder andere bleiche Grimasse zeigte, vorbei an peripher gelegenen, lichtlosen Buchten, in denen der leibhaftige Teufel sich hätte versteckt halten können. Niemand weiß, was Tami auf ihren Streifzügen beschäftigte, doch eines steht fest: daß sie, zu ihrem Glücke, nicht die geringste Angst empfunden haben kann. Nicht einmal in der Nacht, in der sie überraschend Zeugin eines Mordes wurde, geriet sie in irgendeine Aufregung. Sie lief unter der Kolonnade, die sich an den Glockenturm anschloß, als sie schräg vor sich, neben einer der klobigen Säulen, unter dem schwachen Schein des abnehmenden Mondes, zwei Männer bemerkte, von denen der eine etwas Schmales und Langes – einen Gummiknüppel? eine Eisenstrebe? – gegen den anderen erhob. Dieser aber kam jenem zuvor, indem er ihm blitzschnell etwas Blinkendes in den vorgestreckten Bauch stieß. Und ebenso schnell schleifte er ihn weg. Tami hatte währenddessen nur ihren Schritt verlangsamt. Als sie wenig später die Stelle des kurzen Duells passierte, trat sie auf etwas, das unter ihrer Sohle knirschte und sogleich zerbrach. Zuckerrohr, sie registrierte es: daß das nichts anderes als ein trockenes Zuckerrohr war. Sie stippte es beiseite und setzte ihren Gang fort, mit unbekanntem Ziel.

Alle vier Wochen mußte Tami zu einer Routineuntersuchung, das war bald ihr einziger Termin, denn sie erhielt nun, da sie schon einige Monate in Camarillo lebte, keine Elektroschocks, keine anderweitigen Behandlungen und auch keine Pillen mehr. Doktor Nedomansky, die sie behandelnde Ärztin, hatte das Rudi gegenüber so erklärt: Im Falle von Miss Matul sind, wie wir bedauerlicherweise feststellen mußten, alle ärztlichen Möglichkeiten erschöpft. Und wir wollen doch nicht in bloßen Aktionismus verfallen. Miss Matul hört jetzt ihr eigenes Echo, nicht aber mehr das der Welt.

Doktor Nedomansky dachte, wir können sie nur noch aufbewahren, dafür sind wir ja da, aber weil sie sicher war, daß der Mann vor ihr das wußte, sprach sie es nicht aus.

Rudi empfand ihre Worte als Bestätigung. Während seiner sporadischen Besuche in Camarillo war er die Welt oder zumindest ihr Repräsentant, er rief Tami an, und von Treffen zu Treffen erhielt er immer weniger, immer kürzere und immer verworrenere Antworten. In den Wochen nach ihrer Einweisung hatte sie, wenn er von daheim erzählte, noch Einwürfe gemacht, die ihm zeigten, daß sie Anteil nahm. Beispielsweise hatte er ihr vom Vorhaben der Verwaltung San Fernandos berichtet, wegen des zunehmenden Verkehrs im Tal die Polk Street zu verbreitern, und sie hatte dazwischengerufen, hoffentlich müssen wir da nicht unseren Zaun versetzen! Zuletzt aber enthielten ihre Bemerkungen kaum noch Bezüge zu seinen Schilderungen. Als Rudi ihr sagte, er erwäge, an Lyndon B. Johnson zu schreiben, da der Lieblingshund des Präsidenten, genauer, der seiner Tochter, gestorben sei und er den beiden anbieten wolle, ihnen einen seiner Hunde, nämlich den einjährigen Ferro, zu schenken, und er, eines guten Leumunds wegen, überlege hinzuzufügen, er sei ein beständiger Wähler der Demokratischen Partei sowie der Ehemann von Marlene Dietrich, unterbrach sie ihn genau zweimal, ohne daß er gewußt hätte, warum.

Das erste Mal streckte sie ihm ihre Finger hin und sagte, schau, schön, nicht?

Und das zweite Mal murmelte sie, er hat ihn mit einem Zuckerrohr erschlagen wollen, aber es hat natürlich nicht funktioniert. Wie soll denn sowas auch funktionieren?

Rudi fiel auf, daß sie ihn nicht mehr mit Vor- oder Kosenamen anredete. Er nahm es als Zeichen dafür, nun austauschbar zu sein, ein beliebiges, gesichtsloses Medium für Tami, und beschränkte sich in der Folgezeit bei jedem zweiten oder dritten Besuch darauf, Susan zu ihr zu chauffieren. Er blieb im Auto sitzen oder erkundete die Gegend, während Susan Tami wusch – etwas, das sie von sich aus tat, seitdem sie bemerkt hatte, daß Tami selber nicht mehr in der Lage war, sich zu pflegen, und sich auch niemand vom Personal um ihre Sauberkeit kümmerte.

Unmittelbar vor einer jener Waschungen, Tami entkleidete sich gerade, bemerkte Susan, wie Uringeruch durch das Bad strömte. Er ging von Tamis Unterwäsche und von ihrem nun nackten Körper aus. Susan hielt das für ein Mißgeschick. Sie schrubbte und bürstete Tami an jenem Tag besonders ausgiebig. Beim nächsten Mal aber lag wieder Uringeruch in der Luft, und dann wieder, und wieder; und jedesmal hatte sie den Eindruck, er werde strenger und beißender. Sie vermutete, Tami könne das Wasser nicht mehr halten. Und so war es. Rudi und Susan bekamen es bestätigt, als sie sie zu einer der seltenen Veranstaltungen begleiteten, bei der sich alle Anstaltsbewohner, ausgenommen die kriminellen, trafen. Es handelte sich um eine Softballpartie zwischen einem Team der Alkoholiker und einem der Psychopathen. Sie standen mit ihr inmitten anderer Zuschauer auf leicht ansteigendem Gelände neben dem Spielfeld, gerade mal ein Inning war absolviert, die Stille vor dem nächsten Pitch, der angehaltene Atem angesichts des Arms, der zum Schlag ausholt, da hörten sie ein Sprenkeln, da sahen sie den Strahl, der den gelben Sand zwischen Tamis Beinen dunkel färbte und ihn zu Modder transformierte, zu einer Handvoll nach vorn rutschendem Brei. Einige Umstehende sprangen beiseite. Andere, vor sich hin Stierende, schienen nichts zu hören und nichts zu sehen. Ein rotgesichtiger, glatzköpfiger Mann brüllte mit plötzlich aufflammender Wut, na warte, ich steck deinen Schlampenschädel da rein! Er griff nach ihr, und obwohl sie noch nicht fertig war mit dem Urinieren, mußten Rudi und Susan sie schnell wegführen.

Ihr lebt in den engen Mauern eurer Häuser, ich aber lebe in einem weiten Tangwald auf dem Grund des Meeres.

Hier unten gibt es nichts Grelles. Tag und Nacht sind für immer abgeschafft, denn auch wenn ihr es nicht begreifen könnt, Tag und Nacht, das ist eine Erfindung, die sich nicht bewährt hat.

Ich trage lange, grüne Haare, durch die ich mit dem Wald verwachsen bin: Wir gehen ineinander über, ich, sie und er. Manchmal bette ich mich so, daß sie mich bis hin zu meinen nackten Füßen bedecken. Ich kann sie dann zwischen meine Zehen nehmen und kann mit denen zum Spaß an ihnen ziehen, bis meine Kopfhaut zu schmerzen beginnt (ein kleiner Schmerz ist schön, ich möchte sogar behaupten: ist eine Wohltat). Manchmal lasse ich sie auch über mein Gesicht wellen. Dann kann es vorkommen, daß sie sich verfangen und zu kitzeln beginnen und ich plötzlich anfangen muß zu lachen.

Das Meer nährt und reinigt mich. Außerdem unterhält es mich. In meiner unmittelbaren Nähe hat es Korallen plaziert, die mit glühenden Telephonkabeln miteinander verbunden sind. Also sprechen sie fortwährend miteinander! Ich möchte gern herausfinden, was sie sagen, aber dafür brauche ich noch Zeit, viel Zeit. Ich muß sie weiter beobachten und muß genau hinhören. Und ich darf mich nicht ablenken lassen! Das ist nicht einfach, denn in diesem Wald gibt es andere faszinierende Bewohner sonder Zahl, so zum Beispiel unbenamte, delphingroße Fische mit schwarzen Flossen, die ihnen aus dem Munde wachsen und die offensichtlich auch die Ursache dafür sind, daß sie, jene Fische, hauptsächlich rückwärts schwimmen. Oder die Federfische: eine mit Schwanenkleidern geschmückte Anemonenart. Nie sind mir elegantere, nie scheuere Tiere begegnet. Ich gestehe, ständig danach zu trachten, eines von ihnen zu berühren, und ich kriege Gänsehaut, wenn mir das tatsächlich einmal gelingt.

Alle diese Wesen beglücken mich! Aber auch ich scheine sie zu beglücken, denn sie weichen mir nicht von der Seite. Einmal ist mir der Gedanke gekommen, sie könnten in mir eine Königin sehen, und dieser Gedanke gefiel mir so, daß ich ihn seitdem oft wiederhole und mich im stillen Tangkönigin nenne, Tangkönigin, Tangkönigin.

Tami saß im Rollstuhl und trug Gips. Sie war bei einem ihrer nächtlichen Irrgänge über einen im Wege stehenden tönernen Blumenkasten gestolpert und hatte sich die Hüfte gebrochen. Rudi schob sie auf den Rasenstreifen zwischen dem Gebäude mit den Frauenschlafräumen und der Feldsteinmauer. Das Gras war jetzt, Ende März, schon knöchelhoch gewachsen, es bog sich unter der Fußstütze und ließ dabei ein leises Schleifen erklingen. Rudi stoppte und drehte Tami so, daß ihr Gesicht von der Sonne beschienen wurde. Er beugte sich zu ihr und sagte, ich hole nur schnell noch einen Stuhl, gleich bin ich wieder da. In Ordnung, Tamula? Sie reagierte nicht, nicht einmal mit den Augen, und als er zurückkam, saß sie noch genau so, wie er sie verlassen hatte, einschließlich der Stellung ihrer Pupillen. Um die entstandene Stille zu brechen, sagte er, zu Hause blühen schon die Maiglöckchen. Sie streifte ihn mit ihrem leeren Blick, und er dachte: als wenn ich ein Gegenstand wäre. Sie schaut mich ja nicht anders an als die Mauer dort. Rudi spürte, daß Tami ihn nie mehr wie einen Menschen aus Fleisch und Blut ansehen und nie wieder auch nur ein Wort an ihn richten würde – weil sie nicht länger dazu imstande war, weil sie *niemanden* mehr wahrnahm. Er murmelte, nun sind wir also richtiggehend getrennt. Er sah sie vor sich, eine lebende Tote, und kam sich auf einmal von ihr verlassen vor, und wie fast jeder, der, auf welche Weise auch immer, verlassen wird, vergaß er in diesem Moment die bedrückenden Jahre, die hinter ihnen lagen, und erinnerte sich der Zeit, in der sie glücklich gewesen waren. Eine große Sehnsucht überkam ihn. Man müßte all das Schöne, was wir erlebt haben, ein zweites Mal erleben, dachte er, nur viel bewußter und dankbarer. Das Gefühl, einst ohne diese Bewußtheit geblieben zu sein, machte ihn noch trauriger. Rudi wünschte sich jetzt nichts mehr als die Möglichkeit einer Wiederholung, er wünschte sich die gesunde, unbedarfte, kluge, temperamentvolle, schmiegsame Tami zurück und wünschte, sie nun intensiver als früher zu bestaunen und zu genießen, er steigerte sich geradezu in diesen Gedanken hinein, und je mehr er das tat, um so ärgerlicher wurde er über sein Versäumnis. Endlich beruhigte er sich mit einer anderen Überlegung, mit einer seiner sachlichen Argumentationen: Wenn wir noch einmal jung wären, würden wir doch jede Zeit wieder neu und mit einer großen Flüchtigkeit erfahren! Wenn wir also noch einmal glücklich wären, wären wir es selbstverständlich wieder ohne tieferes Bewußtsein! Folglich handelt es sich gar nicht um ein Versäumnis, sondern um den logischen, den einzig möglichen Lauf der Dinge.

Rudi merkte, daß er während seiner kurzen Versunkenheit durch Tami hindurchgesehen hatte wie sie ständig durch ihn. Er konzentrierte seinen Blick wieder auf sie, und ihr Gesicht gewann langsam, wie das eines Menschen vor einer Kamera, deren Objektiv eingestellt wird, an Schärfe. Es war starr auf ihn gerichtet, als steckte es, gleich ihrem Leib, in Gips. Er überlegte einige Sekunden, seinen Besuch zu beenden. Zwar waren keine zehn Minuten vergangen, seit er Tami bei der Schwester auf der Station in Empfang genommen und hierhergebracht hatte, aber was machte seine Anwesenheit denn noch für Sinn? Tami begriff ohnehin nicht, daß er vor ihr saß, und ihn deprimierte ihr Anblick nur. Dann erinnerte er sich, wie er einst mit Marlene neben der kleinen Maria gehockt und ihr irgend etwas erzählt hatte. Natürlich hatte das Kind damals nie und nimmer einen Sinn in dem Gehörten finden können. Und dennoch hatte Rudi die Hoffnung gehabt, es werde nicht nur den Klang seiner Worte in sich aufnehmen, sondern die Worte selber, und werde ihn später für diese lieben. Wenn er ganz ehrlich war, so hatte er damals mehr zu seinem als zu Marias Vorteil gesprochen. Jetzt wurde er den verrückten Gedanken nicht los, daß auch ein Mensch, der, anders als ein Baby, in die Hilflosigkeit taucht statt aus ihr heraus, auf eine bestimmte, unerklärliche Art und Weise alles speichert – und daß er später, im Tode, den lieben wird, der ihm in die offenkundige Dunkelheit hinein erzählt hat. Ja, dachte Rudi, Tami wird irgendwann sterben, doch solange sie lebt, werde ich ihr jedesmal ein wenig berichten; es wird nicht zwecklos sein.

Er rückte zu ihr heran, bis seine Schuhspitzen unter der Fußstütze ihres Rollstuhls verschwanden, und begann zu reden: Tamarina, hör mal, viel passiert mir ja auch nicht mehr, aber ein bißchen doch. Ich hab neue Zähne bekommen, hier, schau. Rudi öffnete seinen Mund und zog seine Lippen auseinander. Sie sitzen besser als die vorigen. Aber irgendwie ist mir, als seien sie größer und als hätten sie eine andere Farbe. Ich fühl mich unwohl mit ihnen, ich denk immer, die Leute starren mir ins Maul. Deshalb nehm ich die alten, wenn ich zum Terrace Grill gehe oder wenn irgendwer zu Besuch kommt. Es sei denn, es ist Hans, der kann mich ruhig so sehen. Und du jetzt hier natürlich auch, Tamula, wir beide, wir müssen uns nichts vormachen, nicht?

Rudi stockte. Er suchte nach weiterem Erzählstoff. Indessen schaute Tami auf einen Punkt direkt hinter ihm, oder vor ihm, oder in ihm, und bewegte schwerfällig ihr rechtes Bein, so daß ihr Rollstuhl leicht quietschte. Manchmal … manchmal passiert auch reinweg gar nichts. Er hob kurz die Schultern. Jedenfalls nichts, was dich interessieren könnte. Das ist … nicht schön ist das. Ich hatte mich doch mehr an die vielen Hühner und die ganze Arbeit gewöhnt, als zu vermuten gewesen war. Er lachte. Das ewige Gegacker und die viele Kacke! Na, du kennst ja noch alles. Aber Marlene hatte schon recht. Wenn ich mich abrackere, und es bringt doch nur genausoviel, als wenn ich mich nicht abrackern würde, dann ist es einfach Unfug. … Tja, Tamarotschka. … Rudi überlegte, ob er auch noch berichten sollte, wie Marlene auf ihn eingeredet hatte, er möge das Grundstück in der Polk Street ganz aufgeben und zurück nach Europa ziehen, am besten in ihre unmittelbare Nähe nach Paris. Doch er ließ das bleiben. Er wollte, obzwar er den Gedanken absurd fand, nichts erwähnen, was Tami erschrecken und ihn in einem schlechten Licht erscheinen lassen könnte. Er fragte, Tamarotschka, weißt du, wie viele ich übrig hab? Wie viele Hühner? Nur fünf. Alte Viecher. Werden wohl bald umfallen. Sie legen höchstens noch jeden dritten Tag ein Ei, aber das ist in Ordnung, das ist mehr als genug für einen alten Sack wie mich. Sie laufen übrigens alle frei herum, ich hab die Zäune weggerissen. Nichts erinnert mehr an unsere Farm. Nur das Schild unten an der Ecke steht noch, erinnerst du dich? Das, was wir zusammen aufgebaut haben. Ich werd warten, bis Hans mich das nächste Mal besucht, und werd es mit ihm abmontieren.

Wieder bewegte sie unendlich schwerfällig ein Bein, wieder ertönte ein Quietschen. Rudi spürte, wie seine Augen feucht wurden, wegen dieses ihm grausam erscheinenden Zusammenspiels oder wegen der sentimentalen Erinnerung an jene wundervollen Minuten, da er mit Tami das Schild in den Boden gerammt hatte, oder wegen der eigenen Gutherzigkeit, die er, weil er schon so lange am Erzählen war, nun endlich empfand, oder wegen allem zusammen. Er sagte lächelnd, fast zufrieden, siehst du, Tamula, jetzt, da du nicht mehr weinst, muß auf einmal ich weinen, und dann bemerkte er, daß die Stationsschwester herbeigelaufen kam, und wischte schnell mit dem Ärmel über seine Augen. Noch während sie einige Meter entfernt war, rief sie, er möge Tami zurückbringen, es sei an der Zeit, sie zu füttern, das sollte er doch wissen, sie benötige pünktlich ihr Essen, sonst käme sie gar nicht mehr zu Kräften.

Am späten Nachmittag des nächsten Tages klingelte Rudis Telephon. Es war Doktor Nedomansky. Mit amtlicher Stimme sagte sie: Mister Sieber, tut mir leid, aber ich habe Ihnen die Mitteilung zu machen, daß Miss Matul heute – Rudi hörte sie am anderen Ende der Leitung mit Papieren rascheln – heute exakt um 15 Uhr 50 verstorben ist. Und nach einer kleinen Pause fügte sie in einem wärmeren, in einem respektvollen Ton hinzu: Aber ich denke, das ist für Sie vielleicht keine große Überraschung, so lange und so nahe, wie Sie gestern noch bei ihr gewesen sind. Sie haben es gespürt, Mister Sieber, Sie haben sich von ihr verabschieden wollen, nicht wahr?

Nun, Sie brauchen jetzt nichts zu antworten.

29. März 1965

McMullan schüttelte trotzig den Kopf, streckte den Zettel, den Rudi ihm in die Hand gedrückt hatte, vorwurfsvoll nach vorn wie ein Schaffner ein ungültiges Billett und sagte: Sir, auch wenn es Ihnen mißfällt, wir sollten schon sichergehen, daß wir die richtigen Daten haben. Ist diese Frau 1930 geboren, wie Sie mir aufgeschrieben haben, oder – McMullan rechnete kurz – 1905. *Dann* wär sie nämlich 60 geworden.

Junger Mann, rief Rudi, das hat Sie überhaupt nicht zu interessieren, das ist ganz allein meine Sache, aber damit Ruhe herrscht, will ich's Ihnen erklären. Die Frau wurde 1905 geboren, um genau zu sein, am 30. September 1905. Und vor ein paar Tagen, am 26. März, ist sie gestorben. Und mit ihr gelebt habe ich seit dem 2. April 1930. Es geht um die Zeit, in der sie bei mir war, verstehen Sie endlich? Und nun erfüllen Sie Ihren Auftrag!

McMullan kniff die Augen zusammen, als sei er es, der in diesem hellen staubigen Raum, in dieser für ihn gewohnten Umgebung, geblendet werde, und nicht Rudi. In den wenigen Monaten seit der Eröffnung seiner Firma hatte er zwar schon einige erstaunliche Grabinschriften anzufertigen gehabt, zum Beispiel eine rosenumrankte Filmkamera, aus der Tränen fließen, oder auch ein vollständiges Poem von Dylan Thomas, aber nie war es vorgekommen, daß jemand von ihm verlangt hatte, eine bestimmte Anzahl von Jahren herauszuheben und eine andere einfach unter den Tisch fallen zu lassen. McMullan dachte, manche Tote sind wirklich arm dran, da darfst du gar nicht länger drüber nachdenken.

Und dennoch wurde er das Gefühl nicht los, gerade zu einer Art Diebstahl, zum Entwenden eines Stückes Leben angestiftet worden zu sein, und er fragte Rudi: Sir, sind Sie sicher, daß es rechtens ist, was Sie wollen?

Mit einem leisen Nachdruck, der McMullan frösteln ließ, wiederholte Rudi, erfüllen Sie diesen Auftrag, Sie werden von mir keinen anderen kriegen! Er drehte sich um und stiefelte weg, ein Mann, dessen Konturen zu verschwimmen begannen, als er in die Frühlingshitze trat. McMullan schaute ihm hinterher, bis er verschwand und nur noch die Luft, durch die er hindurchgegangen war, flirrte.

Der Roman untersucht die Existenz, nicht die Realität. Und die Existenz ist nicht das, was sich abgespielt hat, sie ist das Feld der menschlichen Möglichkeiten, ist all das, was der Mensch werden kann, wessen er fähig ist.

Milan Kundera

Dies ist ein Roman. Die Historie hat mir ein paar Figuren hinterlassen, schicksalhaft miteinander verbundene Personen des öffentlichen Lebens, die ihre wirklichen Namen tragen. Ihnen habe ich andere Figuren und eine Fülle von Begebenheiten hinzuerfunden. Mir schien beim Schreiben gelegentlich das Bild eines Hochhauses auf: Die blanken Stahlträger steckten, ohne mein Zutun, schon lange im Grund, und ich zog den Bau nun Stockwerk für Stockwerk, Kapitel für Kapitel nach oben.

DANKSAGUNG

Während der Recherchen zu diesem Roman habe ich zahlreiche Biographien, Sachbücher, wissenschaftliche Texte und historische Dokumente gelesen. Einige gaben mir Aufschlüsse über das Leben der Hauptpersonen, andere halfen mir, die vielfältigen Gründe für das Ausbrechen von Bulimie und Schizophrenie zu verstehen, wieder andere ließen mich teilhaben am Alltag der russischen Exilanten im Berlin der 20er Jahre, und noch andere gaben mir Einblick in das Dasein der Insassen von Camarillo. Es wäre mir unmöglich gewesen, alle jene Werke aufzuspüren, wenn mich dabei nicht die Mitarbeiter verschiedener Einrichtungen unterstützt hätten. Ich danke deshalb der Camarillo Library, dem Deutschen Kabarettarchiv Mainz, der San Fernando Library, der Staatsbibliothek Berlin und der University of California.

Vor allem aber gilt mein Dank der Marlene Dietrich Collection Berlin der Stiftung Deutsche Kinemathek, wo mir insbesondere Silke Ronneburg mit großer Kenntnis und Ausdauer zur Seite stand.

Außerdem erfuhr ich im Verlaufe der Recherchen vielerlei Hilfe freundlicher und kompetenter Menschen, stellvertretend seien genannt: Dr. Joachim Albrecht, David und Terry Plunkett, Alexander Riedel, Anja Streicher, Evelyn S. Taylor.

Für Anregungen und Kritiken nach dem Lesen des Manuskripts danke ich Matthias Bischoff und Wolfgang Hörner sowie Heidi und Rolf Henrich, Benjamin Henrichs, Karin Krieger und Andreas Leusink; für jederzeit aufmerksame und engagierte Begleitung Karin Graf.

Und für ihre außerordentliche Geduld mit mir in all den Monaten, in denen ich an dem Buch arbeitete, danke ich meiner Familie.

Der immergrüne Charme der Bourgeoisie

Carsten Otte
Sanfte Illusionen
376 Seiten • gebunden
€ 19,90 (D) • sFr 33,90 • € 20,50 (A)
ISBN 978-3-8218-5805-0

Gibt es für einen Schriftsteller bessere Inspiration als das Baden-Badener Parkhotel? Mit schillernden Gästen wie dem Fabrikanten und Mäzen Varnhagen und seiner Gattin Isabelle, die das Spiel mit Geld, Macht und Liebe perfekt beherrscht. Oder seinem Freund Benjamin, der ihm bei einem Weißburgunder sein Liebesleid mit Ehefrau Wiebke klagt und von einem Blumenladen schwärmt, der nicht sogleich wieder schließen möge – schon wegen seiner charmanten Besitzerin ...

Mit leiser Ironie auch in lauten Szenen, mit einer Sprache, die sich an die großen und kleinen Helden des Romans schmiegt, beschreibt Carsten Otte die befremdliche Schönheit eines Kurortes, der zum Symbol für die Krise eines Landes wird.

Eichborn
Kaiserstraße 66
60329 Frankfurt/Main
Tel. 069/25 50 03-0
Fax 069/25 60 03-30
www.eichborn.de

Wir schicken Ihnen gern ein Verlagsverzeichnis.